오늘의 벌꿀, 내일의 나

KYONOHACHIMITSU ASHITANOWATASHI
by Haruna Terachi

Copyright © 2017 by Haruna Terachi
All rights reserved.
Original Japanese edition published by KADOKAWA HARUKI CORPORATION
Korean translation copyright © 2022 by Publishing Company Straight line & Curve
This Korean edition published by arrangement
with KAKOKAWA HARUKI CORPORATION, Tokyo,
through HonnoKizuna, Inc., Tokyo, and BC Agency, Seoul

이 책의 한국어판 저작권은 BC에이전시를 통해
저작권자와 독점계약을 맺은 도서출판 직선과곡선에 있습니다.
저작권법에 의해 한국 내에서 보호를 받는 저작물이므로
무단전재와 복제를 금합니다.

오늘의 벌꿀, 내일의 나

今日のハチミツ、あしたの私

데라치 하루나 지음

최현영 옮김

직선과곡선

일러두기
※ 본문의 주는 모두 옮긴이가 독자의 이해를 돕기 위해 붙인 것입니다.
※ 이 작품은 픽션입니다. 실재하는 인물, 단체 등과는 아무런 관련이 없습니다.

차 례

오늘의 벌꿀, 내일의 나

6

옮긴이의 말

292

1

 만약 내일 인생이 끝난다면 나는 진심으로 기쁠 것이다.
 그런 생각을 하며 도화지를 끼워놓은 화판을 끌어안고 미도리는 강둑을 걷는다. 교복 스카프가 바람에 팔락거렸다.
 오늘 사생대회는 아침에 시작하여 저녁까지 야외에서 그림을 그리면 되기 때문에 평상시 수업보다 훨씬 마음이 편하다. 그러나 찍어둔 장소는 이미 다른 학생이 차지해 버려서 좀 떨어진 곳으로 가려고 걷는 중이다. 아무도 없는 곳, 혼자 그림을 그릴 수 있는 곳으로. 혼자 있고 싶었다.
 시월 날씨치고는 더운 날이었다. 내리쬐는 햇볕에 얼굴을 찡그리며 화판을 머리 위로 들어 햇빛을 가린다. 다시 불어온 바람에 몸이 조금 휘청거렸다.
 아무도 없는 장소를 겨우 발견하여 강둑을 내려갔다. 분홍색, 흰색 코스모스가 피어 있었다. 경사면에 걸터앉아 화판을 옆에 내려놓고 하늘을 향해 벌렁 누웠다.

'아 덥다.' 눈을 감으며 생각한다. 환한 곳에서 눈을 감으면 세상이 새빨개진다. 어렸을 때는 그게 정말로 신기했다. 눈꺼풀에도 혈관이 흐르고 있어서 그런 거라고 어른이 설명해 주었지만, 여전히 신기했다.

'여기서 이대로 가만히 있으면 건어물처럼 말라서 죽을 수 있지 않을까?' 이런 생각을 하니 살짝 웃음이 났다. 비쩍비쩍 말라비틀어진 제 모습을 상상해보면, 그건 너무나 비참한 일인데 왠지 웃음이 났다. 입꼬리가 살짝 일그러진 자조 섞인 웃음이지만 웃을 수 있다는 사실에 미도리는 조금 안도했다.

'내일이 오지 않으면 좋을 텐데.'라고 요즘 들어 날마다 생각하지만 조금은 더 버틸 수 있을 것 같기도 하다.

"조금만 더 버텨볼까?"

눈을 감은 채 소리 내어 말해보았다.

"뭘?"

갑자기 얼굴 위에서 목소리가 들려서 눈을 번쩍 떴다. 누군가 위에서 쳐다보고 있다. 그늘이 져서 얼굴은 잘 보이지 않았다. 당황하여 몸을 벌떡 일으켰다.

여자였다. 그녀는 영차, 하며 미도리 옆에 앉는다.

혼자가 아니었다. 등에도 한 사람, 작은 사람이 있다. 아직 한 살도 되지 않은 미도리의 남동생보다는 조금 크다. 작은 사람이 손발을 버둥거리자 여자는 포대기 끈을 풀었다.

"소풍."

여자가 불쑥 말했다. 옆에 등나무로 만든 바구니가 놓여있는 것을 보고, '소풍 나왔다는 의미인가보다.'라고 해석했다. 어정쩡하게 고개를 끄덕였다.

작은 사람이 "맘마, 맘마." 비슷하게 들리는 말을 카랑카랑한 목소리로 외친다. 여자는 볼에 손을 대고 잠시 생각하는 듯한 몸짓을 하더니 바구니에서 둥근 빵을 꺼내어 작은 사람에게 건넨다. 작은 사람은 털썩 엉덩방아를 찧듯이 앉아서 빵을 베어먹기 시작했다.

여자는 잠시 그 모습을 바라보다가 다시 바구니를 뒤졌다. 이번에는 지름 3㎝ 정도의 작은 병을 꺼냈다. 금색의 걸쭉한 액체가 들어있다. 아사노 벌꿀. 뚫어지게 쳐다보니 라벨에 그렇게 적혀 있었다. 라벨 오른쪽 구석에는 '견본품'이라고 빨간 펜으로 적혀있다.

"입술, 텄잖아."

미도리 쪽으로 몸을 틀더니 병뚜껑을 열고는 병을

기울여서 자기 검지에 벌꿀을 떨어뜨렸다. "립밤 대신 쓸 수 있어."라고 말하며 미도리의 바짝 마른 입술에 벌꿀을 발라준다. 달콤한 냄새가 코를 간질인다. '이 사람 대체 뭐지?' 쭈뼛거리던 미도리의 뱃속에서 꿀 냄새에 응답하듯이 꼬르륵하는 소리가 울렸다.

"집에서 밥도 안 해 주시니?"

여자는 바구니에서 보온병을 꺼내더니 뚜껑에 내용물을 부었다. 김이 피어오르는 걸 보니 뜨거운 음료인가 보다.

"……밥은 해 주세요. 제대로."

미도리는 간신히 말을 꺼냈다. 가족 이외의 사람과 말을 하는 것은 무척 오랜만인 듯한 느낌이 들었다.

"그렇구나." 여자는 음료를 후후 불며 고개를 끄덕였다.

"학대받는 아이인가 했지. 안색도 너무 안 좋고 비쩍 말랐길래."

"팔뚝 좀 봐, 내 절반밖에 안 되잖아." 여자는 소매를 걷더니 미도리에게 보여주었다.

"밥도 해 주시고, 먹고 있긴 한데, 곧 게워내 버려요."

게워내 버린다기보다 토하고 싶어서 토하는 것이지만. 누구에게도 한 적 없었던 말을 술술 입 밖으로 내는 자기 모습에 놀랐다. 여자의 거침없는 말투에 전염된 건지도 모른다.

작은 사람은 여전히 양손으로 빵을 쥐고 시종 귀여운 앞니를 드러내며 빵을 먹고 있다. '보통 몇 살인지, 여자아이인지 남자아이인지 묻겠지, 어른들끼리는.' 미도리는 어른이 아니니까 아무것도 묻지 않았다.

여자는 곁눈질로 흘긋 미도리를 쳐다보더니 묻는다. "다이어트를 너무 심하게 하는 거 아냐?"

"모두 날 미워해요."

동문서답 같은 대답을 하고는 "그래도 상관없어요. 졸업할 때까지만 참으면 되니까요." 하고 덧붙인다. "그렇지 않아." 여자는 무척 단호하게 답했다.

"네?"

"틀렸다고. 졸업해도, 고등학교에 가고 대학교에 가고 취직해도, 늘 그대로일 거야. 너는 앞으로도 평생 모두에게 미움받으며 살아갈 거야."

온화한 음성으로 저주스러운 예언을 퍼부으며 여자는 웃었다. "왠지 알아?" 고개를 갸웃하며 말했다.

"네가 너를 싫어하니까. 너 자신을 소중히 여기지

않으니까. 그러니까 주위 사람들 모두 점점 더 너를 소중히 대하지 않고 미워하게 되지. 애는 그렇게 대해도 된다는 식으로 취급하는 거야."

"하지만……."

미도리는 웅얼웅얼 기어들어 가는 목소리로 먼저 자기를 싫어한 건 주위 사람들이라는 의미의 반론을 제기했다.

"그래서 너도 너를 함부로 대해도 된다고 생각했어?"

"그런 거, 다른 사람들한테 맞출 필요 없잖아. 바보니?" 여자는 미도리를 똑바로 바라봤다. 미도리는 왜 생면부지인 사람에게 이런 말까지 들어야 하나 싶어 발끈했다.

여자는 굳어버린 미도리의 얼굴을 들여다보며 풋, 하고 웃었다.

"말이 심했나?"

"미안, 미안."이라며 웃고는 "일단 벌꿀을 한 숟가락 줄게." 하며 병을 내밀었다. 이번에는 바구니에서 나무숟가락을 꺼낸다. 작은 사람이 "방! 방!"하고 외친다. 여자는 또 빵 한 장을 꺼내서 작은 사람의 손에 쥐여줬다. 아직 제대로 빵이라고 발음하지 못하는가 보다.

"위가 약해졌을 때는 밥 먹기 전에 벌꿀을 한 숟가락 먹으면 좋아. 위 점막을 보호해 주거든."

"자, 먹어 봐." 숟가락을 내민다. 미도리는 머뭇머뭇 입을 벌리고 받아먹었다. 혀 위에 사르르 달콤한 액체가 놓였다. 가끔 엄마가 아침 식사 때 주는 벌꿀보다 연하고 부드러운 맛이 났다.

"백화꿀이라고 해."

이번에는 작고 둥근 빵 위에 꿀을 떨어뜨리더니 내민다. 고맙다거나 잘 먹겠다는 말도 없이, 미도리는 빵을 입안 가득 넣었다. 왠지 그대로 꿀만 먹었을 때보다 더 강한 벌꿀의 단맛을 느낄 수 있었다. 빵에 포함된 아스라한 염분과 어우러져서 그런지도 모른다.

빵을 씹자, 꽃향기가 코끝으로 살짝 전해진다. 무슨 꽃인지 모르겠다. 여자가 말한 백화꿀이 '갖가지 꽃의 꿀'이라는 것도 당시에는 몰랐으니 내가 모르는 꽃의 꿀이려니 생각했다.

"맛있지?" 여자의 물음에 고개를 끄덕였다. 제대로 전해지지 않았을까 봐 몇 번이나 격렬하게 고개를 끄덕였다.

"우리가 만든 벌꿀이야. 정확하게는 우리 꿀벌들이 만든 벌꿀이지. 벌꿀은 정말 대단해."

여자는 잠시 자기 아이를 다정한 눈빛으로 바라보다가 미도리에게 눈길을 돌렸다.

"우선 위의 상태를 정상으로 만들 것. 밥을 제대로 먹을 것. 영양이 부족한 거야. 네 몸에도 마음에도."

"이거 줄게. 식사 전에 한 숟가락씩 먹어. 기운이 없을 때는 또 한 숟가락. 그러면 조금은 행복해질지도 몰라. 달콤한 음식이란 그런 거잖아." 여자는 그렇게 말하고는 미도리의 손바닥에 벌꿀 병을 올려놓았다.

"벌꿀을 한 숟가락 더 넣으면 아마 너의 내일은 오늘보다 행복해질 거야."

"어때? 명언이지?" 여자는 미도리의 얼굴을 들여다본다.

"어떠냐니요······. 누군가 유명한 사람이 한 말인가요?"

"아니. 지금 내가 생각한 거야. 괜찮지 않아?"

"쓸 만한데." 여자는 혼잣말로 중얼거리며 고개를 끄덕끄덕한다. 어디에 '쓸 만한 건지' 통 이해하지 못한 채 미도리는 여자와 벌꿀, 작은 사람을 번갈아 바라보았다.

"그럼, 안녕."

갑자기 여자가 일어섰다. "이제 가자." 하며 작

은 사람을 다시 포대기 안으로 이끈다. "아, 앗, 저기⋯⋯." 미도리가 머뭇거리고 있는 동안 여자는 성큼성큼 걸어서 가버렸다.

바구니를 시계추처럼 흔들며 하천 부지를 걸어가는 모습을 멍하니 바라보았다. '뭐였지?' 고개를 갸웃했다. '저 사람 대체 뭐였지.' 꿈이었나 생각할 정도로 갑작스러운 만남이었지만 꿈은 아니었다는 증거로 미도리의 손에는 벌꿀 병이 남아있었다.

2

 "내일 인생이 끝난다면 어떻게 할 거야?" 옆방의 열린 문 안쪽에서 안자이가 묻는다. 미도리는 프라이팬의 불 상태를 지켜보느라 바빠 건성으로 답했다. 달구어진 프라이팬에 버터 덩어리를 떨어뜨리면 금세 녹기 시작하여 철로 된 표면을 미끄러지며 점점 작아진다. 흰 거품이 보글보글 올라오는 것을 확인하고 나서 식빵을 올려놓았다. 슈욱, 하는 소리가 나더니 곧 버터를 흡수한 빵에서 고소한 냄새가 올라온다. 빵 가운데는 동그랗게 도려낸 상태이다. 그 구멍에 조심스럽게 달걀을 깨어 넣었다. 도려낸 둥근 빵 조각도 옆에 놓고 굽는다. 굽는 김에, 두툼하게 썬 베이컨과 아스파라거스도 같이 굽는다.

 주전자에서 하얀 김을 내뿜는다. 곁눈질로 커피 가루를 찾으며 작게 하품을 했다. 오늘 아침은 오랜만에 중학생 때 꿈을 꾸었다. 벌써 십육 년이나 지난 일인데 아직도 이렇게 꿈을 꾼다. 교실에서 혼자 고개를 푹 숙이고 있던 일이나 체육 시간이 시작되었는데 체육복을 찾지 못해 당황하던 꿈을 자주 꾼다.

그런데, 오늘 아침은 드물게 벌꿀을 줬던 그 사람이 꿈에 나왔다.

식빵 가운데의 달걀프라이가 익어가는 모습을 가만히 지켜본다.

안자이와 동거를 시작한 지 2년째이다. 초기에는 아침 식사를 만들 때 수고를 마다치 않고 나이프를 사용하여 식빵 가운데를 하트 모양으로 도려냈었다. 안자이의 반응은 신통치 않았다. 으음, 하고는 포크 끝으로 쿡쿡 찔러댈 뿐이었기 때문에 이후로는 그렇게 하지 않았다.

안자이가 방에서 나오더니 "어때?" 하며 두 팔을 벌려 보인다. 흰 셔츠와 검은색 넥타이, 검은색 바지 위에 웨이터들이 두르는 반앞치마 차림은 키가 큰 안자이에게 잘 어울렸다. 오늘 밤부터 안자이는 새 일을 시작한다. 이탈리안 레스토랑 웨이터 일이다. 잘 어울린다고 해야 할지 잠시 망설이다가 "꽤 신선하네."라고 조심스럽게 답했다.

안자이는 어떤 일이든 진득하게 지속하지 못했다. 지금까지 기껏해야 오래가면 1년 정도였다. 일하는 자신을 '가짜 모습'이라고 생각하는 경향이 있다. 안자이는 그림을 그린다. 미도리의 지인이 운영하는 웹사이트에 두 번 정도 그림이 사용되기도 했다. 안자이에게 직접 들은 것은 아니지만 아마도 안자이는 그림을 그릴 때의 자기 모습이야말로 '진정한 자아'라고 생각하고 있는 듯하다. 그래서 웨이터 복장이 "잘 어울린다."라고 말하면 안자이의 기분을 상하게 할 우려가 있다. 자고로 저기압 상태의 남자친구는 성가신 존재이다. 더욱이 꽁하게 입을 꼭 다물고 있거나 어디 가는지 말도 없이 나가버리는 타입이라면 두말할 것도 없다.

다행히 미도리의 대답이 안자이의 마음속 섬세한 부분을 자극하지는 않은 것 같다. "그렇지?" 하며 웃고 있다.

"마사키 씨에게 부탁해서 빌려 온 거야."

이탈리안 레스토랑의 주인인 마사키 씨는 안자이와 이전부터 아는 사이라고 한다. 미도리는 마사키가 성씨인지 이름인지도 모른다. 미도리에게 보여주기 위해서 가게에서 받은 유니폼을 굳이 집으로 가지고 왔다고 한다. 안자이에게는 그런 귀여운 면이 있다.

'안자이가 이번에는 꼭 일을 지속할 수 있기를……' 뒤집개로 빵을 뒤집으며 소원을 빌어본다. 딱 알맞게 노릇노릇 구워져 만족스럽다.

볼륨을 줄여놓은 라디오에서 "안녕하십니까." 뉴

스 캐스터의 목소리가 들린다. 창밖은 아직 어두워서 밤과 다를 바 없다. 구운 빵과 베이컨, 아스파라거스를 접시에 놓고 작업대에 놓인 라디오를 껐다.

작업대는 옆집에 살던 사람이 이사 갈 때 받은 것이다. 흠집투성이여서 대형 생활용품점에서 사 온 연노란색 페인트를 칠했다. 벌써 오 년째 쓰고 있다. 미도리와 안자이가 사는 방 두 개짜리 집은 누군가에게 얻은 물건에 페인트를 칠한 것, 혹은 버려진 목재로 조립하여 만든 가구들로 꽉 들어차 있다. 작업대 구석에 있는, 조미료를 진열한 작은 선반은 백 엔 숍에서 사 온 합판을 조립하여 만든 것이다.

원래 미도리가 혼자 살던 집에 자기 집 월세를 낼 돈이 없었던 안자이가 굴러들어온 형태로 동거는 시작되었다.

"내일 인생이 끝난다면 어떻게 할 거야?" 차려놓은 밥상 앞에 앉은 안자이는 조금 전에 물어본 것을 다시 물었다.

"그건 세상의 종말이라는 의미야? 아니면 나만 죽는다는 거야?"

빵에 나이프를 갖다 대니 달걀노른자가 주르륵 흐른다. '딱 좋아.' 하고 생각한다. 살짝 눌은 자국이 생길 정도로 구운 아스파라거스의 끝부분에 반숙 노른자를 묻혀서 입안에 넣었다. 접시에 흘러나온 노른자는 곧 식어서 굳어버리기 때문에 잘라놓은 빵에 찍어놓는다.

"나만 죽는다는 의미겠지?" 저 자신에게 확인하듯이 안자이는 천천히 말했다.

"미도리는 만약 내일 죽는다는 걸 안다면 어떻게 할 거야?"

"음, 글쎄……."

"어쩌지, 어쩌지, 하면서 우왕좌왕하다가 하루가 끝나버릴 것 같은데." 미도리의 대답에 안자이가 웃었다.

"나는 아마도, 여한이 없도록 돈을 쓸 거야."

"저금해 둔 돈을 전부 털어서."라고 안자이는 말을 덧붙였지만, 과연 안자이에게 털어 쓸 돈이 있는지 의심스럽다. 하지만 미도리는 "음." 하고는 아무 말도 하지 않았다. 시계를 흘끗 보고는 먹는 속도를 높였다.

미도리의 근무시간은 아침 8시부터 16시까지인 주간근무 혹은 14시부터 22시까지인 야간근무 중 하나이다. 이번 주는 죽 주간근무 예정이다.

미도리가 근무하는 회사는 가타세 푸드서비스라는 곳으로 조식 메뉴에 주력한 카페를 현 내에 여러 곳 두고 있다. 새로 오픈한 점포나 매출이 나쁜 점포에는 미도리 같은 직원이 지원차 방문하게 되어 있다. 지난달부터 맡게 된 곳은 '매출이 나쁜 점포'에 해당하는 곳이라서 미도리는 요즘 매일 아침 마음이 조금 무겁다.

입지조건은 결코 나쁘지 않다. 주변에 섬유업종 회사가 다수 있어서 그곳 직원들이나 거래처 방문객, 혹은 의복이나 원단 등을 도매가로 살 수 있는 가게를 찾아온 일반 고객들도 다수 왕래하는 곳이다. 몇 점포 앞에 있는 카페는 항상 손님으로 붐빈다. 그러나 미도리가 근무하는 카페는 매출이 시원치 않다.

"접시는 물에 담가 놔." 안자이에게 말을 남기고 먼저 자리를 뜬다. 첫 출근이 저녁때부터여서 그때까지 온종일 집에서 보내는 안자이는 아무리 시간이 남아돌아도 설거지를 하는 법이 없다. 까딱하다 접시를 깨어 손에 상처라도 나서 붓을 쥘 수 없게 되면 곤란하기 때문이라고 한다.

현관에서 구두를 신고 "다녀올게." 인사를 했지만, 대답은 없었다. 현관문을 열었다가 자기도 모르게 어깨를 움츠렸다. 2월이 빨리 지나 가버리면 좋을 텐데. 춥고 빨래도 안 마르고 좋은 일이 하나도 없다.

1층 자전거 주차장에 세워둔 자전거를 끌고 안장에 걸터앉았을 때 이름 부르는 소리가 들렸다. 고개를 들어보니 안자이가 베란다 난간에 팔꿈치를 괴고 이쪽을 내려다보고 있었다. 미도리가 손을 흔들자 안자이도 손을 흔들었다.

 추워서인지 어깨를 움츠려 조금 굽어 보이는 등 때문에 안자이는 여느 때보다 나이가 들어 보였다. '어쩌면 안자이의 눈에도 내 모습이 예전보다 나이 들어 보일지도 몰라.'라는 생각에 들어 미도리는 등을 꼿꼿이 펴고 나서 페달을 밟았다. 두 사람 다 올해 서른 살이 된다.

 앞쪽에서 맞바람이 콧속으로 파고들어 찡한 통증이 느껴진다. 귓불은 곧 감각이 마비되어 버린다.

 지난달 새해 첫 참배를 하러 갔을 때, 경내에 있었던 '액년 일람표'라는 간판을 바라보다가 경악했다. 여자의 액년이 10대, 30대, 60대에 온다는 건 알고 있었다. 엄마가 하도 시끄럽게 잔소리를 해서 10대의 액막이는 마친 상태이다. 그때 엄마가 30대의 액년은 서른세 살이라고 했었는데 신사의 간판에는 그건 '대액'이고 그걸로 끝이 아니라 그 후에도 서른일곱 살에 '소액'이라는 것이 기다리고 있다고 한다. 작다고 하더라고 액년은 액년이다. 액년 전후의 전액,

후액까지 합하면 여자의 30대는 거의 액년이라고 해도 과언이 아니다. '암담하군.' 하며 몸서리쳤었다.

그 이야기를 회사에서 했더니 40대 파트타임 근무 여성이 "액년에 출산하면 액막이가 된다던데. 2년 정도 후에 출산해 버려요."라고 하는 것이다. 그 말에 미도리는 더 망연자실했다. 안자이와 만난 지 9년, 연인이 된 지 8년, 같이 산 지 2년째이지만 결혼에 관해 조금이라도 언급한 적은 단 한 번도 없다. 시간 약속이나 정리 정돈에 있어서는 다소 허술함을 보이는 안자이가 피임만큼은 철저한 것을 보면 아마 실수로 인한 임신, 그로 인해 상황에 떠밀려 하는 결혼은 절대 피하려는 것일 테고 애초에 액막이를 위해 아이를 낳는다는 것은 아무리 생각해도 태어날 아이에 대한 예의가 아닌 것 같다.

결혼. 출산. 육아. 노후. 이런 말들을 들으면 미도리의 마음은 요동친다. 초등학생 때 예방접종을 위해 줄을 섰을 때 일이 떠오른다. 아무것도 아니라는 표정으로 기다리고 있는 아이가 있는가 하면 울상이 되어 떨고 있는 아이도 있었다. 미도리는 자기 차례가 올 때까지 딴청을 부리는 아이였다. "아프겠지?" 하며 벌벌 떨어도 차례가 오면 어차피 맞아야 하니 그때까지는 잊어버리려고 애썼다. 그때 "차례를 기다리는 동안, 뼈가 부러졌을 때를 생각하는 거야. 여태까지 가장 아팠던 때. 그럼 주사 따위 아무것도 아니라는 생각이 들지 않겠어?"라고 했던 동창생 여자애는 지금 두 아이의 엄마이다. 주사가 무섭다고 울었던 여자애도, 바로 전에 주사 맞고 온 아이에게 "아파? 많이 아파?" 물어보며 돌아다니던 남자애도 작년에 결혼했다고 들었다.

그 아이들은 나처럼 눈앞에 있는 위기를 회피하지 않았다는 생각을 하며 페달을 밟던 미도리는 빨간불이 켜진 횡단보도 앞에 멈춰 섰다. 버튼을 누르려고 손을 뻗은 순간, 위에 극심한 통증을 느꼈다. 윽, 하고 신음하며 비틀거렸다. 자전거를 다시 세우고 두꺼운 코트 위로 위를 움켜쥐었다.

어제저녁에도 지금처럼 쿡쿡 찌르는 듯한 통증이 있었다. 소화제를 먹고 잠시 누워 있으니 가라앉기에 과식 때문이었나 생각했다.

오늘 아침에 뭘 먹었나 떠올린다. 아침부터 의욕에 넘쳐 그렇게 두껍게 썬 베이컨을 먹어서 탈이 났는지도 모른다. 잠시 그대로 서서 아픈 부위를 문지른다. 신호가 파란불로 바뀌었다 다시 빨간불로 바뀔 때까지 그러고 있었다.

통증이 조금 가라앉은 것 같아 다시 버튼을 눌렀

다. 위통을 가라앉히느라 시간이 꽤 지체되어 버렸으나 "어쩔 수 없지."라고 혼잣말을 했다.

유니폼으로 갈아입고 홀로 나왔다. 계산대에서는 점장인 아오키가 따분한 얼굴로 계산을 하고 있다. 모닝 세트를 먹으러 들어온 손님들로 테이블은 70% 정도 차 있다. 창을 큼직하게 내고 흰색을 기조로 인테리어한 매장 안은 무척 환하다. 관엽식물 화분 테두리에 살짝 먼지가 앉아 있는 것이 눈에 띄기에 나중에 틈을 봐서 닦아야겠다고 생각한다.

전면 유리로 된 출입문으로 시선을 옮겼다. 중학생쯤 되었을까? 두 명이 서 있다. 남색 교복에 흰 목도리를 두른 머리가 짧은 여자아이와 하늘색 목도리를 한 땋은 머리의 여자아이가 무언가 계속 얘기를 하며 손잡이에 손을 댔다 뗐다 하고 있었다. 등 뒤에 직장인인 듯한 남성이 나타나자 깜짝 놀라 옆으로 비켜선다. 남성이 문을 잡아당겨 매장 안으로 들어왔다. "어서 오세요." 미도리는 인사했다.

미도리가 메뉴판을 가지고 가자 남성은 곧바로 "A 세트 주세요."라고 했다. A 세트는 토스트, 샐러드, 삶은 달걀과 요거트로 구성된 가장 저렴한 세트 메뉴이다.

B 세트는 삶은 달걀 대신에 햄과 달걀프라이가 포함된다. C 세트는 핫샌드위치와 샐러드, 요거트, D 세트는 와플, 샐러드, 요거트로 구성된다. 세트 메뉴 외에 프렌치토스트도 메뉴판에 있다. 남성은 메뉴판에 눈길도 주지 않았다. 아침에는 모두 바쁘다.

 주방에 주문을 전달하고 돌아오자 그 여중생들이 아직도 밖에서 매장 안을 기웃거리고 있는 모습이 보였다. 잠시 생각하고 나서 미도리는 문을 열었다. "괜찮으면 들어오세요." 웃으며 말을 건다.

 "아, 저기……." 둘은 얼굴을 마주 보며 머뭇머뭇했다. 이내 하늘색 목도리를 한 소녀가 고개를 끄덕이더니 발걸음을 안쪽으로 옮겼다. 자리에 안내할 때 "긴장된다." 하고 둘 중 누군가가 상대방에게 귓속말하는 소리가 들렸다. 음식점에 드나드는 게 익숙지 않은 아이들인지도 모른다. 어쩌면 밖에서 아침을 먹는 것 자체가 처음인지도 모른다. 흐뭇한 기분으로 벽 쪽 가장 큰 관엽식물 화분의 그늘이 지는 자리로 둘을 안내했다. 여기라면 차분하게 식사할 수 있을 것이다.

 둘은 꽤 시간을 들여 메뉴판을 살핀 후, 둘 다 A 세트를 주문했다. "150엔을 추가하시면 커피나 홍차가 나오는데 어떻게 하시겠어요?" 미도리의 질문에, 둘은 또 얼굴을 마주 보더니 작은 목소리로 "괜찮습니다."라고 답했다.

주방으로 향하는 미도리를 아오키가 불러 세웠다. "저기 쓰카하라 씨." 목소리만으로도 아오키의 불쾌감이 전해져 온다. 여태까지 아오키가 기분이 좋았던 적은 단 한 번도 없었지만.

유독 반질반질한 피부에 눈에 생기라고는 찾아볼 수 없는 이 남자가 미도리는 처음 만난 날부터 싫었다. 아오키 역시 미도리가 맘에 들지 않는 모양이다.

미도리가 이 점포에 파견된 것은 매출을 올리기 위해서였으나 아오키에게는 미도리의 언행 하나하나가 전부 자기에 대한 개인적인 괴롭힘으로 느껴지는 모양이다. 사사건건 '내 탓이라는 거야?'라는 듯 표정이 일그러진다.

준비실에서는 가뜩이나 초점 없는 눈이 더 풀린 채로 스마트폰 게임을 하느라 여념이 없어서 거의 입도 열지 않으면서 미도리가 어쩌다 실수라도 할라치면 청산유수 같은 달변이 된다. "이거 쓰카하라 씨가 한 거야?", "앗, 정말?", "아, 그렇군.", "에헤, 다른 사람도 아니고 쓰카하라 씨가 이러면 정말 곤란하지." 등등 하이 톤으로 말꼬리를 늘인다.

"무슨 일이시죠?" 경계하는 미도리에게 아오키는

들으라는 듯이 크게 한숨을 내쉬며 말한다. "그러면 곤란하지." 오 분에 한 번씩 프리스크(민트향 캔디)를 빠는 아오키의 입에서 뿜어 나오는 입김에 미도리는 눈이 따끔따끔했다. 왠지 이전부터 '냄새'에 대해 과도한 거부감을 가진 사람이라는 느낌이 들었다. 점장의 사물함에 데오도런트가 다섯 병 정도 상비되어 있다고 남자 대학생 아르바이트생이 폭로한 적도 있다.

데오도런트를 쓸 정도이고 늘 깔끔하게 면도도 할 뿐만 아니라 머리도 짧고 단정한 그에게서 청결함이 손톱만큼도 느껴지지 않는 것은 왜일까? 미도리는 아오키의 입가를 바라보며 의문을 품었다.

"저기 말이야. 밖에 있는 중학생에게 굳이 말을 걸 필요까지는 없지 않을까?"

"아니, 들어오고 싶어 하는 것 같았잖아요. 저 애들."

"그래도 말이야, 음료도 주문 안 했잖아. 중학생 애들은 시간이 남아돌아서 오래도록 자리만 차지하고 앉아 있거든. 그러니까 회전율이든가 그런 거 있잖아." 운운하는 아오키를 보고 있다가 미도리는 갑자기 의문에 답을 찾았다. '그렇구나, 말하는 게 끈적끈적해서 청결함이 느껴지지 않는구나!'

"그러니까 쓰카하라 씨는 뭐랄까. 손님한테 '좋은 사람'이라는 소릴 듣고 싶어 하는 것 같단 말이지."

"그런 거 아니에요. 하지만 앞으로는 주의하겠습니다. 실례하겠습니다."

가볍게 고개를 숙이고 억지로 대화를 끊었다. 아오키는 아직 더 하고 싶은 말이 남아있는 듯했으나 조금 떨어진 테이블의 손님이 손을 들었기 때문에 그쪽으로 향했다.

업무 중에는 잊고 있다가 휴게 시간이 되어 직원 휴게실의 딱딱한 의자에 앉아 있으니 아오키의 말이 다시 떠올랐다.

딱히 좋은 사람이라는 말을 듣고 싶은 것은 아니다. 물통 뚜껑을 꽉 닫으면서 미도리는 이를 악물었다. '그렇게 하면 고객이 더 기뻐하지 않을까?' 하는 직업상의 배려에서 한 행동이었지 개인적인 친절은 아니었다. 고객이 또 이곳에 오고 싶다는 마음을 가지길 바라는 것이 당연하지 않은가? 아오키는 고객이 그러길 바라지 않는 걸까? 미도리는 눈을 감는다. 위가 쿡쿡 쑤신다.

구직활동을 할 때 음식점과 식품 관련 회사를 중심으로 지원했었다. 식생활의 중요성이 어떻다느니,

그럴듯한 이야기를 입사지원서에 구구절절 썼었다. 가타세 푸드 서비스 면접에서 했던 말을 미도리는 선명하게 기억하고 있다. 그렇게까지 이야기할 생각은 없었는데 엉겁결에 말해버리고 말았기 때문이다.

면접관은 사장, 영업부장과 인사부장이었는데 주로 질문을 한 사람은 한가운데 앉은 다카오 영업부장이었다. 사장은 거의 잠들기 직전이었다.

"쓰카하라 씨, 조금 전에 '식생활이 중요하다.'라는 말을 했는데, 왜 그렇게 생각합니까?"

다카오 씨는 예리한 눈초리를 한 마른 중년 남성이었는데 양손을 깍지끼고 똑바로 미도리를 쳐다보았다. 무난한 이야기로 얼버무리려고 해도 금세 꿰뚫어 보리라는 느낌이 들었다. 그래서 솔직하게 "저도 실은 어떤 사람에게 배운 건데요……."라며 이야기를 시작했다. "학교에서 따돌림당했던 시기가 있었는데,"라고 시작하다가 입을 다물었다. 다카오 씨가 눈빛으로 계속해 보라고 재촉하기에 다시 입을 열었다.

죽고 싶다는 생각을 한 적이 있다. 열네 살 때였다.

중학교 1학년 때, 친한 친구와 말다툼을 했다. 미도리는 사소한 다툼으로 여겼다. 며칠 지나면 화해하고 다시 친해질 것으로 생각했다. 하지만 그렇지 않았다.

그 직후, 친구가 좋아했던 같은 반 남자애로부터 "사귀자."라고 고백받았던 것도 사태를 악화시켰다. 미도리는 아무에게도 그 일을 말하지 않았는데 어느새 같은 반 아이들이 모두 알고 있었다. 친구는 미도리를 무시하기 시작했다. 그 친구를 둘러싼 몇 명의 여자애들도 미도리를 투명인간으로 취급하기 시작했다.

처음에는 그저 무시당하는 정도였기 때문에 그나마 견딜 만했다. 그러다가 담임 교사가 눈치를 채고 다소 신경질적으로 학급 전원을 질책한 후부터 미도리를 향한 감정은 무관심이 아니라 명백한 악의로 바뀌었다.

예를 들면 영어나 국어 수업 중에 선생님에게 지명받아 미도리가 낭독할 때 여기저기서 소리 죽여 웃는 소리가 들렸다. 사물함이 음식물 쓰레기 같은 것으로 뒤범벅이 되어 있기도 했다.

어느 날 아침 등교하자, 책상은 진흙이 묻은 신발 자국으로 범벅이 되어 있었다. 의자에도. 물에 적신 손수건으로 하나하나 닦아냈다. 위에 격렬한 통증이 느껴졌다. 그런 일은 가을에 시작되어 겨울을 지나 봄이 되어서 학년이 바뀌어도 계속되었다.

학교에서의 일에 관해 담임 교사가 엄마에게 얘기했고 엄마는 아빠에게 전했지만, 부모님은 그렇게까지 심각한 일로 인식하지는 않았던 것 같다.

"어떻게 할래?" 엄마는 일단 미도리에게 묻기는 했다. 미도리가 답하기도 전에 엄마 품에 안겨 있던 남동생이 울기 시작했다. 아직 한 살도 되지 않은 남동생은 엄마의 관심과 돌봄, 기력을 독점했다. 그토록 기다리던 사내아이. 대를 이을 아들. 할머니, 할아버지와 아빠가 남동생에 관해 이야기할 때, 빈번하게 사용하는 말이다. 거의 마음을 비웠을 때쯤 뜻하지 않게 생겼다는 이야기를 누군가에게 하는 것도 자주 들었다.

미도리네 집은 딸기 농가였다. 주로 아빠가 딸기를 재배하고 할머니, 할아버지가 집에서 먹을 만큼 채소와 쌀농사를 지었다. 할머니는 입버릇처럼 "우리 집은 종가니까."라고 말하곤 했다. 주름진 할머니의 입에서 나오는 '종가'라는 단어의 울림이, 단어의 뜻을 정확히 이해하기도 전부터 왠지 싫었다. 종가. 모락모락 허옇게 피어난 곰팡이 같은 것을 연상시켰다.

열두 살 이상 어린 남동생이 있다는 사실은 아무에게도 말하지 않았는데도 어느새 학급의 거의 모든 아이가 알고 있었고 그것 또한 조롱거리가 되었다.

어떻게 할 거냐니. "오구오구, 알았어. 다쿠토, 젖 줄게." 하며 남동생에게 젖을 물리려는 엄마에게서 눈길을 돌리고 중얼거렸다. 어떻게 하고 싶다고 하면 엄마가 그렇게 해 줄 건가? 예를 들면 전학 가고 싶어, 이런 거?

"노력해 볼게." 미도리는 그렇게 말했던 것 같다. "졸업까지만 버티면 되니까." 조금 기운 빠진 목소리로 그렇게 덧붙였다. 슬쩍 엄마를 봤지만, 엄마는 이미 미도리 쪽을 보고 있지 않았다. 보건 간호사인지, 조산사가 수유 중에는 아기와 눈을 맞추라고 했다고 항상 말하곤 했다.

그때 아빠가 들어왔다. 막 목욕을 끝냈는지 목덜미에 수건을 두르고 있었다. 비닐하우스에 다녀온 후 아빠는 반드시 더운물을 끼얹는다. 냉장고에서 맥주 캔을 꺼내서 딴다. 슈욱, 하는 소리가 유난히 크게 울린다.

"미도리, 너 말이야."

아빠는 목소리가 크다. 호통치는 것이 아닌데도, 다른 사람이 듣기에는 호통치는 것처럼 느껴지는 말투이다. 언제나 그렇다.

"고개를 푹 숙이고 땅만 보고 다니면서 설설 기니

까 괴롭힘당하는 거야. 뭐라고 덤비는 녀석이 있으면 말이지, 이렇게 우산 같은 거로 두들겨 패주면 된다니까. 네가 만만해 보이니까 그런 거야. 안 그러냐?"

"응." 아빠와 시선을 맞추지 않고 미도리는 고개를 끄덕였던 것 같다. 이다음 이어질 말은 뻔하다. 아빠는 3월생이라(일본은 새 학년이 4월에 시작하고 한 학년이 4월생~다음 해 3월생이므로 3월생은 동급생 중에서 가장 어림) 어렸을 때 체구가 작아서 동급생들에게 놀림감이 되곤 했다고 한다. 그런데 부모님께 부탁해서 유도를 배우기 시작하고부터 강인해졌고 무엇보다 자신감이 생겨서 결과적으로 괴롭히는 녀석들이 싹 사라졌다는 이야기이다. 미도리는 쿡쿡 쑤시는 위를 지그시 눌렀다. 그 이야기라면 이미 다섯 번도 더 들었다.

"앞으로는 여자도 강하지 않으면 안 돼."라며 아빠는 미도리의 머리를 가볍게 두드렸다. 마음은 이미 딴 데에 가 있는 느낌이었다. 잠시 후에 시작하는 TV 야구 중계 생각이라도 하는 거겠지.

그것은 5월에 시작됐다. 긴 연휴의 마지막 날, 방 안에 틀어박혀 내일부터 학교에 가야 한다는 생각을 하고 있자니 위가 갑자기 뜨거워졌다. 항상 느끼는 정도의 쿡쿡 쑤시는 통증과는 차원이 달랐다. 어디에선가 비정상적으로 체온이 높은 사람의 손이 뻗어와서 위를 손에 쥐고 주물럭거리며 반죽하는 듯한 압박감과 통증을 느꼈다. 입안에 침이 고였다. 황급히 화장실로 달려갔다.

몇 시간 전에 먹었던 저녁 식사가 소화되지 않은 상태로 쏟아져나와 변기에 튀었다. 콜록거리자 쌀알 같은 것이 코로 넘어와 아팠다. 눈물을 잔뜩 머금은 채 화장실 벽에 기대어 물 같은 것밖에 나오지 않을 때까지 구토를 반복했다.

이상하게도, 토해 버리고 나니 속이 후련했다. 위는 거북했고 목구멍도 몹시 아팠지만, 머릿속이 서서히 맑아졌고 기분이 상쾌했다. 토하니까 속이 후련하구나. 그렇게 생각했다.

그때부터 미도리는 식사가 끝나면 곧바로 화장실로 향하게 되었다. 체중이 줄어가는 것에도 은근한 기쁨을 느꼈다. 이대로 몸속의 지방도 수분도 점점 줄어들어서 뼈도 퍼석퍼석해지면 언젠가 몸 자체가 이 세상에서 사라져버릴지도 모른다. 머리카락이 빠지고 입안은 언제나 끈적거리면서 역겨운 냄새가 났다. 열두 살에 시작한 생리가 뚝 끊겼다. 어차피 아이를 낳는 일은 없을 것이다. 그런 미래는 내게 절대

오지 않을 것이다. 의미도 없이 피를 흘릴 뿐인 우울한 월례행사가 없어져 안도했다.

아, 냄새. 해골. 징그러워. 미도리를 향한 험담에 그런 표현이 새로 추가되었다. '해골'이라는 말이 미도리는 맘에 들었다. 삶이 아닌 죽음에 속한 존재에 가까워지고 있다는 실감이 났다.

그 꿀을 준 여성과 만난 것은 그런 시기였다. 조금의 과장도 없이 그녀가 목숨을 구해준 것이라고 미도리는 지금도 생각한다.

그 사람이 말한 그대로였다. 그 후에도 미도리는 사람들에게 미움을 받으며 지냈다. 다만, 토하는 것은 그만두었다. 이제 그런 짓은 그만두자고 생각했다. 위의 통증은 그 후에도 한동안 지속되었다.

3학년 때 담임 교사의 추천으로 조금 멀리 떨어진 지역의 고등학교 입학시험을 쳤다. 부모님의 허락을 받아 친척 집에서 하숙하며 학교에 다니기 시작했다. 그즈음에는 체중이 이전만큼은 아니지만 비슷한 수치까지 되돌아왔고 오랫동안 끊겼던 생리도 다시 시작했다. 요리부에 가입하여 또 체중이 조금 늘었다. 놀랄 만큼 쉽게 새 친구들이 생겼다.

요리하는 것이 즐거웠다. 먹는 것은 더 즐거웠다. "맛있네." 또는 "이건 좀 실패작이네." 등 누군가와 이야기를 나누는 것은 더더욱 즐거웠다.

그 후에도 '아사노 벌꿀'을 슈퍼마켓이나 백화점에 갈 때마다 찾아보았지만 찾을 수가 없었다.

평온한 고등학교 생활을 마친 후 들어간 대학에서도 대체로 평온한 나날을 보내며 미도리는 벌꿀을 주었던 그 사람을 잊었다. 가끔 생각날 때는 있었지만 조금씩 희미해졌다. 그녀의 얼굴도, 꿈속에서 만났던 사람처럼 어렴풋해져서 생김새가 선명하게 떠오르지 않았다.

구직활동을 시작하며, '나는 어떤 일을 하고 싶은가?' 진지하게 생각하면서 그 여성의 존재가 다시금 뇌리에 뚜렷이 떠올랐다.

영양이 부족한 거야, 너. 그렇게 말했던 그 사람. 거친 말투인데도 조금도 기분이 나쁘지 않았다. 그 사람처럼 '먹는 것은 중요한 것'이라는 것을 다른 사람에게 전할 수 있으면 좋겠다고 생각했다. 그러자 그 순간, 눈앞에 곧게 쭉 뻗은 길이 나타난 듯했다.

그게 이유입니다. 면접에서 그렇게 말을 마친 미도리에게 다카오 씨가 가장 처음 한 말은 "길기도 하다!"였다. 양옆에 앉은 학생들이 소리를 죽이고 웃었다. 틀림없이 떨어졌다고 생각했는데 나중에 합격

통지를 받았다.

어느새 휴게 시간이 거의 끝나갔다. 심호흡을 하고 일어섰다.

그 사람처럼 되고 싶다는 마음으로 그 모습을 늘 머릿속에 그려왔는데, 그 사람이 또 멀어져갔다. 취직하고 나서 필사적으로 하루하루 보내는 동안, 모르는 사이에 기억이 희미해졌다. 그녀의 머리가 길었는지 짧았는지조차 희미하다.

다카오 씨는 작년에 정년퇴직했다. 그는 부하의 말을 무조건 부정하거나 무시하는 부류의 사람이 아니었다. 마지막 날, 인사를 하러 가서 아직 더 많은 것을 배우고 싶었다고 하자, "쓰카하라는 성실하군, 일이라는 건 말이야, 적당히 하면 돼."라며 웃었다. 올해 받은 연하장에는 다카오 씨가 직접 찍었다는 다카오 산(도쿄 인근 하치오지 시에 있는 해발고도 599m의 산)의 사진이 인쇄되어 있었다. '아내와 이곳저곳 여행을 다니고 있습니다.'라고 손으로 쓴 메시지가 곁들여져있었다.

헛기침을 한번 한다. 손거울을 들여다보며 생긋 웃어본다. 웃는 연습. 제아무리 피곤해도, 위에 통증이 있어도 업무 중에는 웃어야 한다.

오늘 하루 좀 더 힘내면, 내일은 휴일이다. 목을 한

바퀴 돌려 뚝뚝 소리를 내며 휴게 시간을 끝마쳤다.

 그날 밤은 잿빛 꿈을 꾸었다. 사방에 자욱하게 잿빛 어둠이 깔린 세계에서 무언가에 쫓겨 달아나고 있었다. 꿈속에서 늘 그렇듯이 발이 잘 떨어지지 않아 빨리 앞으로 달려나갈 수가 없었다.
 "미도리." 누가 몸을 흔들어 번쩍 눈을 떴다. 안자이가 걱정스러운 듯이 얼굴을 바라보고 있다.
 "집에 와 있었구나."
 "어서 와." 하며 손을 내민다. 밤바람을 맞은 안자이의 볼은 깜짝 놀랄 정도로 차가워서 눈 깜짝할 새에 현실로 되돌아왔다. 서서히 따스한 안도감이 차올랐다. "우와, 따뜻해." 안자이는 미도리의 손을 쥐며 말했다.
 "돌아와서 살짝 들여다보니 가위에 눌린 것 같더라고."
 그래서 깨웠다는 안자이에게 미도리는 "고마워." 하고 답했다. "어서 와." 다시 한번 말하자, 안자이는 "응, 다녀왔어."라고 말하며 아무렇게나 미도리 옆에 드러눕는다.
 머리맡에 놓인 빈 벌꿀 병을 보더니, "또 보고 있었구나." 안자이는 웃으며 말했다. 그때 받았던 벌꿀 병을 미도리는 내내 소중하게 보관해 왔다. 평소에는 서랍 깊은 곳에 넣어두지만 의기소침할 때 가끔 꺼내서 바라본다. 그 습관을 안자이도 잘 알고 있기에, "정말 수고했어." 하며 한쪽 팔꿈치를 괸 채로 미도리의 머리를 쓰다듬어 주었다.

'아사노 벌꿀'이라고 적힌 라벨은 닳아서 가장자리가 일어났고 검은 글씨는 바래서 회색이 되었다.

"안자이야말로 수고했어."

"응, 피곤하다."

안자이의 머리카락에서 향신료와 토마토 냄새가 난다. 마늘이랑 또 무언가 매캐한 냄새. 일하고 온 냄새라는 생각을 하며 머리카락을 만진다. 안자이의 머리카락은 갈색이다. 덥수룩해서 쓰다듬으면 강아지를 어루만지고 있는 듯한 기분이 든다.

매캐한 냄새의 정체를 알아내려고 머리카락 냄새를 맡고 있자니, 이를 알아챈 안자이가 "킁킁대지 마."라며 화를 냈다.

"냄새나니까 킁킁대지 마."

"냄새가 나니까 더 킁킁거리게 되기도 하잖아."

"아니거든." 한쪽 팔꿈치를 괸 채 안자이는 미도리를 물끄러미 바라본다. 미도리 쪽으로 얼굴을 가져가더니 아래턱을 깨문다. 미도리가 "아야."라고 하니 웃으며 이번에는 코와 눈꺼풀을 살짝 깨물었다.

"아야, 아야." 호들갑을 떠니 즐겁다는 듯이 더 크게 웃기 시작했다. 안자이는 얼굴을 미도리의 목덜미에서 쇄골까지 움직였지만 더는 웃지도 않고 깨물지도 않았다. 미도리는 안자이의 머리카락을 계속 쓰다듬었다. "어서 와." 다시 한번 말했다. 안자이도 얼굴을 그대로 묻은 채 답했다. "응, 다녀왔어."

다음 날 눈을 떠 보니, 안자이는 베개에 얼굴을 푹 파묻고 자고 있었다. 살짝 입술을 벌린 채 자는 얼굴을, 미도리는 상체를 일으키고 잠시 바라보았다.

안자이의 자는 얼굴을 바라보고 있으니 무의식적으로 미도리의 입술이 떨린다. 마음속 깊은 곳의 부드러운 부분이 꽉 죄어왔다. 너무나 무방비한 상태이기 때문일 것이다.

'귀엽다.'라는 말을 듣는 것을 안자이는 극도로 싫어한다. 만만하다는 말처럼 들린다고 한다. 그래서 미도리는 안자이의 잠든 얼굴이 무방비하다는 등의 말을 본인에게 절대로 하지 않는다. 그저, 이런 얼굴을 다른 누구에게도 보여주어서는 안 된다고, 또 보여주고 싶지 않다고 생각했다.

시간을 확인하니 오전 8시가 조금 지났다. 안자이를 깨우지 않도록 살짝 빠져나와 주방으로 향한다.

슬리퍼를 신어도 마루에서 차가운 공기가 전해지는 것 같았다. 몸을 희미하게 떨며 난방 스위치를 누른다. '그래, 오늘 아침은 사과 샌드위치로 하자.' 세수하며 정했다.

사과를 아주 얇게 저며서 버터를 바른 빵 위에 나란히 올린 후 토스터에 넣고 노릇노릇해질 때까지 구워서 벌꿀을 원하는 만큼 뿌려서 먹는다. 안자이도 좋아하는 메뉴이고 위에도 자극이 없다. 사과를 썰다가 보니 등 뒤에 안자이가 서 있다. 눈을 비비고 있다.

"미안, 소리 나서 깼어?"

"아니, 알람 울려서 일어났어."

"좀 더 자두는 게 낫지 않아? 오늘도 한밤중까지 일해야 하잖아."

말하면서 순간적으로 몹시 불길한 예감이 들었다. 그리고 불길한 예감이라는 것은 틀리는 법이 없다.

"그만뒀어. 그 가게."

미도리는 칼을 든 손을 멈추고 뒤돌아보았다.

"왜!"

"아니 그게, 교육 담당자가 스물한 살이더라고. 게다가 엄청 건방진 녀석이더라니까. 스물한 살짜리한테 존댓말 써가면서 눈치 봐야 한다니. 그 고생을 상상해 봐!"

 안자이는 얼굴에 노기를 띠고 말했다. 미도리는 가벼운 현기증을 느꼈다. 애초에 왜 이처럼 "스물한 살짜리한테 존댓말을 써가면서 눈치 봐야 하는," 상황이 되었는가 하니, "그건 네가 지금까지 이곳저곳을 전전해 왔기 때문이고, 전전하는 동안에 당연히 나이를 먹었으니까 선배라고 해도 나이가 상당히 아래인 상황도 앞으로 얼마든지 있을 테지. 그뿐이겠어? 경영자가 너보다 연하인 기업도 얼마든지 나타날 거야. 네가 존 레넌도 아니고 '상상해 봐!(대표곡 'Imagine'을 의미)' 운운하고 있는 지금 이 순간에도 다른 사람은 경력을 쌓아가고 있다고! 아니 그러고 보니, 너, 다음에도 일 가르쳐주는 상대가 너보다 젊으면 또 그만둘 셈이야?" 이런 마음을 말다툼으로 발전하지 않도록 원만하게 전할 방법은 없을까? 아니 없다. 있을 리가 없다. 차라리 "아, 그렇구나, 그럼, 어쩔 수 없겠네. 다음 기회를 찾아보자."라고 말하고 가볍게 흘려버리는 게 나을까? 아니다. 그럴 수는 없다. 그건 마음이 허락하지 않는다. 어쩌면 좋을지 머뭇거리다가 결국 미도리의 입에서는 얼빠진 듯한 목소리로 "뭐라고?"라는 소리가 나왔을 뿐이었다.

 "……단 하루 만에 결정하는 건, 너무 이른 게 아

닌가 싶은데…….."

안자이에게 등을 돌리고 사과를 얇게 써는 작업을 다시 시작한다.

"적어도 한 달 정도 일해 보고 나서 결정해도 괜찮지 않을까?"

"역시 나에게는 무리라고 어제 이미 말해버렸어. 마사키 씨한테."

자동판매기에서 생수를 살지, 녹차를 살지조차도 몇 분이나 고민하며 일상을 보내는 사람이, 왜 이럴 때만 결단이 빠른 건지 모르겠다. 미도리는 못마땅한 기색을 감추며 사과를 계속 썰었다.

안자이가 미도리의 머리에 턱을 얹었다. "앗, 혹시 화났어?" 어리광 섞인 목소리를 낸다.

"화 안 났어요."

한참 말다툼하다가 갑자기 존댓말을 쓰는 여자는 짜증 난다는 글을 어디에선가 읽은 적이 있다. 어느 남성 작가의 에세이였던 것 같다. '완전히 나 같은 여자를 말하는 거잖아.' 하지만 최대한 침착하게 말하려다 보면 꼭 존댓말이 나온다.

"그래서 말인데. 나, 고향에 돌아갈까 해."

안자이의 말에 너무 놀란 나머지, 칼에 손을 베이고 말았다. "아야." 얼굴을 찡그렸다. 생각보다 깊게 베인 모양이다. 피가 개수대에 똑똑 떨어졌다.

"으악, 아프겠다, 너무 아프겠다." 자기가 손을 베인 것도 아니면서 안자이는 호들갑을 떨었다. 그러고 있지 말고 반창고를 가지고 오라고 손짓을 한다.

아무 말 없이 손가락을 내밀며, '고향에 돌아간다니 이건 또 무슨 뚱딴지같은 말이지?' 미도리는 입술을 깨물며 생각했다. 손가락의 상처가 욱신욱신하며 피가 계속 흘러나온다.

"돌아가서 어쩔 건데?"

"집에서 하는 사업을 도울까 싶어서."

"……아니 그전에 안자이의 본가, 어디였지?"

안자이는 여태까지 미도리를 만나기 전 이야기는 하고 싶어 하지 않았다. 기껏 아는 것이라고는 다섯 살 때쯤, 친어머니가 병으로 돌아가셨다는 것 정도일까?

"아사노."

인근 현에 있는 그리 특별할 것 없는 곳이라고 했다. 안자이 아버지는 회사를 경영하고 있다고 한다. 임대 건물을 몇 곳 소유하고 있어서 아사노 시의 특산품을 취급하는 상점이나 '지역 농산물 소비'를 테마로 하는 음식점 등 폭넓은 사업을 전개하고 있는 꽤 유능한 사업가라고 한다. 안자이에게는 형이 있는데 현재는 형이 회사를 물려받아 사장을 맡고 있다.

안자이가 미대에 진학한 시점에 그의 아버지는 "졸업까지 돈은 대주겠지만 그 후에는 네가 알아서 해라."라고 했다. 눈 밖에 나서 그때 이후 거의 고향에 간 적도 없었다고 한다.

안자이 형제의 어머니가 세상을 떠나고 나서 몇 년 후에 아버지는 재혼했는데, 현재는 부인과 별거 중이라고 한다. 아버지의 두 번째 부인에 관해 안자이는 "잘은 모르지만 살아있기는 한 것 같아."라고 설명했다.

"하지만 나는 미도리와 헤어지고 싶지 않아."

안자이는 미도리의 손가락에 반창고를 감으며 고개를 떨군 채 불쑥 말을 던진다. 고개를 들더니, 굳은 표정으로 묻는다. "그러니까, 같이 갈래?" 표정이 굳은 것은 긴장 때문이리라.

"프러포즈 비슷하게 되고 있는걸."

"진짜로 프러포즈하는 거 맞는데." 안자이는 둘둘 말린 반창고를 꼭 쥔 채로 대답한다.

"미도리가 없으면 곤란하기도 하고."

"어쨌든 곤란해." 안자이는 다시 한번 말했다.

"미도리가 지금 하는 일 그만둬야 하긴 하지만."

"뭐?"

아사노 시는 지도상 거리로 보면 여기에서 그리 먼 곳도 아니다. 하지만 안자이 말에 따르면 전차를 네 번 이상 갈아타야 하므로 기분상 먼 느낌이라고 해야 하나, 어쨌든 통근이 가능할 것 같지는 않다.

"형에게 얘기했더니 미도리의 일자리라면 어떻게든 해결될 거라고 그랬어. 말했잖아, 레스토랑도 있거든."

"그렇게, 하나부터 열까지 맘대로 결정하지 마." 미도리는 고개를 떨구었다.

"있잖아, 아사노 말이야. 벌꿀 산지야. 알고 있었어?"

"몰랐어."

"미도리가 항상 쳐다보는 '아사노 벌꿀'이란 거, 난 예전부터 아사노에서 난 벌꿀이 아닐까 하고 생각했었어. 아사노에 가보면 뭔가 알게 될지도 몰라. 그 중학생 때 만났다는 여자분 말이야."

"예전부터 생각했으면 진작에 알려주지 그랬어!"

"미안, 나 고향 얘기하는 거, 그다지 좋아하지 않아서." 안자이가 눈길을 피하며 말하기에 왠지 안쓰러워져서 더는 몰아붙이지 않았다.

미도리가 없으면 곤란하다는 안자이의 말은 두말

할 것도 없이 기쁘다. 하지만 지금껏 상상해 본 안자이와의 장래에 '안자이의 본가로 돌아간다.'라는 카드는 아예 존재하지 않았다.

어차피 그 카드도 이번 레스토랑 일을 계속하기 싫어져서 돌발적으로 꺼낸 것이려니 싶으니 쉽사리 받아들일 수가 없다. 또 내일 아침이 되면 "역시 그건 아니지."라고 번복할 것 같은 느낌이 든다.

"생각할 시간을 줘요."

"생각할 시간을, 줘요." 또 존댓말이 나와버렸다고 생각하면서 미도리는 반복했다.

3

 결국, 사과 토스트는 먹지 못했다. 그 후 안자이는 갑자기 안절부절못하더니 "볼일이 생각났다."라는 뻔히 들여다보이는 거짓말을 하고 나가 버렸다. 잠시 꿈쩍도 하지 않고 멍하니 앉아 있던 미도리는 휴대전화 울리는 소리에 퍼뜩 정신이 들었다. 마유리에게서 온 전화였다. "잘 지내? 요즘 어때?" 등등 늘 하던 식의 별 의미 없는 얘기를 나누다 미도리의 상태가 아무래도 이상하다는 것을 눈치챘는지 마유리는 "열한 시에 우리 집으로 와."라고 일방적으로 말하더니 전화를 끊어버렸다.

 갈증이 나서 주방으로 가보니 도마 위에 방치된 사과가 갈색으로 변했다. 헛수고했다고 생각하며 사과를 버렸다.

 "아사노라고 했지."

 미도리의 눈앞에서 마유리는 컴퓨터 화면에 얼굴을 가까이 가져갔다. 아사노 시청 홈페이지를 보고 있는 모양이다. 인구 약 7만 명. 시의 마스코트는 '아사비(아사노의 '아사'와 벌을 의미하는 영어 단어 bee를 조합한 것).' "이것 좀 봐, 하나도 안 귀여워." 마유리는 웃으며 모니터를 미도리 쪽으로 틀어준다. '꽃의 도시 아사노'라고 우측에 멋을 낸 글자가 들쭉날쭉 움직이고 있고 그 아래에는 마유리 말대로 머리만 클 뿐 귀염성이라고는 찾아볼 수 없는 꿀벌 캐릭터가 우스꽝스러운 포즈를 취하고 있다.

마유리는 "시골이네." 딱 잘라 말하더니 입에 물고 있던 담배를 비벼 껐다. 모니터를 끄고는 돌아앉는다.

"어떻게 할 거야?"

"그러니까 지금 그걸 생각하고 있다니까." 미도리는 답하며 얼굴을 돌린다. 마유리는 "아." 하고 하품을 하며 고개를 끄덕이더니 기지개를 켰다. 간호사인 마유리는 언제 만나도 늘 졸린 듯한 표정을 짓고 있다. 고등학교 동창생 중에 지금까지 자주 만나는 사람은 마유리 뿐이다. 본가에 살고 있지만, 식구들이랑 얼굴 마주치는 일도 거의 없다고 한다. 마유리의 어머니도 간호사이고 아버지는 안 계신다. 오빠가 한 명 있는데 결혼해서 따로 산다.

고등학교 시절, 친척 집에서 하숙하는 미도리를 보고 마유리의 어머니는 늘 야무지다고 칭찬해 주셨다. 실제로 미도리는 그다지 야무지지 않은데 부모

곁을 떠나 생활하고 있는 것만으로도 그렇게 보였던 것 같다. 미도리는 집을 떠나서야 비로소, 그나마 숨통이 트였다. 그런 마음으로 고등학교 생활을 보내고 있었기에 마유리의 어머니를 본의 아니게 속이고 있는 듯해서 왠지 꺼림칙한 마음을 늘 품고 있었다.

"이 기회에 헤어지는 게 좋을 것 같아."

마유리는 이전부터 안자이 이야기를 들을 때마다 "나라면 헤어진다."를 연발하곤 했다.

"그건 싫어."

그 사람 대체 뭐가 좋은 거냐며 마유리는 고개를 갸웃거린다.

"그러니까 전에도 말했잖아." 미도리는 말하고는 한숨을 내쉰다.

안자이는 대학생 때 미도리가 아르바이트하던 카페에 가끔 오는 손님이었다. 항상 카운터 석에 앉아 작은 스케치북에 연필을 놀리고 있었다. 차림새 등으로 보아 학생일 것으로 짐작했다. 가끔 같이 오는 친구로 보이는 사람과의 대화에서 근처에 있는 미대에 다닌다는 사실만은 알게 됐다.

어느 날, 막 비가 그친 후 혼자 카페에 왔던 안자이가 갑자기 미도리를 향해 "무지개가 떴어요."라고 말했다. 미도리는 서둘러 밖으로 나가봤지만, 무지개는 이미 사라지고 없었다. "나도 보고 싶었는데······."
미도리가 안타까워하는 모습을 보더니 안자이는 늘 가지고 다니는 스케치북을 꺼내어 무지개 그림을 그리기 시작했다. 항상 들고 있던 연필이 아니라, 가방에 들어있던 고체 물감을 사용해서. 붓을 쥔 손가락은 가늘고 길었다. 손끝을 살짝 움직이면 힘줄이 불거지는 가느다란 손은 안자이의 그림 이상으로 아름다웠다. "이거 줄게요." 하며 스케치북에서 북 찢어서 건네는 그림을 받아들면서, 미도리의 심장은 아플 정도로 쿵쾅거리고 있었다. 저 손을 만져보고 싶다고 생각했다.

"'내 마음에 무지개를 띄워 준 안자이'라는 거네."

마유리는 익살스럽게 말하며 어깨를 흔든다.

"안자이는 그렇게 나쁜 남자는 아냐."

단지, 안자이가 생각하는 '이상적인 자신의 모습'과 실제 모습 혹은 주변 사람의 평가 사이에는 엄청난 간극이 있다. 어떻게 하면 현재 서 있는 지점에서 '이상적인 자신의 모습'까지 날아오를 수 있을지 몰라 어찌할 바를 모르는 것처럼 보인다. 수만 가지 감정을 어떻게 다스려야 할지 몰라 난감해하고 있다. 차라리 둔감한 사람이라면 그 간극도 눈치채지 못하고 살아갈 수 있을지 모르지만 안자이는 그렇지 않다. 일을 지속하지 못하는 것은 그 때문이다. 남달리 자존심이 세다.

"그럼, 따라갈 거야?"

미도리가 입을 다물고 있으니 마유리는 새 담배 개비에 불을 붙인다.

"혹시 지금 하는 일 그만두고 싶지 않은 거야?"

"응, 그렇지." 미도리는 마침내 수긍했다. 하지만 현재 직장이 최고라든가, 절대 떠나고 싶지 않다는 의미는 아니다. 싫은 일도 여느 직장 못지않게 있다.

"하지만 이 상황에서, 안자이의 청혼을 기다렸다는 듯이 덜컥 수락하는 건 뭐랄까, 왠지 비겁하지 않아?"

"비겁하다니 무슨 말이야? 누구한테 비겁한 건데?"

"⋯⋯세상에 대해서, 일까나."

"어이없군." 마유리는 코웃음 친다.

"대체 뭐랑 그렇게 싸우고 있는 건지⋯⋯. 바보 같긴." 마유리는 말을 내뱉으며 담배 연기를 뿜어낸다.

머리를 싸쥐고 있는 미도리를 보더니 안쓰럽긴 했던지 마유리는 조금 누그러진 말투로 "뭐, 좀 더 생각해 보면 되잖아."라고 했다.

어젯밤에 큰 냄비 한가득 소고기 카레를 끓여놨다

며 먹고 가라는 마유리의 말에 사양하지 않고 먹고 가기로 했다. 미도리가 카레를 만들 때는 거의 닭고기를 넣지만 그건 어디까지나 금전적인 이유일 뿐, 실은 소고기 카레도 좋아한다. 맛있다는 말을 연발하며 기쁘게 먹고 있으니, 맞은편에 앉은 마유리가 "맛있게 먹는 여자는 보기 좋다니까. 같이 맛있는 거 먹으러 가자고 꼬시고 싶어져."라고 남자 같은 말을 한다. 매콤한 것을 먹어서인지 위가 아프다. 이번에는 꽉 죄는 듯한 통증이 몇 초간 계속됐다. 그 모습을 보더니 마유리가 미간을 찌푸리며 "그거, 틀림없이 스트레스성이라니까."라고 말했다.

"스트레스 아냐. 스트레스라는 말 싫거든."

미도리는 고개를 절레절레 저었다.

"스트레스가 싫다니, 그건 또 무슨 의미야?"

숟가락을 든 손을 공중에 멈춘 채로 잠시 생각하다가 결국 "너무 편리한 변명인 것 같아서."라고 답했다.

학교에 다니든, 회사에 다니든, 아니 그런 곳이 아니더라도 어떤 형태로든 인간관계 속에 던져진 채 살아가는 거니까 누구든 나름대로 중압감을 느끼고 있을 것이다. 그런데 '스트레스가 원인'이라는 변명 하나로 모든 것이 용인된다고 해야 하나, 스트레스로 모든 것을 설명해 버리는 편리함이 맘에 들지 않는다. 편리한 것을 선뜻 선택하는 나 자신이 비겁한 것 같다.

"설사 비겁하다고 해도 그러면 왜 안 되는데?"

태연한 얼굴로 마유리는 연신 카레를 입으로 가져간다. 그러면 왜 안 되냐는 마유리의 반문에 "음." 미도리는 말문이 막힌다. 다른 누군가가 "스트레스 때문에."라고 하면 "힘들겠어요."라고 답하고, '정말 힘들겠구나.' 생각하지만, 정작 나 자신에 관해서는 비겁하다는 생각을 하게 된다.

그 후에는 마유리가 요즘 가장 열을 올리고 있는 배우의 출연작이라는 드라마를 녹화해 둔 것을 반강제로 같이 봤다. 일일이 정지 버튼을 누르며 "봐봐, 이 표정. 너무 멋지지 않니." 운운하며 몸부림치는 마유리에게 적당히 장단을 맞춰 주며 시간을 보냈다.

슬슬 집에 가겠다고 하고 일어서자 마유리는 갑자기 진지한 표정을 짓더니, "미도리, 비겁한지, 비겁하지 않는지를 따져서 매사를 결정하지 않는 게 좋을 거구먼."이라고 했다.

"뭐야, '좋을 거구먼.'이라니."

말꼬리 따위 신경 쓸 상황이 아니라고 생각하면서도 미도리는 그렇게 말했다.

"이치에 맞는지, 올바른지 따질 필요 없어. 그렇게 생각하지 않아도 돼. 미도리가 어떻게 하고 싶은지를 생각해. 미도리가 어디로 가고 싶은지가 중요해."

문득 떠오른 듯이 "중요하구먼."이라고 덧붙인다. 마유리는 아마도, 진지한 이야기를 진지하게 하는 것은 숨이 막혀서 못 견디는 것이리라.

"응, 고마워."

조금 망설인 끝에 미도리도 "고맙구먼."이라고 덧붙였다.

현관 밖까지 나와서 배웅하려는 마유리를 바깥은 추우니 나오지 말라고 집 안으로 밀어 넣고 도로로 나왔다.

목도리를 코 밑까지 단단히 감아 매고 자전거에 올라탔다. 마유리 전화를 받고 오길 잘했다. 페달을 밟으며 그렇게 생각했다. 아무런 결론도 나온 것은 아니지만 친구와 수다 떨고 함께 카레를 먹고 나니 왠지 조금은 기분이 가벼워진 듯하다.

어떻게 하고 싶은지, 어디로 가고 싶은지가 중요해. '맞아, 그렇지.' 마음속으로 중얼거렸다.

어느새 비가 내렸는지 아스팔트가 젖어 있었다. 베란다에 널어두고 온 빨래가 생각난 순간, 극심한 통증이 미도리의 위를 강타했다. "으윽." 신음하며 몸을 비틀었다.

"아야야야……." 인생 최대급 위통이 덮쳐왔다. 통증을 꾹꾹 참고 있으니 왠지 실없는 웃음이 나왔다. 교차로에 도착한 것을 한 박자 늦게 알아차렸다. 파란불이 깜박거리고 있어 단숨에 건너가려고 힘주어 페달을 밟은 순간, 좌회전하려는 차량의 측면에 부딪혔다.

너무나 가볍게 자전거의 안장에서 공중으로 내던져진 미도리의 몸은 자동차의 보닛을 휙 지나 아스팔트 위로 내동댕이쳐졌다. 바닥에 엎드러져 있는 미도리의 얼굴 바로 옆에는 작은 물웅덩이가 패여 있었는데 오후 4시의 태양 빛이 벌꿀 같은 색으로 물들었다. '이대로 죽는 건가?' 생각하며 미도리는 천천히 눈을 감았다. 바로 몇 분 전까지 같이 있었던 마유리의 얼굴이 떠오른다. 안자이의 얼굴도. 이게 죽기 전에 보인다는 소위 '주마등'이라는 건지도 모른다.

"죽고 싶지 않아." 소리 내어 말한다. 목소리가 나오는 걸 보니 조금은 안심된다.

"죽고 싶지 않아." 미도리는 눈을 번쩍 떴다. 느릿느릿 몸을 일으킨다. 심한 통증이 전신을 훑고 지나갔지만 일단 걸을 수는 있었다. 충돌했을 때의 충격으로 대각선으로 매고 있던 가방이 가슴 쪽으로 돌아가서 쿠션이 되어준 덕에 다행히 허리부터 상반신은 부딪히지 않았던 모양이다.

미도리와 부딪힌 자동차는 그대로 달아나버린 것 같다. 옆으로 쓰러져 있는 자전거를 일으켜 세워준 행인에게 몇 번이고 고개를 숙인다. "구급차 부를까요?" 그 사람은 걱정스러운 듯이 말했지만 미도리는, 자기 몸을 죽 내려다보고는, "좀 아프긴 하지만 걸을 수 있으니 병원에는 제가 가볼게요. 감사합니다."라고 답했다.

넓은 보도가 있는 곳까지 자전거를 밀며 걸어갔다. 머리를 부딪치지 않아 천만다행이었다. 그 덕분에 제대로 판단력이 생긴 것 같다. 죽는 줄 알았지만 죽지 않았다. 휴대전화를 꺼내어 전화를 걸었다.

내일 인생이 끝난다면.

안자이는 바로 전화를 받았다. "여보세요." 목소리를 듣자 왠지 눈물이 솟구쳤다. "왜 그래?" 여느 때보다도 더 다정한 안자이의 목소리가 들렸다.

"같이 갈게. 안자이."

"……응."

안자이는 잠시 가만히 있더니, "고마워."라고 덧붙였다. 진심이 담긴 목소리였다.

4

 차창 밖으로 흘러가는 풍경에서 흰색과 회색 건물의 모습이 점점 사라지고 푸르른 산과 논으로 바뀌어 가는 모습을 유리창에 이마를 대고 바라보고 있다. 앞으로 다섯 역 정도 더 가면 안자이의 본가가 있는 마을 역에 도착한다. 가까운 역으로 안자이의 형이 마중 나오기로 했다.

 눈코 뜰 새 없이 바쁘게 보냈던 지난 몇 달간을 회상한다. 회사에 사직서를 내고 셋방 계약을 해약했다. 누덕누덕한 벽에 페인트를 칠한 판자를 대어 그림을 장식하고 저렴한 원단을 사 와서 바느질로 만든 커튼을 걸어 단장했던 그 방은 비좁긴 해도 마음 편히 머물 수 있는 우리만의 성이었다. 오늘 아침, 텅 빈 방을 바라보다가 하마터면 울 뻔했다.

 더워서 뒤척이던 여름밤에 시원한 곳을 찾아 실내를 데굴데굴 굴러다닌 끝에 결국 "여기가 가장 시원해." 하며 현관 바닥에서 자던 일, 겨울에 난방비를 절약하려고 안자이와 둘이서 담요를 뒤집어쓰고 무릎 위에 널빤지를 올려놓고는 '친환경 고타쓰', 줄여서 '친고'라고 명명했던 기억 등이 선명하게 떠올랐다.

일을 그만두기로 한 날 이후, 위통이 일어나는 빈도가 놀랄 정도로 감소했다. 역시 어떤 의미로든, 꽤 무리하고 있었음을 깨달았다.

앞으로는 안자이의 본가 부지 내에 있는 별채에서 살기로 되어 있다. 나중에는 어딘가에 방을 얻어 살 것이지만 일단은 그렇게 하기로 했다고 한다.

미도리의 부모님께는 이미 인사를 드렸다. 안자이는 다소 긴장한 듯했지만, 미도리의 부모는 "이미 나이도 먹을 만큼 먹었고 딸아이 의견을 존중합니다. 혼기 지난 딸을 데려가 주셔서 감사합니다."라고 했다. 이후에는 거의 "네네." 하며 건성으로 대꾸하는 정도였다. 엄마는 남동생이 소속된 농구부가 전국대회에 나갈 것 같다든가, 성적이 늘 전교 10위권 내에 든다든가 하는 이야기를 했지만, 정작 당사자인 남동생은 고개를 푹 숙이고 스마트폰만 만지작거리고 있었다.

안자이의 본가도 두 번 정도 갔다. 두 번 다 안자이 아버지는 만나지 못했다. 전국 백화점 등에서 개최되는 식품 관련 이벤트 참석 등의 이유로 부재중인 경우가 많다고 한다. "뭐, 지금은 내가 사장이니까."

안자이의 형은 의기양양하게 말했다. 그는 처음 만났을 때부터 미도리라고 이름을 부르며, 와타루(안자이는 성씨로 미도리의 남자친구 이름)를 잘 부탁한다는 말을 수차례 했다.

오늘은 안자이 아버지도 집에 계시다고 들었다. 그제까지 장기 출장을 갔다가 드디어 돌아왔다고 한다.

지난주, 한발 먼저 가서 별채에 냉장고를 비롯한 가전제품을 들여놨다는 안자이는 어제 미도리를 데리러 왔다. 가는 길을 아니까 혼자 갈 수 있다고 말했지만, 그러고 싶다기에 오라고 했다. 어젯밤부터 안자이가 무언가 말을 꺼냈다 말았다 했는데 그게 조금 마음에 걸린다.

"이제 다 와 가네."

유리창에서 얼굴을 떼며 미도리가 말하자, "응, 아, 응응." 하며 안자이가 안절부절못한다. 미도리는 옆에 놓은 종이봉투 속 물건을 살며시 확인한다. 안자이 아버지는 화과자를 좋아한다고 한다. 특히 아주 곱게 으깬 팥이 들어간 것을 대단히 좋아한다고 하여 평소에 가는 곳들보다 훨씬 고급스러운 화과자점을 수소문하여 사 온 찹쌀떡이다. 안자이 아버지의 맘에 들지 걱정이 이만저만이 아니다.

"만주가 더 나았을까?"

"……괜찮을 거야."

"그저께 겨우 아버님 뵈었다고 했지? 뭔가 말씀하셨어?"

"뭔가, 라니?"

"아니, 그거, 겨, 그러니까, 겨."

결혼이라는 두 글자를 입 밖에 내는 것이 미도리는 낯간지럽다. 수줍어하면서 안자이를 흘끗 곁눈질하니, 옆얼굴이 기이하게 일그러져 있었다.

"왜 그래?"

"안자이?" 얼굴을 들여다본다. 안자이는 순간 눈길을 피하더니 엄청난 기세로 미도리 쪽으로 돌아보고, 양손을 가슴 앞으로 모으더니, "미안!" 하고 차내에 쩌렁쩌렁 울리는 큰 목소리로 말했다. 맞은편에서 꾸벅꾸벅 졸고 있던 초로의 남성이 움찔하며 몸을 떨었다.

"아버지한테는 아직 얘기 안 했어."

기어들어 가는 듯한 목소리였다.

"뭐?"

"말하지 않았다니 뭘? 어디부터?" 안자이의 팔을 꽉 붙들고 흔들었다.

"그러니까, 전부."

미도리와 결혼하리라는 것도, 둘이 함께 앞으로 그 집에서 살리라는 것도, 전부. 또, 오늘 미도리를 데리고 간다는 것도. "어쩌면 어제 내가 없을 때 형이 말했을지도 모르지만……. 하하하." 안자이는 웃지만 미도리는 웃을 수 없었다. 곧바로 표정이 얼어붙었다.

"왜? 어째서 얘기하지 않았어? 처음에 이 얘기가 나오고 나서 3개월 이상 지났잖아."

"……아니, 그게, 아버지가 계속 바빠 보여서 얘기할 기회가 전혀 없었어. 게다가 우리 아버지 말할 타이밍을 잘못 맞추면 노발대발 화내거든. 예전부터 그랬어. 그래서 최적의 타이밍을 찾다 보니 오늘에 이르렀지."

"그럼 나는 지금 타이밍 잘못 맞추면 '노발대발' 화내는 사람한테 가서 '처음 뵙겠습니다. 아드님과 결혼하겠습니다.'라고 말해야 하는 거야?"

밑도 끝도 없는 불안에 미간을 찌푸린 미도리에게, "괜찮을 거야." 안자이는 무책임한 말을 내뱉는다. "아마도." 하고 덧붙인다.

"'아마도'면 안 되지!"

하차 역을 알리는 차내 방송이 나왔다. 아무리 봐도 불안 요소뿐인 상황이지만 전차에서 내리지 않을 수 없다.

"……형님 성함이 뭐였지?"

지금 미도리에게 안자이의 형 이름은 그다지 필요한 정보는 아니었지만 안자이 아버지를 화제로 삼으면 안자이를 호되게 질책할 것 같았다. 다시 위통이 시작되지 않기만을 바랐다.

"고타로. 다들 고 형이라고 불렀어."

안자이가 말하는 '다들'이란 친척뿐만 아니라 어린 시절 근처에 살았던 어린아이들을 의미하는 것 같았다. "그쪽은 고향에 남아있는 애들이 많아서 아직도 고 형이라고들 하는 것 같아."라며 아무 의미 없는 정보까지 덧붙여 준다.

역 계단을 내려가 개찰구를 빠져나오니 붉은색 티셔츠를 입은 안자이의 형이 기세 좋게 손을 흔들고 있었다. 우체통을 연상시킬 정도로 붉은 옷차림의 고타로 씨는 "어서 와. 와타루의 형이야. 이미 알려나? 하하하." 하며 맞아준다. 미도리의 긴장을 풀어주기 위해서인지 싱글벙글 웃으며 실없는 소리를 하더니 동생 쪽을 보고는 전차가 붐비지는 않았는지, 배가 고프지는 않은지 세심하게 묻는다.

고타로 씨는 미도리를 자동차 뒷좌석으로 안내했다. 안자이는 조수석에 올라탔다. 집까지는 자동차로 30분 이상 걸린다. 미도리는 안전띠를 잡아당기려 했으나 무언가에 걸렸는지 아무리 해도 당겨지지 않았다. 안전띠와 씨름하고 있는 사이에 차가 출발하고 말았다. 앞쪽의 두 사람은 쩔쩔매는 미도리의 모습은 눈치채지 못한 채, 어느 가게가 문을 닫았다느니 누구누구가 결혼했다느니 이야기를 시작했다. 처음 듣는 고유명사가 잔뜩 귀에 들어와 정확히는 모르지만 아마도 그런 이야기인 듯했다.

"아, 아버지 말이지. 틀림없이 기다리고 계셔. 미도리."

"그렇습니까?" 하고 대답하자, 왠지 차내에는 침묵이 내려앉았다. 뭔가 다른 말을 해야 했나 싶은 마음이 들었다. 예를 들면, "아, 그래요? 어떡해. 긴장돼요." 같은 말 말이다. 하지만 도저히 그런 말은 나오지 않는다.

"몇 번을 봐도 아무것도 없지?" 흘러가는 풍경을 바라보고 있으니 고타로 씨가 백미러 너머로 말을 건다. 미도리는 "네."라고 대답이 나오려는 것을 꾹 참고 조금 전과 같은 묘한 침묵이 찾아오는 것을 피하고자 "'꽃의 도시'라고 시 홈페이지에 쓰여 있더라고요."라고 말했다.

"강변의 벚나무길이 정말 대단해."

"이미 다 졌지만."이라는 고타로 씨의 말을 끝으로 미도리와의 대화는 끊겼다. 다시 두 형제만의 대화가 시작되었다.

국도를 벗어나 좁은 길에 들어서자 논밭이 시야에 들어오기 시작한다. 도중에 고타로 씨가 어딘가를 손가락으로 가리키며 "그러고 보니, 저쪽이랑 저쪽, 우리 산."이라고 알려주었지만, 미도리는 어느 산인지 전혀 알지 못한 채 "그렇군요. 대단하네요."라고 대답하는 수밖에 없었다.

다 왔다는 안자이의 말에 앞쪽을 본다. 차는 어느새 산길로 들어섰다. 산길의 양옆에는 기와지붕을 얹은 가옥이 드문드문 흩어져 있다. 그중에서 눈에 띄게 큰 집이 안자이의 집이다. 고타로 씨가 마당 안으로 그대로 차를 몰고 들어간다.

"어마어마하네요." 첫 번째, 두 번째 왔을 때와 같은 감상을 또 말하자, 고타로 씨가 "시골이라 땅값이 저렴하니까. 별거 아니야."라며 짐짓 겸손한 대꾸를 하는 것도 전에 왔을 때와 같은 반응이다. 미도리의 본가도 시골 쪽에 있지만 이렇게 넓지 않다. '부지 내에 있는 별채' 같은 것도 소유하고 있지 않다.

집 바로 앞에 차고가 있고 거기에 트랙터가 서 있는 것이 보였다. 선조 대대로 내려온 밭과 논을 임대

하여 회사를 키워왔다고 들었다. 그래도 농경지를 어느 정도는 남겨두어 회사에서 거두는 이익만큼은 아니지만, 농업에 의한 수입도 어느 정도는 된다고 한다. 거의 취미 같은 것이라며 고타로는 또 겸손을 떤다.

차에서 내린 직후부터 안자이의 거동이 갑자기 어정쩡해졌다. 로봇과 같은 걸음걸이로 현관을 향해간다. 이상할 정도로 긴장한 안자이의 모습이 미도리를 더더욱 불안하게 만든다.

현관에 한 걸음 발을 들여놓는다. 봉당에 놓여있는 신발장 위에 도기로 만든 거대한 칠복신 장식품이 있다. 일곱 신 모두 함지박만 한 웃음을 지으며 이쪽을 보고 있다. '이전에 왔을 때는 이런 건 없었는데…….' 미도리는 놀라 칠복신을 뚫어지게 보느라 고타로 씨의 아내가 맞이하러 나온 것을 바로 알아차리지 못했다.

"아, 안녕하세요. 어서 오세요. 계속 차를 타고 이동하느라 피곤하지요?"

고타로 씨와 같은 인사를 하는 부인은 얼굴과 손 모두 볕에 그을린, 체구가 아담한 사람이다. 웃음을 띤 채, 엉거주춤하게 고개를 숙이는 미도리를 바라보고 있다. 이름은 분명 유카코 씨였다.

거실로 안내를 받자 안자이 아버지로 보이는 남성이 방석 위에 가부좌를 틀고 앉아 있다.

'이 사람이구나.' 미도리는 긴장하면서도 안자이 아버지를 관찰한다. 앉아 있어서 신장은 정확히 모르지만 아마도 안자이 형제와 마찬가지로 키가 큰 듯하다.

'뭐라고 해야 하나, 이런 얼굴을 뭐라고 하더라?' 생각하며 은발의 안자이 아버지를 바라본다. '맞다, 반듯한 얼굴이라고 하지.' 미도리가 인사말을 건네자, 그는 아무 말 없이 고개를 숙인다.

고타로 씨의 여덟 살짜리 아들과 여섯 살짜리 딸이 보이지 않는다. 처음과 두 번째 왔을 때는 복도를 요란하게 뛰어다니거나 게임기를 미도리에게 보여주었는데 오늘은 모습이 보이지 않는다. 집안이 적막하다.

안자이 아버지가 아이들은 시끄러우니까 직원을 시켜서 밖으로 내보냈다고 했다. 그 직원이 갑자기 안쓰러워진다. 별거 중이라는 후처는 당연히 이 자리에 없다.

안자이 아버지는 딱히 누군가를 향해 말하는 것 같지도 않게 나직이 중얼거릴 뿐인데, 집안사람이 모두 그의 말을 빠짐없이 듣고 있다. 고타로 씨는

"에어컨 온도 올려도 될까요?", "텔레비전 소리 좀 줄여도 될까요?" 등 아버지에게 일일이 묻고 유카코 씨도 "아버님, 조금 이따가 점심 준비할까요? 조금 이르긴 해도 괜찮지요? 아버님." 등등 일일이 확인한다.

"초밥 주문했어요."

유카코 씨가 거대한 초밥 통을 옮긴다. 게다가 세숫대야 같은 대접도 들고 온다. 닭고기 채소 조림이 가득 들어있었다. "도와드릴까요?" 엉거주춤 일어서는 미도리에게 유카코 씨는 한사코 괜찮다며 억지로 어깨를 꽉 눌러 앉힌다.

곧 점심 식사가 시작되었지만, 당연히 오가는 대화는 거의 없었다. 주로 유카코 씨가 "이 문어 좀 질기네요.", "오늘 밥의 식초 간이 평소보다 좀 세네요" 등 초밥에 관한 소감을 말했다. 미도리는 "아, 아니에요. 맛있어요."라고 대답하는 게 고작이었다.

아까부터 안자이 아버지는 미도리에게 눈길 한번 주지 않았다. 심기가 불편한 듯이 정교한 세공이 들어간 유리잔을 기울이고 있다. 지금 알아챈 것이지만 안자이 아버지에게만 술이 곁들여져 있다.

'으윽.' 미도리는 초밥이 목에 걸릴 것 같다. 그건 그렇고, 뭐가 어떻게 되고 있는 건지 모르겠다.

"쓰카하라 미도리 씨, 라고 했소?" 갑자기 안자이 아버지가 입을 열었다. 왠지 모르게 고타로 씨, 유카코 씨, 안자이가 일제히 젓가락을 내려놓기에 미도리도 그에 따랐다.

"네."

"여기 오기 전에 어딘가 들렀습니까?"

"아니요."

"그렇군." 안자이 아버지는 미도리 얼굴을 뚫어질 듯이 바라보더니 고개를 끄덕인다. 그는 천천히 실눈을 떴다. 미도리는 왠지 모를 공포를 느꼈다.

"지금 계절에는 철쭉이 예뻐요. 폭포가 있는데 그 앞에 만발해 있으니 이후에 보고 가면 좋을 거요."

"철쭉 구경을 하고 천천히 차라도 마시고." 안자이 아버지는 실눈을 뜬 채 미소지었다.

"그러고 나서 전차 끊기기 전에 돌아가시오."

"이야기는 고타로에게 들었소." 안자이 아버지는 시선을 안자이 쪽으로 옮겼다.

"너는 어쩔 셈이냐."

어느 직장이나 금세 때려치우는 녀석이 우리 회사에 와서 뭘 하려느냐고 안자이를 노려본 후 다시 미도리를 쳐다보았다.

"이 녀석은 예전부터 이래서 말이요. 재능도 없는

주제에 미대에 간다더니 결국 아무것도 이루지 못하고 돌아오다니, 뻔뻔하기도 하지. 우리도 직원들을 데리고 있소. 쓰카하라 씨, 그거 아시오? 직원에게도 생활이라는 게 있소. 쓸데없는 무능한 놈 하나 떠안은 탓에 회사의 경영이 어려워지는 건 절대 용납될 수 없는 거요. 그렇지 않냐? 고타로."

고타로 씨는 등을 곧게 펴고 말했다.

"와타루는 제가 처음부터 하나하나 가르칠게요. 부탁해요."

"틀림없이 제 몫 하도록 만들게요." 고타로 씨는 옆에 앉아 있는 남동생의 머리를 지그시 눌러 아버지에게 고개를 숙이게 했다. 안자이는 아무 말도 없다. 자기 아버지에게 '무능한 놈' 소리를 듣고도 안자이가 한마디 반론도 하지 않는 것에 미도리는 놀랐다. 봐서는 안 될 것을 본 듯한 느낌이었다. 아버지 앞에서 움츠러든 안자이에게서 눈을 돌렸다.

안자이 아버지는 팔짱을 낀 채, 긴 시간 침묵을 지키고 있더니 마침내 크게 한숨을 내쉬었다.

"그렇다면 뭐, 고타로를 믿고 맡겨볼까?"

"단," 운을 띄우더니 미도리를 쳐다본다.

"이 아가씨까지 데리고 있을 수는 없어."

"이봐." 하고 안자이 아버지는 안자이를 응시한다.

왜 이름을 부르지 않는 걸까? 형은 고타로라고 부르면서.

"쓰카하라 씨는 너랑 무슨 관계냐?"

"어쩔 셈으로 데리고 온 거냐?" 안자이 아버지의 어조가 강해진다. 안자이는 아무 대답도 하지 않는다. 안자이가 그 질문에 대답하지 못한다는 사실이 미도리를 좌절하게 했다.

유카코 씨가 방석 위에서 엉거주춤 일어났다 앉았다 하고 있다. 하기야 그도 그럴 법하다고 생각하며 미도리는 유카코 씨 쪽을 흘끗 봤다. 나라도 유카코 씨 입장이었다면 이 거북한 분위기를 못 견디고 주방이나 화장실로 숨었을 것이라고 동정의 눈빛을 보내려 했으나, 잘 생각해 보면 이 자리가 가장 거북한 사람은 다름 아닌 미도리였다.

"……미도리는, 줄곧 물심양면으로 저를 도와준 사람입니다."

겨우 안자이가 입을 열었다. 목소리가 심하게 떨렸다. '가족인데 깍듯한 존댓말(일본은 관계의 친밀도에 따라 존댓말을 쓰며 식구 간에는 존댓말을 쓰지 않는 것이 일반적임)을 쓰는구나.' 미도리는 또 한 번 놀랐다.

"물심양면으로 도와줘?"

안자이 아버지가 별안간 큰소리를 냈다. "누군가

가 물심양면으로 도와줘야 할 만큼 대단한 뭔가를 네가 한 번이라도 한 적이 있었더냐? 도와줬으니까 어쩌자는 말이냐. 그러니 책임지고 결혼하겠다는 거냐. 그런 결혼이 제대로 굴러갈 리가 없다. 당장 그만둬." 말이 점점 격해졌다.

"네 녀석의 결혼 상대라면 조만간 내가 찾아줄 테니까."

안자이 아버지는 어차피 무능한 놈이라면 적어도 결혼 상대만큼은 자기가 고르겠다는 영문 모를 소리를 했다. '이건 또 무슨 소리인가? 취했나?' 조금 냉정을 되찾고 나서 안자이 아버지의 반듯한 얼굴을 바라보았다. 어조에서도 얼굴빛에서도 그런 낌새는 전혀 보이지 않았다.

형 부부는 안절부절못하며 아버지와 미도리의 얼굴을 번갈아 살피고 있었다.

"아들 녀석을 물심양면으로 도와줘서 고맙네, 앞으로는 꼭 우리 집안에서 일하며 안팎으로 아들을 도와주길 바라네, 라고 말할 줄 알았소? 웃기지 마."

미도리는 가만히 숨을 뱉는다. 깊게 들이쉬고 또 뱉는다.

"……잠깐만 기다려 주세요."

안자이 아버지를 정면으로 바라본다. 안자이 아버

지도 미도리를 본다. 심장이 아플 정도로 쿵쾅거린다. 이 사람의 눈은 왠지 무섭다. 색소가 엷은, 갈색 눈동자. 안자이와 전혀 닮지 않았다.

'물러서지 마.' 구직활동 때 했던 면접이랑 같은 거라고 자신을 타이른다.

"제가 어떤 사람인지도 모르시면서 그게 무슨 말씀입니까?"

"언뜻 보셔서 잘 모르실지도 모르지만,"이라고 말을 시작하긴 했으나, 미도리는 곧 말문이 막혔다. 장점을 어필하려고 해도 자신의 무엇이, 어디가 장점인지 도저히 모르겠다.

"쓰카하라 씨."

안자이 아버지가 한쪽 눈썹을 추켜올리고는 탕, 하고 소리를 내며 정교하게 새겨진 유리잔을 내려놓았다.

"미안한 말이지만, 나는 무능한 아들 녀석과 몇 년이나 사귀어 온 당신도 똑같다고 생각해. 남자를 포기할 타이밍을 놓치고 나이만 먹은 여자인 거지."

"인제 와서 다른 남자를 찾는 건 만만치 않겠지만,"이라고 하며 안자이 아버지가 꺼낸 말을 미도리는 "저는 무능하지 않습니다."라고 막았다.

안자이가 무능한지 어떤지는 일단 제쳐둔다. 그건

나중에 부자지간에 대화해보길 바란다. 결혼에 관한 안자이 아버지와 나의 사고방식이 일본과 브라질 사이의 거리만큼 차이가 난다는 것도 지금은 제쳐둔다. 문제는 안자이 아버지가 한 말이 너무나도 무례하다는 것이다. 타인과 아들을 대할 때 일인칭 호칭을 구분하여 쓴다고 예의를 아는 것은 아니다. 그 전에 더 주의해야 할 일이 있는 것 아닌가?

"저는 무능하지 않습니다. 말씀 취소해 주세요."

안자이 아버지는 눈을 치켜뜨더니 "허, 제법이네." 라며 얇은 입술을 일그러뜨리며 웃었다.

"자, 그럼, 증명해 보실까?"

"그렇지." 안자이 아버지는 팔짱을 끼고 천장을 올려다본다. 그 모습은 이 상황을 즐기고 있는 듯이 보일 정도였다.

구두를 신고 밖으로 나온 미도리를 안자이가 뒤쫓아온다.

"기다려, 미도리."

"어쩔 셈이야?"라고 하며 미도리의 어깨를 잡는다.

"어쩌기는. 어떻게든 할 거야."

미도리는 최선을 다해 평정을 가장하며 답했다.

"괜찮겠어?" 눈썹을 찡그리며 말하는 안자이에게 애초에 네가 아버지에게 제대로 얘길 안 해놓는 바람에 이 사달이 난 거 아니냐고 꽥 소리를 지르고 싶었지만 참았다. 그럴 수 있는 사람이었다면 자기 아버지 앞에서 그렇게까지 위축되거나 목소리가 떨리진 않았을 것이다.

안자이는 "미도리와 결혼하겠다."라고는 한마디도 하지 않았다. 그 사실을 서글픈 심정으로 떠올린다.

"어디 가는 거야?"

"어디 가나니." 미도리는 한숨을 푹 내쉰다. 나를 이렇게 취급하는 네 아버지 집에 머물 수 있을 정도로 낯이 두껍지는 않다고 애써 침착하게 설명해 보려 했지만, 역시 무리였다.

"어딘가, 묵을 곳을 찾을 거야. 아까 비즈니스호텔 같은 거 있었잖아, 역 앞에. 추레했지만."

"한 번쯤 그런 곳에서 묵어보고 싶었어!" 허세를 부리며 걷기 시작했다. 안자이는 쫓아오지 않았다.

성큼성큼 걸어가며 안자이 아버지 얼굴을 떠올렸다. 나쁜 놈, 한마디 욕이라도 해주고 싶다.

"구로에 스스무라는 남자가 있는데 말이지," 안자이 아버지는 말을 시작했다. "구로에 양봉원을 운영

하는 양봉업자야. 우리 회사에서도 거기 벌꿀을 취급하고 있거든. 혹시 알려나? 양봉이라는 건 벌통을 여기저기에 놓아두어야 하거든. 나는 구로에에게 산을 하나 빌려주고 있어. 그것과 별도로 빈 부지도. 그 지대를 구로에가 체납하고 있다는 말이지. 이러구러 다섯 달 정도. 뭐, 몇 푼 안 되지만. 어차피 놀리는 산과 토지였고. 벌꿀 매입 대금과 상쇄해도 되는데 납품하러 오지도 않아. 아무래도 요즘 일도 제대로 안 한다는 것 같더라고. 전화해도 받지도 않고."

거기까지 듣고 미도리는 안자이 아버지가 무슨 말을 하려는지 어렴풋이 눈치챘다. 즉 그 체납된 지대를 회수해 오라고 하려는 것이었다.

"우리 직원이 찾아갔을 때 벌들이 달려들어 울상이 되어 돌아왔지 뭔가."라고도 했다. 그 직원도 꽤나 어설프구나 싶었지만, 말하지는 않았다.

"알았습니다."

보란 듯이 회수해 오겠다는 말은 차마 나오지 않았지만, 그 일을 맡겠다는 결심에는 변함이 없다. 안자이 아버지는 할 수 있을 리 없다는 표정을 짓고 있었다. 그 얼굴을 떠올리며 어금니를 꽉 깨물었다. 저도 모르게 땅을 걷어차는 다리에도 힘이 들어간다.

일을 그만두고 왔다. 세 들었던 방도 이미 뺐다. 돌아갈 곳은 어디에도 없다. 어떻게든 해내야 한다.

유령이 나올 듯한 비즈니스호텔이었다. 구석 쪽 벽지가 벗겨져서 말려 있고 리넨 소재 침구류에서는 아스라이 곰팡내가 난다. 가방을 발밑에 내던져놓고 침대에 벌렁 드러누웠다. 사이드 테이블에 놓인 휴대전화가 진동하길래 안자이에게서 온 전화인가 했더니 부모님 집 전화번호가 표시되어 있다. 엄마가 건 전화인 것 같다.

"오늘 인사드리러 갔었지? 어땠어?"

엄마는 약혼예물 등을 어떻게 해야 할지를 묻고 싶은 것이다. 그다지 친밀하지도 않은 엄마인데도 기댈 이 하나 없는 상황에서 목소리를 들으면 애틋한 마음이 들기도 하는 것인지 휴대전화를 쥔 손이 떨렸다. 아직 결혼할 수 있을지 없을지도 모른다고 설명해야 한다. 엄마에게. 제대로.

"엄마." 미도리가 부른 것과 거의 동시에 엄마가 "응, 뭐? 왜?" 하고 큰 소리를 냈다.

미도리가 아니라 남동생을 향해 말한 것이다. 남동생이 아마도 엄마에게 배고프다고 한 모양이다. 엄마는 수화기를 손으로 막지도 않고 볶음면이라면 금방 해 줄 수 있다고 답했다.

"미안, 미안. 뭐라고 했지?" 엄마가 미도리와의 통화로 돌아왔다. 미도리는 작게 목을 가다듬었다.

"그게 말이야."

엄마가 귀 기울이고 있다는 생각에 있는 힘껏 큰 목소리로 말했다. 밝게, 그러나 불만을 담은 듯하게 들리도록 노력한다.

"안자이 아버지, 지금 몸이 좀 안 좋으시다네. 응, 아니, 큰 병은 아니고. 그래서 약혼예물 같은 건 당분간 무리일 것 같아. 다시 연락할게요. 그러는 게 엄마도 좋지 않겠어요? 이거저거 바쁘잖아."

"응, 그래. 알았어."

엄마는 단박에 답한다. 전화 반대편에서 딸이 애써 허세를 부리고 있음은 전혀 눈치채지 못한 듯하다.

"그런데 말이야, 다쿠토가 있지," 하며 남동생에 관한 이야기를 늘어놓는 엄마 목소리를 들으며 미도리는 소리죽여 울었다. 어깨를 들썩거리며 울며 엄마는 남동생 신경 쓰는 것만으로도 힘에 부치니까 쓸데없는 걱정을 끼쳐서는 안 된다고 생각한다. 10분 정도 듣다가 배터리가 다 되었다고 하고 전화를 끊었다.

코를 풀고 차가운 물을 연신 얼굴에 끼얹었다. 언

제까지고 훌쩍거리고 있어 봐야 소용없다. 전화 옆에 있는 메모지를 끌어당겼다.

　첫째, 구로에라는 남자에 관해 알아본다. 둘째, 앞으로 살 곳을 찾아본다. 번호를 매겨 적기 시작했다. 하루 이틀에 결판날 일이라고는 생각되지 않지만, 이 호텔에 언제까지나 머물 수는 없다. 이런 외진 곳에 있는 허름한 호텔치고 숙박료는 절대 싸지 않기 때문이다.

　'셋째, 일을 찾는다.'라고 추가한다. 약소한 금액이나마 취직한 후 계속 저축해 온 돈과 역시 약소한 금액이지만 퇴사 시 받은 퇴직금을 합하면 얼마간 버틸 예금이 있다. 그러나 모아둔 돈을 허무는 것은 최소한으로 막고 싶었다.

　메모지 맨 위에 '일단은 밥을 먹는다.'라고 썼다. 무엇이 어떻든 간에 기운을 차려야 한다.

5

 프런트에 방 열쇠를 맡기며 미도리는 구로에 양봉원 가는 길을 물었다. 접수대에 서 있던 안색이 좋지 않은 남자는 "음." 하고 신음하더니 간단한 지도를 그려주었다.
 "산 중턱에 있어요."
 "이 모퉁이를 이렇게," 매직으로 그리며 설명해준다.
 "걸어가면 4, 50분 이상 걸릴 텐데요."
 남자는 택시를 부르면 어떻겠냐고 제안했지만, "괜찮아요. 걸어갈 거예요."라고 딱 잘라 답했다.
 "구로에 씨는 어떤 분인가요?"
 "아, 그것까지는 모르겠네요."라며 남자는 고개를 갸웃한다. "그러시군요." 미도리는 고개를 숙이고 호텔을 나왔다.
 역 앞 거리에는 작은 건물이 다닥다닥 붙어있었다. 비즈니스호텔이 가장 크고 다음은 부동산, 편의점, 미용실, 식당, 카페 등 모두 엇비슷한 크기에 비슷하게 낡아 보인다. '다케우치 베이커리'라는 빵집과 '스낵바(가벼운 식사가 가능한 술집) 아자미' 중간쯤에 멈춰 서서 가는 길을 재확인한다. 건널목을 지나 직진한다. 좁은 길 건너편에서 걸어오는 노인과 어깨가 부딪힐 뻔했다. 구부정하게 걸어가던 그 노인이 스쳐 지나가는 순간 뭐라고 중얼거렸는데 내용까지는 듣지 못했다.

비가 곧 내릴 듯한 하늘을 올려다보며 가방에 접이식 우산을 넣었는지 확인했다. 이마에 배어 나오는 땀을 닦으며 하염없이 걸었다. 5월 초순이 원래 이렇게 더웠나? 매년 더워지는 시기가 빨라지는 것 같은 느낌이 든다.

산길에 접어들기 직전에 '구로에 양봉원'이라고 쓰인, 화살표가 붙은 간판을 발견했다. '좋았어!' 미도리는 완만한 언덕길을 오르기 시작했다. 달콤한 향기가 난다 싶더니 감귤밭이 양옆에 있었다. 간간이 흰 꽃이 보였다.

감귤밭을 끼고 오른쪽으로 꺾었더니 또 간판이 있었다. 구로에 양봉원 · 양봉장. 흰 건물이 있었는데, 힘들게 산을 깎아 간신히 집 한 채를 지은 듯한 느낌이었다. 지붕 주위는 나뭇가지들로 뒤덮여 있다.

집 옆에는 오두막집이 있는데 그 앞에 푸른색 페인트로 칠해진 나무 상자가 같은 간격으로 늘어서 있다. 함석판이 뚜껑처럼 위에 놓여있다. '저 속에 벌이 있는 걸까?' 생각하자 미도리는 저도 모르게 다리가 얼어붙었다. 아니 지금 벌들은 꿀을 모으러 나가서 부재중일지도 모른다고 생각을 바꿨다. '벌이 부재중'이라는 표현이 왠지 이상한 느낌이 들어 살짝 웃었다.

건물은 기역 자 모양을 하고 있고 잘 보니 입구가 둘 있다. 안쪽이 주거공간일 것으로 짐작했다. '벌꿀 직판장'이라고 쓰인 팻말이 걸려 있는 쪽 바로 앞에 있는 문을 밀어서 열어보려 했으나 문이 잠겨 있었다. 문 옆의 유리창에서 안쪽을 들여다보려 했으나 무리였다. 커튼이 드리워져 있어서 보이지 않는다.

잠시 생각해 보고 나서 자택 문 쪽에 있는 초인종을 눌렀다. 반응은 없다. 다시 한번 누르고 기다린다. 무슨 소리가 어렴풋이 들려온 것 같아 귀를 쫑긋 세운다. 삐, 하는 소리. 어디서 들어본 적이 있는 소리다. 맞다. 그거다. 미도리는 퍼뜩 깨달았다. 주전자에서 나는 소리다. 부모님 집에도 비슷한 주전자가 있었다. 물이 끓으면 바람 새는 소리가 나는 구조이다. 구로에는 집 안에 있다. '집에 없는 척하면서 뜨거운 물을 올려놓다니 그런 멍청한 짓을' 어이없어하며 미도리는 주먹으로 문을 몇 번 두드렸다. "실례합니다. 실례합니다." 주전자 소리가 계속 들린다. 왜일까? 집에 없는 척하는 것은 그렇다 쳐도 어서 주전자 불이라도 끄지 싶다. '나라면 그럴 텐데. 불을 끄러 가지 못할 이유가 있다면 또 모를까?'

불 끄러 가지 못할 이유. 예를 들어 집 안에서 죽었다든가. 꽉 닫힌 덧문을 바라보다가 그 생각에 이르니 마음이 격렬하게 요동치기 시작했다. 얼토당토않은 상상이라고 치부할 수가 없다. 한 달에 몇만 엔인 지대를 내지 못할 정도의 남자이니 다른 곳에도 빚을 지고 있다고 해도 이상할 게 없다. 그것을 비관하여 자살한 걸까? 하지만 보통 자살하기 직전에 물을 끓일까? 아니면 병으로 쓰러진 채로 죽은 걸까?

뒷문으로 가보기로 했다. 집을 감싸 안듯이 우거져 있는 이름 모를 식물의 잎과 가지가 미도리의 머리와 팔을 쿡쿡 찌른다. 부엌문이 반쯤 열려 있어서 그쪽에서 다시 "실례합니다." 하고 말해본다. 역시 반응이 없다.

"드, 들어가겠습니다." 미도리는 발을 안으로 들여놓았다. 주방 바닥에는 술병이 여기저기 굴러다니고 있었다. 흰 김을 뿜고 있는 주전자가 어디 있는지 확인하고 나서 일단 가스 불을 껐다.

집 안은 어두웠다. "구로에 씨, 불, 켜, 켤게요." 벽을 더듬으며 말했다. 스위치 같은 것이 손에 닿기에 누르자 주방 천장의 전등에 불이 들어왔다.

싱크대에 다 쓴 식기가 쌓여 있다. 포장되지 않은 채 테이블 위에 놓인 피망과 당근은 이미 시들었다. 주방 안쪽까지 이어지는 어둠 속으로 눈길을 돌렸다. 바닥에 쓰러져 있는 사람의 모습을 발견하고 저도 모르게 소리를 지를 뻔했다.

머리를 이쪽으로 향하고 대 자로 뻗어 있다. 체구는 작지만, 남성임이 틀림없다. 분명히 이 사람이 구로에 씨일 것이다. 구로에 씨가 아닌 남자가 구로에 씨 집에 쓰러져 있는 거라면 그건 그것대로 사태가 복잡해진다.

"구로에 씨."

"구, 구로에 씨." 멈칫멈칫 다가가며 부른다. 미동도 하지 않는다. 역시 죽은 것이다. 조부모의 죽음을 경험하긴 했지만 두 분 다 병원 침대 위에서 임종을 맞으셨다. 이런 형태로 시체를 보는 것은 처음이다.

살짝 입을 벌리고 있는 듯 얼굴 위에 어두운 동굴이 생겨났다. 수십 센티미터 거리까지 와서는 합장을 하면서 얼굴을 들여다보았다. 이전에 본 영화에서 형사가 그렇게 했던 것 같다. 그때 구로에가 번쩍 하고 눈을 떴다. 두 사람의 눈이 딱 마주쳤다. 생각지도 못한 반응에 미도리는 "으으으아아악." 비명을 지르며 뒤로 물러섰다. 균형을 잃고 엉덩방아를 찧고 말았다. 엉덩이에 충격이 퍼졌다.

"누구냐, 너는."

혀가 꼬여 '누우냐, 너은.'처럼 들렸다. 술에 취했다. 가까스로 상체를 일으키더니 미도리 쪽으로 몸을 틀었다. 미도리와 구로에는 1미터 정도 떨어져 있었는데도 미도리의 눈이 얼얼할 만큼 구로에가 내쉬는 숨은 지독한 술 냄새를 풍겼다. 어둑어둑한 방 안에서 구로에의 눈만이 번뜩이고 있다. 돌연히 무시무시한 공포에 휩싸였다. 어두운 집 안에 잘 알지도 못하는 남자와 단둘이 있는 상황이다. 게다가 이 집은 산중 깊은 곳에 홀로 서 있어 주위에 사람의 왕래도 없다.

"부, 불." 미도리가 뒤로 엉금엉금 움직이며 말하자 구로에는 느릿느릿 손을 뻗어 전등 끈을 잡아당겼다. 전등 끈에 또다시 긴 끈을 묶어놓았다. '아, 이 사람은 바닥에서 뒹굴며 불을 끄는 타입이군.' 혼란스러운 와중에 머릿속 한구석에서 묘하게 차분한 생각이 들었다.

"아, 저기, 안자이 씨의 대리인입니다."

"처음 뵙겠습니다." 고민한 끝에 얼빠진 인사를 했

다. 구로에는 아무 대답도 없이 책상다리하고 앉아 자기 머리를 긁적긁적 긁었다. 초인종을 눌렀지만, 반응이 없어서 무슨 일이 있나 하고 멋대로 집안에 들어와 버린 것에 대해 미도리는 우선 사과했다. 안자이 아버지에게 갚아야 할 지대의 체납 건에 관해 회수를 의뢰받아 방문했다는 취지를 설명하는 동안 구로에는 아무 말 없이 팔짱을 끼고 있었다.

"돈이라면 없어."

당당하게 말할 처지가 아닌 것 같은데 당당한 태도로 말한다.

"무언가 사정이 있으신 거죠?"

충분히 이해한다는 열린 태도를 보이려 했다. 구로에는 "물론 있지." 고개를 끄덕이며 말했다. 그러더니 근로의욕 저하를 운운했다. "아, 그렇군요. 근로의욕 저하."라고 복창하고 있자니 미도리는 부아가 치밀었다. '그러니까, 간단히 말해서 그건 당신 마음가짐 문제잖아요.'

"실례지만, 어디 편찮으신 데라도 있으세요?"

"과음하면 나른해서 일하는 게……."

'그러니까 그것도 순전히 당신 음주습관 문제잖아요.' 울컥 치밀어오르는 화를 누르며 "전액까지는 아니더라도 어떻게 안 될까요?" 최대한 누긋한 목소리로 말한다.

'당신이 안자이 아버지에게 돈을 갚지 않으면 나는 안자이와 결혼할 수 없다고요!' 마음속으로 외쳤다. '아니 돈을 갚는다고 해서 곧바로 「좋았어! 결혼 오케이!」가 될 분위기는 아니지만 어쨌든 곤란하다고요. 일단 한 걸음, 또 한 걸음 나아갈 수밖에 없어요. 나는 내일을 알 수 없는 몸이라고요.'

"뭐야, 중얼중얼, 재수 없게." 구로에가 눈살을 찌푸리더니 몸을 뒤로 뺐다. 아무래도 마음속으로 말한다는 게 무의식적으로 입 밖으로 나왔나 보다.

"여하튼 돈은 없어."

"돌아가." 단호히 말하고는 구로에는 등을 돌렸다. "안자이 기이치로에게 그렇게 전해."라는 말을 듣고 미도리는 안자이 아버지의 이름을 처음 알았다.

"안자이인가……." 구로에는 중얼거렸다.

미도리는 뭐라고 말하려다 말았다. 한순간 구로에의 등이 크게 흔들린 듯한 느낌이 들었기 때문이다. 울고 있는 건가 하는 생각이 들었지만, 굳이 확인하기는 망설여졌다. 바로 옆에 있는데 갑자기 구로에가 아득히 멀게 느껴졌다.

"다시 오겠습니다."

뒷문 쪽으로 돌아가 신발을 신고 있으니 "두 번 다

시 오지 마." 날카로운 목소리가 들렸다.

 회장, 안자이 기이치로. 구로에 양봉원에서 터벅터벅 돌아오며 휴대전화로 검색해보니 '안자이식품주식회사'라는 별생각 없이 지은 듯한 사명이 화면 위쪽에 자리 잡은 홈페이지가 나왔다. 현 사장인 고타로 씨를 제쳐두고 회장 인사말을 굳이 사진까지 추가해서 홈페이지 첫 화면에 게재해 둔 것에 대해서는 뭐라 할 말이 없다.
 화면 속에서 안자이 아버지는 온화한 미소를 띠고 있다. 손가락 끝에 필요 이상으로 힘을 실어 화면을 닫았다.
 갑자기 배가 고팠다. 어제 한번 들어가 본 식당의 우동은 정말 맛이 없었다. 그 생각을 하니 우울해진다. 또 그 역 앞의 변변찮은 상점가에서 식당을 골라야 하는 건가?
 혹시 골목 안쪽으로 들어가 보면 의외로 숨은 맛집 같은 가게가 있을지도 모른다고 생각하며 기운을 차린다. '그래, 어느 때라도 희망을 버려서는 안 돼.' 애써 자신을 다독인다.
 갈 때는 지도를 보며 걷다가 지나쳤었는지 가는 길에는 눈에 띄지 않던 자운영이 한 무더기 흐드러지게 핀 곳을 발견하고는 발걸음을 멈췄다. 아주 어렸을 때 자운영 꿀을 빨아 먹곤 했다.

오랜만에 꿀을 빨아 먹어볼까 생각이 들 정도로 허기가 졌다. 꽃을 하나씩 따는 시간도 아까워 자운영 카펫에 뛰어들어 자운영 꽃을 입안 가득 머금는 순간까지 상상했다. 서른 살 먹은 여자가 할 만한 짓은 아닌 것 같다.

산에서 내려와 잠시 걷다 보니 가는 길에 건너온 건널목이 보인다. 차단기가 내려와서 그 앞에 멈춰 섰다. 전차가 지나가고 건널목을 막 건너왔을 때 길 맞은편에서 걸어오는 사람의 모습이 눈에 띄었다.

아까 가는 길에, 어깨가 부딪힐 뻔했던 노인이다. 아침과 마찬가지로 구부정한 자세로 걸어오고 있다. 스쳐 지나간 후 별 뜻 없이 뒤돌아보자 노인의 등에 꿰매어져 있는, 천으로 된 명찰에 눈길이 멈췄다. '아사노 시 아사노초 2초메'라고 쓰인 부분까지 보였다.

'명찰이 필요한 사람은 어떤 사람일까?' 하는 데 생각이 이르자 미도리의 발걸음이 멈췄다. 노인은 속도를 늦추지도 않고 걸어가고 있다. 땡땡 소리가 나며 건널목의 차단기가 내려왔다. 그런데도 노인은 발길을 멈추지 않는다. 허리를 굽혀 차단기 밑을 빠져나가려 하고 있다.

"위험해요!"

"위험해!" 소리쳤지만 노인의 귀에는 들리지 않는 듯했다. 당장 달려가서 양어깨를 꽉 붙든다. 노인은 예상외로 강한 힘으로 미도리를 뿌리쳤다. 멀리서 전차가 보인다. 차단기에 손을 갖다 대는 노인의 팔을 잡아끌며 "손 놓으세요, 네?" 필사적으로 설득해 본다. 노인의 눈은 미도리를 향해 있지 않다. 건널목 너머를 바라보고 있다.

"어서 손 놓으세요." 미도리는 노인의 어깨를 잡아끈다. 노인은 또 뿌리치려 한다.

"손 놔요!"

건널목의 소리가 조금 더 커진 것 같은 느낌이다. 갑자기 이마에서 땀이 삐질삐질 났다.

"제발 빨리 손 놓으세요!" 미도리의 목소리가 찢어질 듯한 외침에 가까워졌다. 그때 미도리의 등 뒤에서 "차려!" 하는 외침이 들렸다.

갑자기 노인이 직립 부동자세가 되는 바람에, 미도리는 어안이 벙벙했다. 뒤를 돌아보니 여자가 서 있었다. 젊지는 않다. 머리카락은 볶음면 같은 갈색에다가 뽀글거린다. 옷은, 티셔츠 가슴 부분에서 배꼽 부분까지 걸쳐 엄니를 드러낸 흑표범 얼굴이 프

린트되어 있었다.

 노인이 저벅저벅 몇 걸음 물러섰다. 마침내 건널목에서 떨어졌기 때문에 절로 안도의 한숨이 흘러나왔다. 굉음을 내며 전차가 지나간다. 미도리는 그 자리에 털썩 주저앉아 버렸다.

"경례!"

 여자의 호령에 반응하여 노인이 꾸벅 허리를 굽혀 인사했다.

"자, 수업시간이에요. 갑시다."

"그렇죠? 선생님." 여자는 말하며 노인의 등에 손을 갖다 댄다. "이 사람, 중학교 선생님이었거든." 미도리에게 돌아보며 미소 지으며 말했다. 여자와 노인이 걷기 시작하기에, 뭐가 뭔지 모르겠지만 어쨌든 잘됐다고 주저앉은 채로 생각했다.

 여자가 또다시 이쪽을 바라봤다.

"뭐 하고 있는 거야?"

'뭐 하고 있냐니.' 대답이 궁하다. '보시는 대로 힘이 다 빠져버렸습니다.'라고 대답하면 될까?

"따라와."

 여자는 미도리를 쳐다보며 한쪽 눈을 찡긋한다. "네에." 대답하며 겨우 일어섰다.

여자가 노인을 데리고 들어간 곳은 아까 가는 길에 보았던 '스낵바 아자미'라는 간판이 걸린 가게였다. 문을 여니 담배 연기가 코를 찌른다. 비좁은 가게였다. 카운터 석에 다섯 개 정도 등받이 없는 의자가 나란히 놓여있고 소파 있는 자리가 하나 있는 게 다였다.

노인을 소파에 앉히더니, 여자는 영어 교과서를 건넨다. 노인이 책장을 넘기고 있는 동안, 여자는 어딘가에 전화를 걸었다. 통화를 마친 후, "곧 모시러 온대요."라고 노인에게 말해 준다.

노인은 책장을 넘기고 있다. '제대로 읽을 수 있는 건가? 노안은 아닌가?'라고 생각하며 미도리는 그 모습을 곁눈질로 관찰하고 있다.

"한시라도 눈을 떼면 어디론가 가버린다니까. 미요시 선생님은."

여자는 노인 쪽을 신경 쓰면서 속삭인다. "가족분과 아는 사이신가 봐요." 미도리의 말에, 여자는 "아는 사이라기보다 가게 손님이거든."이라고 고개를 끄덕이며 말했다.

미요시 선생님이라는 사람은 아들과 둘이서 살고 있다고 한다. 사십 대인 아들은 부인을 여의고 자식도 없이, 귤 농사를 짓고 있다. 한때는 귤 농사를 짓는 산을 몇 군데 소유하고 있었으나 아버지가 '한눈 팔면 어디론가' 사라져버리는 상태가 되고 나서부터는 규모를 축소하여 지금은 자택 부근의 밭에서만 농사를 짓고 있다고 한다. 그리고 어딘가에서 아버지를 보호하고 있다는 연락을 받을 때마다 모시러 뛰어간다고 한다.

여자는 냉장고에서 병 콜라를 꺼내 와서 뚜껑을 땄다. 컵에 따라주려나 보다.

"아가씨, 이 근방 사람 아니지?"

"말 억양이 조금 다르거든." 미도리를 가만히 쳐다보며 말한다. "네." 대답은 했지만 자기가 지금 이곳에 있게 된 경위를 어디에서부터 설명하면 좋을지 알 수 없어서 구로에 양봉원의 구로에 씨라는 사람에게 볼일이 있었다고 바로 이전 상황만 말했다.

"쓰카하라 미도리라고 합니다." 여자가 아무 말도 하지 않기에 부탁받지도 않은 자기소개를 했다. 여자는 입을 다문 채 가게 이름이 들어간 성냥갑을 미도리 앞에 둔다. 아자미 씨라고 부르면 되는 걸까?

담배 개비에 불을 붙인 아자미 씨를 바라보는 미도리의 배에서 꾸르륵 소리가 났다. "좋은 소리 나는데." 아자미 씨는 우습다는 듯이 말했다.

"이런 거밖에 없어." 아자미 씨는 초콜릿이며 땅콩

을 차례차례 카운터에 늘어놓았다. 미도리는 "감사합니다. 죄송합니다."라고 말하며 송구스러워하면서도 그것들을 먹기 시작했다.

가게 벽에 '카운터 여성 스태프 모집'이라고 쓰인 벽보가 붙어있다. 그걸 바라보며, '시급 협의 가능이구나.'라고 생각하고 있는데 미도리의 시선을 따라 눈을 돌린 아자미 씨가 "일하고 싶어?" 하고 물었다. 뭐라고 대답도 하기 전에 미도리의 턱을 손으로 쥔다.

아자미 씨의 시선이 미도리의 머리끝부터 가슴까지 천천히 오르내린다. 갑자기, 손을 딱 떼었다.

"채용 불가."

"네에?"

"섹시미가 없어."

"너무해요."

고백도 하기 전에 차인 듯한 기분을 맛보며 고개를 떨구고 있을 때 등 뒤에서 문이 벌컥 열리는 소리가 났다.

"아버지."

야구모자를 쓴 중년 남성이 성큼성큼 걸어들어왔다. "늘 미안하네." 아자미 씨를 향해 고개를 숙였다.

"건널목에 들어가려는 걸 이 애가 막았어."

아자미 씨가 미도리 쪽으로 턱을 추어올렸다. 노인에게 눈길을 주자, 어느새 소파에 등을 기대고 눈을 감고 있다.

"주무시는 것 같네, 선생님."

"잠깐 쉬게 해 드려." 하며 아자미 씨가 고개를 옆으로 기울였다.

"미요시 씨도 좀 쉬었다 가."

"여기." 스툴을 가리키며 앉으라고 했다.

"뛰어왔지?"

미도리 옆자리에 앉은 남자는 "미안해, 아가씨." 모자를 벗고 고개를 꾸벅 숙이며 말했다. 정수리 부분이 허전하다.

"아녜요."

"괜찮아요."라는 어색한 대답을 하고 미도리는 시선을 돌렸다. 남자의 이마에는 구슬 같은 땀방울이 맺혀있었다. 헐레벌떡 달려왔음이 틀림없다. 남자는 아자미 씨가 내민 컵의 물을 단숨에 마시고는 크게 숨을 내뱉었다.

"이쪽은 미요시 씨."

아자미 씨는 남자를 그렇게 소개했다.

"쓰카하라 미도리입니다."

"아가씨, 이쪽 근방 사람 아니지?"

"구로에 씨 지인이라나 봐."

아자미 씨의 말에 "아앗?" 하며 웬일인지 미요시 씨는 상체를 뒤로 홱 젖히며 깜짝 놀랐다.

"아니, 지인이라는 건 아니고요……."

"앗, 그럼 혹시 구로에의 이거야?"

미요시 씨는 새끼손가락을 세우고 있다.

"아니에요!"

"음, 그럼 뭔데? 아가씨는 구로에랑 무슨 관계?"

"뭔데? 가르쳐 줘." 미요시 씨는 몸을 쑥 내밀며 재촉했다.

"실은," 하며 미도리가 설명하는 동안, 미요시 씨는 "아.", "그런." 등등 일일이 호들갑을 떨며 놀라더니 가끔 수건으로 이마의 땀을 훔쳤다.

"안자이 씨 댁에 아들이 또 있었나?"

"있어요." 대답하는 미도리의 목소리에 힘이 들어갔다. "그랬나?" 의아해하는 미요시 씨를 보고 있는 동안 불안해졌다. '혹시 안자이 와타루라는 사람은 내 상상 속의 인물이었나?'

"있어. 이쪽에는 거의 돌아오지 않았다나 봐."

아자미 씨가 담뱃불을 비벼 끄며 말해 줘서 미도리는 안도했다. 고타로 씨가 여기에 자주 들르는 편이라 집안 사정을 어느 정도 들어서 알고 있다고 한다.

"그런가? 그랬구나. 하기야 아가씨랑 구로에는 나이 차가 너무 난다 했어."

미요시 씨는 카운터에 팔꿈치를 괸다. 미요시 씨와 구로에는 초등학교 때부터 동창이라고 한다. "특별히 친한 사이는 아니지만." 하고 덧붙였다. '벌써 삼십여 년 전'이라고 했으니 그 둘은 사십 대 중반 정도 되는 걸까?

"하지만 미요시 씨, 이 정도 나이 차 나는 부부든 연인이든 얼마든지 있잖아."

"앗, 아가씨 몇 살인데?" 미요시 씨의 질문에 미도리는 답했다. "서른 살이에요."

"오, 꽤 먹었구나."

"흠, 스물다섯쯤 됐으려나 했는데, 흠." 엉뚱한 데서 감탄하더니 미요시 씨는 그 후에도 여러 번 "꽤 먹었네."를 연발했다. 아자미 씨는 한술 더 떠서 "그 정도 나이 차는 별거 아냐."라고 주장했다. 그러든 말든 미도리는 구로에의 연인도 뭣도 아니므로 그런 것은 정말 아무 상관 없었다.

"그래서? 아가씨는 여기 머물러 살 곳과 일할 곳을 찾고 있다는 건가?"

겨우 이야기가 본론으로 돌아오자, "네." 대답하며

또다시 미도리의 시선은 '카운터 여성 스태프 모집' 벽보에 빨려 들어갔다. "아까도 말했지. 너 같은 타입은 안 된다니까!" 아자미 씨는 핀잔을 주었다.

"채용해 주지그래."

"불쌍한 아가씨잖아. 안 그래?" 미요시 씨가 연민의 눈빛으로 바라보며 말한다.

"불쌍하다는 이유로 사람을 쓸 수는 없잖아. 이쪽도 장사라고."

"게다가 나 스낵바 하는 거, 이제 지긋지긋하다고." 투덜거리며 아자미 씨는 새 담배 개비에 불을 붙였다.

"형편없는 노랫소리 듣는 것도, 토사물로 범벅된 화장실 청소하는 것도 이젠 정말 질렸어."

"최근 이 부근 재개발 계획 있잖아." 아자미 씨는 말했다. "고층 아파트랑 쇼핑몰 같은 거 다양하게 들어서면 이 근처 분위기도 싹 바뀔 테지. 그럼 그거에 맞춰서 다른 업종으로 바꾸고 싶어." 등등.

"뭐랄까, 좀 세련된 느낌으로 인테리어도 하고. 술도 마실 수 있지만, 기본적으로 식사나 차를 내는 곳으로. 리모델링 자금도 준비 중이라니까."

'들썩들썩' 하고 효과음을 넣어주고 싶어지는 동작으로 아자미 씨는 카운터 아래에서 2리터짜리 페트병을 꺼냈다. 절반 정도 오백 엔짜리 동전이 채워져 있다.

"에계, 고작 그걸로 되겠어?"

미요시 씨가 어이없어하며 말한다.

"이것뿐이 아냐. 저금도 하고 있는걸."

아자미 씨는 정색하고 대들 듯이 몸을 앞으로 내민다.

"아, 저기요."

미도리는 손을 들고 말을 내뱉었다. "저 요리 할 수 있어요." 두 사람이 동시에 미도리를 쳐다본다. "'좀 세련되어 보이는' 음료도 만들 수 있어요. 카페에서 일했었거든요. 그리고, 또 셀프 인테리어도 잘해요. 페인트칠이라든가! 인테리어 자금이 넉넉지 않다면 스스로 하는 방법도 있어요." 이야기가 점점 열을 띠어간다. 그 바람에 미요시 씨는 또 한 번, 연민의 눈빛을 쏟아부으며 말했다. "아가씨, 필사적이네."

"네, 필사적이에요."

필사적인 게 뭐가 나빠?

"하긴. 말이야 바른 말이지, 안자이 씨네 회사 직원도 아닌 아가씨가 구로에로부터 돈을 회수한다는 게 이상하다고 할까, 이치에 안 맞는 이야기라고 나는 생각해."

미요시 씨의 말이 지극히 당연하기에 미도리는 깊게 고개를 끄덕였다. 지당한 말씀이다. 그렇긴 한데……

"그렇긴 하지만 어떻게든 할 수밖에 없어요."

미요시 씨가 뭔가 말하려 하는 차에 소파에서 조용히 눈을 감고 있던 미요시 씨 아버지가 갑자기 벌떡 일어났기 때문에 미요시 씨는 허둥지둥 스툴에서 뛰어내렸다.

"일어났어요? 아버지. 응, 많이 걸어서 피곤했지요? 집에 갈까요? 자, 갑시다."

"다시 한번 고마워." 아자미 씨와 미도리에게 번갈아 고개를 숙이고 미요시 씨는 아버지 등을 밀며 후닥닥 나갔다.

가게 안이 갑자기 쥐 죽은 듯이 조용해졌다. 아자미 씨가 카운터 밖으로 나와 테이블에 내던져진 교과서를 집어서 어딘가에 넣어두었다.

"저기, 구로에 씨는 어떤 분인가요?"

아자미 씨는 흘긋 미도리를 보더니, "네가 보기엔 어땠는데?"라는 질문으로 미도리의 질문을 받아쳤다.

"결코, 좋은 인상은 아니었어요!"

솔직히 말하자 아자미 씨는 "하하하." 하고 웃는다.
"확실히 좋은 인상은 아니지. 눈초리도 사납고."
"아자미 씨는 구로에 씨를 좋아하나요?"
그렇게 물은 것은 아자미 씨의 말투가 '나는 그렇게 생각하지 않는다.'라고 들렸기 때문이었다.
"이상한 의미는 아니고요." 아자미 씨가 입을 다물고 있길래 미도리는 말을 덧붙였다.
"글쎄."
"내가 좋은지 싫은지가, 네 미래와 관계있어?" 아자미 씨의 물음에 "아니요."라고 작은 목소리로 답한다.
"네 생각이 중요한 거 아냐?"
"……좋은 인상은 아니었지만요."
"절대 좋지는 않았는데요, 하지만," 하고 머릿속에서 단어를 고른다.
돌아올 즈음 "안자이인가?"라고 중얼거리던 구로에의 뒷모습에서 무언가가 느껴졌다. 무엇이었는지는 모르겠다. 그 자리에 그대로 있는데 아득히 먼 느낌이었다. 무언가 얇은, 매우 얇은, 달걀 안쪽의 막 같은 무언가에 가로막힌 듯한 느낌이 들었다. 그 막에 가려서 구로에의 모습이 잘 보이지 않고 이쪽의 목소리도 구로에에게 닿지 않을 듯한.

"뭐, 구로에 씨에게 돈이 거의 없다는 것은 사실일 거야."

아자미 씨는 팔짱을 끼고 벽에 기댔다. "우리 가게 외상도 잔뜩 밀렸고." 콧방귀를 뀌며 말했다.

"차라리 네가 대신 갚아주는 건 어때? 그 돈."

"그럴 수는 없죠"라고 답하려는 순간, 머릿속에서 무언가가 반짝 빛났다. 먼 곳에서 한순간 켜졌다 꺼진 손전등 불빛 같은, 평소라면 못 보고 지나쳤을지도 모를 아주 작은 빛이었지만 지금 암흑으로 덮인 곳에 있는 미도리에게는 확실히 보였다. 그 막을 걷어내고 싶다. 미도리는 또 가까운 시일 내에 구로에의 집에 갈 결심을 굳혔다.

6

 다음 날, 안자이가 호텔로 찾아왔다. 신기한 듯이 방안을 둘러보더니 자전거 열쇠를 내밀었다.
 "이거, 형 자전거. 미도리가 썼으면 한다고."
 "차도 없고, 불편하잖아." 안자이는 눈을 내리깔며 말했다.
 "이 근처 산이 많아서 오히려 짐이 될지도 모르지만."
 "괜찮아. 일어서서 타면 되니까."
 "일은 어떻게 됐어?" 미도리는 안자이의 안색을 살피며 물었다. 나란히 침대 위에 앉아 있는데도 안자이는 미도리와 시선을 맞추려 하지 않는다.
 "형수님께 이것저것 배우고 있어. 서류작성이라든가, 그런 것부터."
 "그쪽은 어때?" 안자이는 아래턱만 살짝 움직이며 묻는다.
 "응."
 "괜찮아." 크게 고개를 끄덕였다. 적절한 답이 아닌 듯한 느낌이 들었지만, 마침내 안자이의 표정이

누그러져서 안도의 숨을 내쉬었다.

"미도리에게는 폐만 끼치게 되네."

"음, 뭐." 미도리는 고개를 끄덕인다. 이 상황에서 "아냐, 그렇지 않아."라고 말해 봐야 뻔히 보이는 거짓말일 뿐이다. 안자이가 살짝 손을 미도리의 뒤통수에 가져다 대나 했더니 미도리를 자기 쪽으로 끌어당긴다. "미도리가 있었기에 나는 지금까지 올 수 있었어." 미도리의 머리칼에 코끝을 파묻고 우물거리는 목소리로 말한다. 미도리는 "응응." 고개를 끄덕이며 안자이의 등을 계속 쓰다듬었다. '결국, 이렇게 나는,' 하고 한숨을 쉰다. 몇 번이고 안자이를 용서하고 만다.

"인정받을 수 있도록 노력할게."

떨리는 듯한 목소리로 말하는 안자이는 자기 아버지가 그렇게 두려운 것일까?

"아버님, 무서워?"

"무섭다고 할지······" 안자이는 말끝을 흐린다. 미도리의 등에 두른 팔에 힘을 주었다.

"그에 비해 너는."

"응?"

"그 사람 말버릇이야. '그에 비해 너는.'"

형을 칭찬하고 난 후에는 반드시 안자이 쪽을 보

며 그렇게 말했다고 한다. 그림 같은 거 잘 그려봐야 아무 짝에 쓸모도 없다며 노트에 그려둔 그림을 죄다 찢어 버린 적도 있다고 한다. 못난 놈 소리 듣고 싶지 않다는 생각을 하면 할수록 더 위축되어 아버지 앞에서는 오히려 실수를 더 하게 된다고 한다. 생각하는 바의 십 분의 일도 소리 내어 말하지 못하게 되었고 그뿐만 아니라, 아버지가 보고 있는 것만으로도 정신적으로 가벼운 공황 상태에 빠진다고 한다.

"아버지가 싫다기보다는 아버지와 함께 있을 때의 내 모습이 싫어. 정말 너무 싫어." 안자이는 괴로운 듯이 미간을 찌푸리며 말했다.

"하지만 언제까지나 피할 수만은 없겠지."

미도리에게 말한다기보다 저 자신을 타이르는 듯한 말투였다. "맞아, 그래." 미도리는 짧게 답하고는 몸을 뺐다.

"밖에 나가서 밥 먹고 가지 않을래?" 애써 밝은 목소리로 말했으나, 안자이는 "미안, 회사에 돌아가 봐야 해."라며 두 손을 마주 모았다. 방을 나와 호텔 문 앞에서 안자이를 배웅했다. 안자이는 보도에 세워져 있는 형의 자전거를 보여주었다. 빨간색 자전거였다. 안장의 높이를 조절하려고 했으나 녹이 슬어 좀

처럼 나사가 풀리지 않는다. 안자이는 이미 도로를 건너 이쪽을 등지고 걸어가고 있었다.

이름을 부르려던 차에, 안자이가 획 한 손을 올리더니, "나카가와 씨." 하고 누군가를 부른다. 건너편에서 걸어오던 여성이 안자이를 보더니 "아." 하고 깜짝 놀란 듯이 목소리를 높였다. 아는 사람인 모양이다. "무슨 일이야? 은행?" 등등 이야기하는 목소리도 들린다. 회사 사람인지도 모른다.

사랑스러운 느낌의 여성이었다. 동그스름한 얼굴에 피부는 희고 머리카락이 길다. 촌스러운 남색 사무원 유니폼을 입고 있는데, 그게 도리어 청초한 인상을 자아냈다.

두 사람은 무언가 얘기를 하며 나란히 걷기 시작했다. 원래 안자이가 가려던 쪽과 반대 방향이다. 아무래도 안자이는 미도리가 보고 있다는 것을 전혀 눈치채지 못한 것 같다. '어디 가는 거야? 바로 회사로 가봐야 하는 것 아니었어?' 생각하면서도 말을 걸지도 못한 채 그저 멍하니 서 있는 자신이 한심했다.

고타로 씨에게 빌린 자전거를 타고 미도리는 또 한 번 구로에 양봉원을 향한다. 산길에 접어들자 안장에서 몸을 일으켜 세웠다. 전 체중을 싣듯이 페달을 밟지 않으면 올라갈 수가 없다. 이마에서 흘러 떨어지는 땀이 눈에 들어가 아프다. 필사적인 표정으로 전진하는 미도리의 눈앞을, 호랑나비가 하늘하늘 날아서 가로질러 지나간다. 자전거를 밀고 올라가는 편이 오히려 편하지 않았을까 하는 후회가 몰려올 즈음, 목적지에 도착했다.

초인종을 눌렀더니, 이번에는 구로에가 현관문을 열어 주었다. "안녕하세요." 고개를 숙였지만, 대답은 없다. 눈알을 굴리며 미도리를 노려볼 뿐이다.

구로에는 미도리 옆을 스쳐 지나가더니 신발을 신고 밖으로 나간다. 허둥지둥 뒤를 쫓았다.

구로에는 벌통이 늘어서 있는 모퉁이로 걸어간다. 벌통 뚜껑을 들어 올리며 흘끗 미도리를 보았지만 아무 말도 하지 않는다. 보호복 같은 것은 입고 있지 않다. 장갑도 끼지 않았다.

벌들을 돌보고 있는가 보다. 구체적으로 무엇을 어떻게 하고 있는지는 잘 모르겠다. 근로의욕이 저하되어도 완전히 아무것도 안 할 수는 없는 모양이다.

"그렇게 무방비한 상태로 작업하면 벌에 쏘이지 않나요?"

미도리는 몇 걸음 뒤로 물러선다. 구로에는 답하

지 않는다. 딱히 할 일도 없어 손목시계를 본다. 이미 해가 기울 때인가?

"일본 꿀벌은 사람에게 익숙해."

대뜸 구로에가 중얼거렸다. "이런 식으로."라고 말하며 상자 속에 손을 넣었다가 다시 천천히 빼낸다. 벌이 한 마리 손등 부분에 앉아 있다.

"이 녀석들은 벌통을 준비해줘도 싫으면 들어오지 않고, 자리 잡고 살다가도 싫증이 나면 떠나버려. 녀석들에게는 집세 대신 벌꿀을 받지. 집주인과 세입자 같은 관계랄까."

벌통이 늘어선 모퉁이에는 나무가 울창하게 우거져 있어서 구로에의 얼굴도 반은 그 음영에 가려져 있다.

"돈은 없다고 말했을 텐데."

"돈은 일단 오늘은 됐어요."

"……그럼, 뭐하러 왔어?"

"말씀을 나누러 왔어요."

반사적으로 구로에가 고개를 들었다. 예상외의 대답이었던 모양이다.

"일단 여기 타 보시지 않을래요?"

옆의 자전거를 가리켰다. 구로에는 당황한 듯이 자전거와 미도리를 번갈아 바라본다. 미도리가 안장에 걸터앉아 짐받이를 몇 번 두드렸다.

"왜 내가 여자 자전거 뒤에 타야 하는데?" 곤혹스러워하는 구로에를 관찰한다. 신장 168㎝ 정도이려나. 마유리랑 비슷하다. 체중은 구로에 쪽이 가벼울지도 모른다. 할 수 있겠다는 결론을 내린다.

"한번 타 보세요, 네? 그러니까 일단 타 보세요."

"그러니까 왜 내가 여자 자전거 뒤에……" 조금 전과 똑같은 말을 중얼거리며 구로에는 자전거 짐칸에 걸터앉는다.

"이제 됐나?"라고 묻는 구로에에게 대답하는 대신에, 미도리는 페달을 밟기 시작했다.

"어어, 이봐!"

"뭐 하는 거야?" 구로에가 외쳤다. 처음으로 큰소리를 냈다.

"그렇게 커튼 쳐놓은 방에서 술이나 홀짝대고 있으니 근로의욕이 솟아나지 않는 거예요."

"밖으로 나갑시다, 밖으로. 밥 먹읍시다. 같이." 미도리는 앞을 향한 채로 대답한다.

무언가 허를 찌르는 일을 해야 한다는 생각이 들었다.

일반적인 방법으로 설득하고 고개를 숙이는 것만으로는 구로에의 주위를 덮고 있는 얇은 막과 같은 것을 완전히 걷어낼 수 없을 것 같았다.

 페달을 계속 밟는다. 조금 휘청거리기는 하지만 달리지 못할 정도는 아니다. 할 수 있다. 내리막길에 접어든다.

 "어어, 이봐." 걱정스러운 목소리를 내는 구로에에게, 미도리는 "꽉 잡으세요." 내려가기 시작하며 말했다.

 맞바람에 머리카락이 기세 좋게 곤두섰다. 셔츠의 뒷자락이 바람에 부풀어 오르는 것을 느낀다. 먼 쪽에 피어 있는 흰 귤꽃이 시야 가장자리로 들어왔다.

 밖으로 나오니 눈부신 저녁해에 눈이 적응을 못한다. 움직이니 땀이 배어 나오고 벌레가 사정없이 달려들어 이곳저곳을 무는 통에 물린 곳이 가렵다. 높은 하늘을 날아가는 까마귀가 운다. 5월 특유의 숨이 막힐 듯한 풀 냄새에 얼굴을 찡그린다. 이렇게 세상은 움직이고 있는데 집안에 틀어박혀 있기는 아깝지 않냐고 미도리는 구로에에게 전하고 싶었다.

 "어어어어어어, 이, 이봐, 어어어." 뒷자리에서 구로에가 아우성치고 있다. 짐받이를 양손으로 꽉 붙들고 있는 것은 미도리의 몸에 손을 대지 않기 위해서인 것 같다.

 "제트코스터 같았죠?" 언덕길을 다 내려오자, 구

로에에게 말을 걸었다.

"그런 거 타 본 적 없어."

녹초가 된 목소리이다.

"밥 어디서 먹을까요? 저 이 근처, 전혀 모르거든요."

자전거를 천천히 굴린다. 구로에는 여기저기 외상값이 잔뜩 쌓여 있어서 가고 싶지 않다는 이야기를 쭈뼛쭈뼛 털어놨다.

"그럼 잠깐 자전거 타고 달리면서 이야기라도 할까요?"

좀 아까 내리막길을 내려오며 거절할 기력을 잃었는지 구로에는 "……아아."라고 한숨으로 답했다.

"지난번엔 죄송했어요."

"'대뜸 안자이의 대리인입니다. 돈 주세요.'라고 했으니, '뭐냐, 이 인간'이라고 생각하시는 게 당연해요." 미도리는 우선 사과했다.

미도리는 안자이와의 관계에서부터 설명을 시작했다. 도중에, 한 무리의 중학생과 노부부를 스쳐 지나갈 때마다 그들은 움찔하며 미도리와 구로에를 쳐다보았다. "저기서 오른쪽으로 꺾어." 구로에의 말대로 했다. 사람의 왕래가 적은 길로 가고 싶었던 모양이다.

미도리의 귓가를 꿀벌이 스쳐 날아갔다. 스치는 순간, 붕, 하는 희미한 날갯소리가 들렸다.

"저 벌, 어디로 가는 걸까요?

"이 앞의 공터겠지. 공터에서 좀 더 앞쪽에 내 봉장이 있어."

봉장. '벌 봉蜂, 마당 장場'이라고 쓰는 걸까? 머릿속에서 한자를 대입해본다.

얼마나 더 가야 하는지 물으려던 찰나, 갑자기 시야가 탁 트였다. 집이 몇 채 늘어서 있는 도로를 빠져나오니 구로에가 말한 대로 공터라고밖에 말할 수 없는 공간이 펼쳐져 있다. 미도리는 자전거를 멈춰 세웠다.

초록색 실과 흰색 실로 짠 카펫 위에 한 발짝 발을 내디뎠다. 이내 토끼풀이라는 것을 알아차렸다. 어렸을 때 네 잎 클로버를 찾아 헤매던 곳과 매우 비슷했다.

서쪽에서 비치는 불그스름한 금색 태양 빛을 받아 등롱 같은 토끼풀 꽃이 흔들리고 있다. 조금 전에 본 꿀벌이 어딘가에 있지 않을까 하여 찾아봤지만, 눈에 띄지 않았다.

"여기야." 구로에가 손짓으로 부른다. 광활한 공터에서 어찌 된 일인지 구로에는 작은 꿀벌의 위치를 금세 찾은 듯했다. 꿀벌은 꽃에 머리를 처박고는 바르르 떨며 움직이고 있다. '이렇게 눈이 컸었나?' 생각하며 계속 관찰한다.

"다리에 꽃가루를 묻혀서 나르는 거야." 구로에의 말처럼 분명히 뒷다리에 노란색의 둥근 알갱이 같은 것이 붙어있다. 가로로 줄무늬가 들어간 몸은 보송보송한 솜털로 덮여 있었다. "귀여워." 엉겁결에 소리를 질렀다. 그 바람에 꿀벌이 날아가 버렸다.

가버렸다. 아쉬워하는 자신의 모습에 놀랐다. 좀 더 보고 싶었다. 혹시 다른 꿀벌이라도 있을까 하는 맘으로 찾아보았지만 이미 아무 데도 없었다.

"저에게 양봉을 가르쳐 주실 수 없을까요?"

구로에의 눈을 똑바로 바라본다. 구로에는 바지 주머니에 양손을 푹 질러 넣은 채 입을 다물고 있다.

"강습료는 낼게요."

"그 돈으로 안자이 아버지에게 지대를 갚으시면 돼요." 미도리가 설명하자 구로에는 고개를 숙인 채로 "왜, 그렇게까지 하는 건데?"라고 중얼거린다.

"그렇게까지 해서 안자이의 아들과 결혼하고 싶은 건가?"

미도리는 웅크리고 앉아 구로에에게서 시선을 돌렸다. 발밑으로 시선을 떨구고 네 잎 클로버를 찾는 시늉을 했다. 그것도 있지만, 그게 다는 아니라는 것을 어떻게 설명하면 좋을지 머릿속에서 단어를 골랐다가 다시 내려놓는다.

"아주 예전에 벌꿀을 만든다는 여자분을 만난 적이 있어요."

"죽고 싶다는 생각뿐이던 때였어요." 이야기를 이어가자, 구로에가 몇 발자국 다가와 미도리 앞에 섰다. 입을 다문 채 미도리를 내려다보고 있다.

"딱 한 번밖에 만난 적이 없는 사람이에요. 그 사람에게 벌꿀을 받아서 먹어보고, '벌꿀이 이렇게 맛있는 것이었구나.' 생각했어요. 조금만 더 살아 볼까 하는 생각이 들었어요. '언젠가 다시 한번 만날 수 없을까. 그 사람처럼 누군가를 구할 수 있으면 좋을 텐데.'라고도 생각했고요."

구직활동을 할 때, 대규모로 양봉업을 하는 회사를 몇 군데 지원해봤다. 식품 관련 직종 중에서도 벌꿀이라면 더더욱 좋았다. 그러나 전부 떨어졌다. 미련은 남았지만, 업종을 그렇게 구체적으로 제한해버리면 언제까지고 취직할 수 없을 것 같았다. 그래서 미도리는 그때부터 눈을 돌렸다.

"한심하게도 포기하고 말았어요."

"먹고 살려고 일하는 거니까 타협할 수도 있는 거

지." 구로에는 웅얼거리며 답했다. 잘 모르겠지만, 혹시 이건 위로해주려는 말인지도 모르겠다.

"지금 저는 일도 없고 결혼할 예정이었던 사람하고도 앞으로 어떻게 될지 확실히 몰라요. 집도 없고. 서른 살이에요. 돈을 내며 양봉 같은 거 배울 처지가 아닐지도 몰라요. 하지만 오히려, 지금이니까 할 수 있는 일이 아닐까 싶어서요."

지금이기 때문에 더더욱 해보고 싶어졌다. 지금이 아니면, 두 번 다시, 이 문에는 닿을 수 없을 것이다. 생활이라든가, 장래라든가 그런 것들에 가로막혀서.

"바보 같은 녀석이군."

구로에가 흐리멍덩한 말투로 중얼거렸다.

"녀석 아니거든요."

미도리는 그렇게 대답하고는 분하다는 듯이 시선을 돌렸다.

"아사노 벌꿀."

미도리의 말에, 구로에의 눈썹이 미세하게 움직였다.

"아세요? 이거, 혹시 아사노 시의 벌꿀이 아닐까 생각했거든요."

"몰라."

고개를 돌리는 구로에에게 주머니에서 병을 꺼내

어 보여주려 했다.

"이런 라벨이 붙어있어요."

구로에는 완강하게 외면한 채 미도리 쪽을 보려 하지 않았다.

"몰라. 예전에는 이 근방에 양봉하는 집들이 지금보다는 많이 있었어. 그 중 어디였는지도 모르지. 나는 몰라."

"몰라."라고 말하는 타이밍이 이상하게 빨랐다. 이 사람 무언가를 알고 있다. 확신에 가까운 생각이 들었지만, 미도리는 단지 "그러세요?" 하고 수긍하고 넘어갔다.

토끼풀이 노을빛에 물들고 있다. "저기." 구로에가 고개를 돌린 채 말한다.

"그렇게 맛있었어? 그 벌꿀."

"네."

"엄청." 미도리가 대답하자 구로에는 고개를 끄덕였다. 몇 번이나 끄덕끄덕했다.

"아침 여덟 시."

갑자기 구로에가 돌아본다.

"내일 아침 여덟 시. 늦지 마."

미도리의 대답을 기다리지도 않고 성큼성큼 큰 보폭으로 걸어간다. '이건 승낙한다는 것일까? 그런 거겠지. 그런 걸 거야. 야호!' 뛰어오르고 싶은 마음을 누르며 미도리는 서둘러 구로에의 뒤를 쫓는다.

구로에는 걸음이 빠르다. 자전거를 밀며 종종걸음으로 따라간다.

"모셔다드릴게요."

"됐어." 구로에는 앞을 향한 채 대답한다. "볼썽사납다니까."

아직도 여자 자전거 뒤에 타는 게 이러니저러니 신경 쓰고 있는 모양이다.

"모셔다드릴게요.", "됐다니까." 실랑이하며 잠시 걷고 있는데 갑자기 구로에가 발걸음을 멈췄다. 시선을 따라가 보니, 자동차가 있다. 짙은 남색인데, 뭐라고 해야 하나, 비싸 보이는 차, 라는 빈약한 표현밖에 머릿속에 떠오르지 않는다.

자동차와 우뚝 멈춰 선 구로에를 번갈아 쳐다본다. 구로에는 자동차 조수석에서 내린 여성을 응시하고 있다.

여성은 젊지는 않았다. 젊지는 않지만, 경제적으로 유복한 사람일 것이다. 옷차림이나 헤어스타일에서 풍긴다. 운전석 쪽으로 돌아가서 뭔가 이야기하고 있다. 운전석 창문은 3분의 1 정도밖에 열려 있지 않아서 어떤 사람이 타고 있는지는 알 수 없다.

"아는 분이세요?"

"……응."

"인사 안 하셔도 돼요?"

"할 리가 없지." 구로에가 짧게 대답하고는 다시 발걸음을 뗀 순간, 차 유리창이 크게 열렸다. 짧은 머리의 남성이 몸을 내밀고 여자의 머리칼을 어루만지며 활짝 웃었다.

"아." 구로에가 작게 외치더니 멈춰섰다. "왜 그러세요?" 미도리가 묻는데도 아무 대답도 없다.

"저 사람, 안자이 기이치로 아니지?"

"저 사람 말이세요?"

차 속 남성을 가리킨다. 아무리 봐도 안자이 아버지가 아니었다. 구로에는 고개를 갸웃거리고 있다. "그러니까 왜 그러시는데요?" 미도리의 질문에는 역시 아무 답도 하지 않는다.

7

 아침 8시에 구로에 양봉원으로 가면 되니까 6시 반에 일어나면 충분하다. 알람도 분명히 그 시간에 맞춰놨다. 베개 옆에서 진동하는 휴대전화와 디지털 시계의 시각을 번갈아 보며 확인하려고 했으나 눈이 제대로 떠지지 않는다. 겨우 확인하니 4시였다. 휴대전화를 손에 들었다. 알람이 아닌 전화인 모양이었다. 쉰 듯한 목소리가 들린다. 아자미 씨라는 것을 이내 알아차렸다. 그러고 보니 그 날, 헤어질 때 전화번호를 물어보기에 알려주었던 것 같다.
 "안냐세요." 미도리는 한쪽 뺨을 베개에 파묻은 채, 불명료한 목소리로 인사했다. "'안냐세요.'가 뭐야."
 가게에서 걸었는지 왁자지껄한 소리가 들려온다. 수화기 건너편은 아직 밤이 계속되고 있다. 부스럭부스럭하는 소리가 나더니 이어서 "아, 나야 나." 하는 소리가 들렸다. "누군지 알겠어?"라고 묻길래 "모르겠는데요. 누구세요?" 솔직하게 답했다. "아가씨 서운하네" 말하는 것을 보니 아무래도 미요시 씨인가보다.

"월세 2만 엔, 어때?"

"'어때'라니 갑자기 무슨 말씀이신지……." 미도리는 눈을 비비며 말했다. 미요시 씨의 말에 따르면, 미요시 씨 이웃 사람이 연립주택을 소유하고 있어서 세를 놓는데 빈방이 없는지 물었더니 딱 하나가 비어 있다고 했다고 한다.

"원룸이고 역에서는 조금 멀어."

"빌릴게요."

2만 엔이라면 어떻게든 낼 수 있다고 생각하며 몸을 일으킨다.

"엄청 허름하더라고."

"상관없어요. 빌릴게요."

"뒤쪽은 공동묘지야."

미요시 씨는 재차, 삼차 확인했다. "괜찮아요." 대답하면서 무직 상태인데 방을 빌릴 수 있을지 걱정했다.

"괜찮을 거야. 내가 아는 사람이라고 말해 둘 테니까."

"나한테 맡겨."라는 미요시 씨에게 왜 그렇게까지 해주는지 물었다.

"아가씨한테는 빚이 있으니까."

미요시 씨가 말하는 '빚'이란 지난번 아버지 일인

가 보다. 빚이라고 할 정도의 일은 아니라고 웅얼거리는 미도리에게 미요시 씨는 "그럼 내일, 이 아니라 이미 오늘이군. 그 집에 데려가 줄 테니까. 19시에 아자미에서 만나자고. 그럼 이만." 일방적으로 말하고는 전화를 끊었다. 전화 옆 메모지의 '둘째, 앞으로 살 곳을 찾아본다.'를 이중선으로 지우고 다시 잠들었다.

알람 소리에 일어나 어젯밤에 사 둔 빵을 느릿느릿 먹은 후에 옷을 갈아있었다. 여행 가방에 넣어온 옷 중에서 딱 한 장 있는 흰옷을 골랐다. 자전거를 타고 구로에 양봉원에 도착하자 구로에는 밖에 나와 있었다.

미도리를 흘끗 보더니 집 쪽으로 다시 돌아간다. 현관문을 연 채로 미도리에게 발 치수를 묻는다.

235mm라고 대답하자, 발밑으로 장화를 던져준다. 그러고는 "신어. 바짓단은 장화 속에 넣어."라고 지시한다. 고무장갑과 모자도 건네준다. 면포가 붙은 밀짚모자다.

"옷은 그걸로 됐어."

"검은 옷은 곰으로 오인해 공격할 수도 있으니까." 손가락으로 미도리 쪽을 가리키며 오는 구로에의 얼굴에는 웃음기가 없었다. 이전에 텔레비전에서 말벌

제거작업을 하는 사람이 벌에 쏘이지 않으려면 흰옷을 입어야 한다고 말한 것을 기억해 두길 잘했다.

'예전에 이곳에는 여자가 있었나 보다.' 미도리에게는 조금 작은 낡은 장화에 발을 넣으며 생각한다. 구로에의 나이로 보아 부인과 자식이 있어도 조금도 이상할 것은 없지만, 아자미 씨와 미요시 씨에게 들은 바에 의하면 현재는 혼자 살고 있을 것이다.

구로에가 안고 있는 나무 상자에는 이런저런 도구들이 잔뜩 들어있다. 솔 같은 것도 있고 주걱 같은 것도 있다. 잘은 모르지만, 효자손 같은 것도 있다. 그리고 손거울.

"매주 한 번은 벌통 상태를 확인해 준다."

구로에는 상자 바닥을 손거울로 비춘다. 가끔 각도를 바꾸기도 하면서 뚫어지게 보고 있다. "주걱 꺼내." 구로에의 말에 허둥지둥 상자에서 주걱으로 보이는 도구를 꺼내어 건넸다.

"찌꺼기가 쌓여 있으니까 긁어내." 구로에의 지시에 따라 멈칫멈칫 손을 넣었다. 아주 작은 낙엽 찌끼와 굳은 흙이 부슬부슬 떨어져나왔다.

"집이 맘에 들지 않으면 벌은 금세 나가버려."

그 외에도 벌이 병에 걸리지 않았는지, 아니면 여왕벌이 산란하고 있는지, 또 꿀이 고인 상태를 확인하기 위한 작업이기도 하다.

"나가버리나요?"

"그렇게 자유로운가요?" 하고 묻자 구로에는 힐끗 쏘아본다.

"집주인과 세입자 같은 거라고 말했을 텐데."

하긴, 끈으로 묶어놓을 수도 없는 노릇이고, 한번 들어왔다가 나가지 못하는 벌집이라면 벌이 죽고 말 것이다.

"뚜껑 열 거야." 구로에가 말했다.

"바람이 불어오는 방향에 서 있어."

벌통 뚜껑을 획 들어 올리고는 허리띠에 걸어둔 분무기를 벌통 안으로 가져다 댔다.

구로에는 일반적으로는 훈연기라는 도구로 연기를 피운다고 설명했다. 서양 꿀벌은 그렇게 하면 얌전해진다. 그러나 그 방법은 꿀벌에게 스트레스를 주므로 구로에는 그냥 물을 분사한다고 한다. 듣고 보니 분무기 안에는 투명한 액체가 일렁이고 있다.

"그쪽에 서." 구로에가 바람 불어오는 쪽을 턱으로 가리키며 말했다.

"벌은 네 냄새를 아직 익히지 못했어. 모르는 냄새가 나면 벌이 불안해하거든."

벌통에는 여덟 장 정도 판이 세로로 들어있었다.

그중 한 장을 구로에가 빼냈다. "봉판이라고 하는 거야." 구로에는 천천히 그것을 들어 올리며 말했다. 봉판의 표면에 어마어마한 수의 벌이 꿈틀거리고 있었다. 엉겁결에 한 발짝 물러섰다.

"무서워?"

"아니요."

실제로 무섭다거나 징그럽다거나 하는 느낌은 없었다. 그저, 다만, 신기했다. 육각형이 질서정연하게 늘어선 벌집의 모습이. 하얗고 동그스름한 벌의 유충들이 들어있는 봉판도 있다. 정중앙에 세팅되어 있던 봉판은 노란색으로 물들어 있는 것을 보니 안에 꿀이 모여 있음이 틀림없었다.

벌통 하나하나, 같은 식으로 확인하며 지나갔다.

"다음 주에는 채밀이 가능할 것 같군."

구로에는 마지막 벌통 뚜껑이 제대로 닫혔나 확인하고 있다.

"좋은 시기에 왔어, 자네. 분봉도 볼 수 있겠어."

구로에의 호칭이 '너'에서 '자네'로 바뀌었다. "쓰카하라예요. 쓰카하라 미도리라고 합니다."라고 말하며 미도리는 구로에의 뒤를 쫓았다.

"저기, 분봉이 뭔가요?"

"벌이 나뉜다는 의미로 분봉分蜂. 더워지면 여왕벌

이 산란해. 벌의 개체 수가 늘어나면 이번에는 새 여왕에게 벌집을 물려주고 다른 벌집을 짓기 위해 이동하지. 그걸 잡아서 벌통으로 유도하는 식이야. 대단하다고. 나뭇가지에 둥근 박처럼 벌이 무리를 만든 후, 일제히 날아가. 하늘이 점점 시커멓게 물들어."

구로에는 조금 흥분한 것 같다. 면포 너머로 보이는 뺨이 약간 붉게 물들었다. "아, 네." 대답하고 나서 뭔가를 눈치챘다.

"저기, 구로에 씨."

"벌떼 구름이라고 해. 진짜 구름이라니까. 수천 마리 꿀벌이 검은 덩어리가 되어 날아간다고."

구로에는 열띤 모습으로 계속 말을 잇고 있다.

"구로에 씨, 벌이."

"그래, 벌이."

"그게 아니고요." 미도리는 떨리는 손으로 자기 얼굴을 가리켰다. 모자에 드리워진 면포 안으로 모르는 새에 꿀벌이 한 마리 들어와 있는 것이었다. 웅, 하고 희미하게 신음하는 듯한 날갯짓 소리가 귓가에 들린다. 그제야 상황을 파악한 구로에가 "가만있어." 한쪽 손을 들어 올리며 말했다. 꿀벌이 관자놀이에 앉았다.

"가만있으면 쏘지 않아."

"아, 그, 그렇군요."

안도한 다음 순간에 핏, 하는 소리가 들렸다. 뜨겁다. 열기가 느껴졌다.

"죄송한데요, 역시 쏘인 것 같아요."

"뜨앗."

이상한 소리를 내며 구로에는 순간 몸을 뒤로 획 젖히더니 바로 집 쪽으로 뛰어갔다.

구로에의 말을 따라, 미도리를 툇마루에 앉아 모자를 벗었다. 핀셋을 손에 든 구로에는 익숙한 솜씨로 침을 뽑아냈다. '벌 독을 빨아내는 도구'라는 관을 관자놀이에 갖다 댔다. 얼음을 담은 비닐봉지를 수건으로 감싼 후, 쏘인 부분에 대고 있으라고 했다. 수건에서 어렴풋이 곰팡내가 났다.

"자네, 침착하군."

"'으아, 꺄아.' 하고 소리 지르지 않는 여자도 있네."

묘하다는 듯이 감탄하며 중얼거린다. 으아, 꺄아, 하고 새된 소리가 순간적으로 튀어나오지 않는 여자도 세상에는 얼마든지 있고, 미도리는 그중 한 명이다. 관자놀이의 통증이 점점 더 심해졌다. 쏘인 부분이 화끈화끈하고 맥박 뛰는 게 느껴졌다.

약을 바르고 나서 구급상자를 뒤져 스스로 거즈를

대었다.

"아까 하던 거, 계속합시다."

벌에 쏘이는 통에, 의욕이 80% 정도 감소했지만, 자신을 격려하듯이 미도리는 일어섰다.

"죽은 거죠?"

구로에는 순간 무슨 말인가 하는 눈치더니 곧 "응." 하고 고개를 끄덕였다.

"아까 그 벌 말이지?"

꿀벌은 한번 쏘면 죽는다고 들었다. 미도리를 쏜 그 벌은 무리를 지키려 했던 것이고, 그것이 벌의 습성이라고 구로에는 거의 알아듣지 못할 만큼 작은 목소리로 설명했다.

어떻게 그런 일이 가능할까 하는 생각이 든다. 자기 몸을 던져서 누군가를 지킨다는 것은 쉬운 일이 아닐 텐데, 꿀벌은 주저 없이 자기 몸을 던졌다. 거즈 위에서 살짝 관자놀이를 눌러본다. 아까보다 통증이 심해진 것 같다.

19시 정각, '아자미' 문을 열자 미요시 씨는 이미 카운터 석 끝자리에 앉아 맥주를 마시고 있었다. 그 외에도 다른 손님이 두 명 있었는데 가게로 들어온 미도리에게 무례한 시선을 던졌다. 그 뒤를 지나 미요시 씨 옆자리에 앉았다.

"뭐야, 그게."

미요시 씨가 미도리의 관자놀이의 거즈를 쳐다본다.

"벌에 쏘였어요."

"햐아."

웃는 건지 동정하는 건지 알 수 없는 소리를 냈다.

미도리가 하얀 거품이 남은 유리잔에 별 뜻 없이 눈길을 주자, 미요시 씨는 왠지 목을 움츠리며 "어제랑 오늘은, 여동생 부부가 집에서 묵고 가거든. 그래서 괜찮아. 술 마셔도 되고 늦게 들어가도 돼."라고 말했다.

미요시 씨의 아버지는 밤중에 집을 나와 헤매다가 도랑에 빠진 것을 근처 주민이 발견해 연락해 주기도 하고, 음식점에 지갑도 없이 들어가 경찰에게 전화가 걸려온 적도 있다. 기본적으로 눈을 뗄 수가 없는 상태라고 한다. 아내와 사별하고 자식도 없는 미요시 씨 혼자서 아버지와 사는 것은 '정신적으로 거의 한계에 달한' 상태로 삼 개월에 한 번, 며칠씩 이웃 현으로 시집간 여동생이 와서 묵고 간다고 한다.

"그러니까 석 달에 한 번이라는 거지, 이렇게 술 마실 수 있는 건." 미요시 씨는 변명하는 듯한 말투로 말한다.

석 달에 한 번의 휴식이라니, '거의 한계에 달한' 사람에게는 적은 게 아닌가 싶은 생각도 들지만, 다른 집 사정이므로 경솔하게 이러쿵저러쿵 얘기할 수는 없다. 미요시 씨의 여동생도 모든 상황을 조정하여 최대한 낼 수 있는 여유가 석 달에 한 번일지도 모른다.

"그보다 말이야 이것 좀 봐." 미요시 씨는 호주머니에서 디지털카메라를 꺼내며 말했다. 미도리를 위해 찾아준 연립주택에 굳이 직접 가서 찍어온 사진이었다. 작은 화면 속의 건물이며 방이 상상보다 훨씬 낡았지만, 미도리는 "감사합니다." 고개를 숙이며 말했다.

"어쩌면 철거될 가능성도 있지만, 지금 당장은 아니고. 아가씨도 경사스럽게 결혼하게 되면 나갈 거니까."

"철거된다고요?"

"왜, 그 이야기 있잖아."

카운터 안쪽에서 아자미 씨가 나와서 갑자기 이야기에 끼어든다.

"재개발. 아파트 건설 같은 이야기가 있는 모양이야. 원룸 임대 운영하는 것보다 토지를 매각하는 쪽이 훨씬 나을지도 모르지."

"이제 드디어 '아자미'의 카페 개조 계획 시동을 걸어볼까?" 아자미 씨가 팔짱을 끼며 말했다.

"저기, 너 카페에서 일해봤다고 했지?"

"네, 맞아요."

"리모델링 도울 생각 있어? 페인트칠 잘하는 거지?"

"인테리어 업자에게 맡기면 비용이 꽤 들잖아. 그래서 가능한 한 의뢰하지 않고 해 보려고. 아, 물론 사례금은 지불할 거야." 아자미 씨의 말이 떨어지기가 무섭게 미도리는 "할게요!"라고 대답했다. 구로에 양봉원에 가지 않는 토, 일요일에 단발성 아르바이트라도 찾아볼 생각이었던 미도리에게는 감지덕지한 제안이다.

"기대되네요. '뉴 아자미'."

"뭐야, 이상한 이름 붙이지 마." 아자미 씨는 얼굴을 찌푸린다. 하긴 '뉴 아자미'라고 하면 젊은 여성들이 오지 않을 것이다.

"메뉴도 개편하고 싶어. 이것저것 가르쳐 주지 않을래?"

"제가 아는 한에서는요."

"젊은 여성 취향의 메뉴 말씀인 거죠?" 이야기하

는 동안, 미도리는 왠지 점점 흥분되었다.

"그런데 손님들 오려나?"

아자미 씨가 대뜸 약한 소리를 한다.

"오게 하면 되죠!"

곧바로 수첩을 펼치고 아이디어를 적어본다. '나라면 어떤 메뉴를 주문하고 싶을까? 겉보기에 예쁘고 몸에도 좋고 물론 당연히 맛있어야 하고. 게다가 아자미 씨 가게다운 메뉴가 추가되면 무척 좋겠는데…….'라고 생각하며 펜을 만지작거린다.

머리를 짜내는 것은 즐거웠다. '내가 이런 걸 정말 좋아하는구나.' 미도리는 깨달았다. '어떻게 하면 손님이 기뻐할까?' 카페에서 일할 때는 항상 그 생각을 했다.

"잘됐네, 아가씨." 미요시 씨가 진지하게 말했다.

"네, 잘됐어요!"

고개 들 짬도 아까운 듯이 수첩 위에 펜을 굴렸다.

"쇼핑몰을 유치한다는 이야기도 있는 모양이지."

카운터 석 끝쪽 손님이 아자미 씨에게 말을 건넨다.

예정지는 원래 대규모 봉제 공장이 있던 토지라는데 노후화되어 건물을 철거한 후에는 빈터로 남아있다고 한다. '하시마'라는 사람의 사유지이지만 그곳에 벚나무가 심겨 있어 이 근방 사람들은 꽃구경하러 가는 공원처럼 이용하고 있다고 한다.

"하시마 씨는 지주니까." 또 다른 손님이 끼어들었다. 아까부터 대화에 끼어들 틈을 노리고 있었던 모양이다. 둘 중 연배가 위인 남자는 야구모자를 쓰고 있고 젊은 쪽은 해골이 그려진 티셔츠를 입고 있다. "우리는 동네야구팀 동료예요." 젊은 남자가 묻지도 않았는데 알려준다. 젊다고는 해도 야구모자 쓴 사람에 비해서 그렇다는 것이지 마흔 줄은 넘어 보인다.

'하시마 씨' 집안은 그 외에도 많은 토지를 소유하고 있고 선대는 시의회 의원을 맡기도 하는 등, 흔히 말하는 '지역 유지'인 모양이다. 현재는 외동딸인 '마코 씨'라는 사람이 그 가문의 주인이라고 야구모자를 쓴 남자와 해골 옷 입은 남자는 득의양양하게 미도리에게 알려줬다.

"마코 씨는 미인인 데다가 마음씨도 고운 사람이야." 야구모자 쓴 남자가 투명한 술이 든 유리잔을 들어 올리며 말했다.

"왜 그런 남자와 결혼했을까? 나는 지금도 이해가 안 돼."

"구로에와 결혼한다고 들었을 때는 깜짝 놀랐었

지." 하고 말이 이어졌기 때문에 미도리는 화들짝 놀라 아자미 씨가 부어 준 맥주를 셔츠 앞자락에 쏟았다. 아자미 씨가 아무 말 없이 물수건을 던져준다.

"구로에 씨라고요?"

"어, 아가씨 구로에 알아?" 두 사람은 깜짝 놀라며 미도리를 쳐다본다.

"얘, 지금 구로에 씨 양봉원에서 일해." 아자미 씨가 무표정하게 말했다.

"아앗."

두 남자는 몸을 뒤로 홱 젖혔다. "사람을 고용할 만한 여유가 있을까 몰라." 하는 중얼거림에는 명백히 경멸이 깃들어 있었다. 오히려 이쪽이 돈을 내고 있다고 속으로 생각했으나 말하지는 않았다.

"저기, 그 녀석 여성 편력이 있으니 조심하라고."

해골 옷 남자의 말에 "여성 편력이요?" 미도리가 반문하자, 그와 야구모자 쓴 남자는 서로 마주 보더니 웃음을 터뜨렸다. 아자미 씨는 웃지 않았다. 미요시 씨도.

"여성 편력만이 아니라 여러 가지 문제가 있지?"

"어릴 때부터 손버릇이 나빴지." 야구모자 쓴 남자가 말을 꺼냈다.

"상점가에서 빵을 훔친 적도 있고 말이야."

"중학생이 되고 나서는 나쁜 패거리와 어울리고."
"변변한 어른이 못 될 거라고 모두 말했었지."
"그런데 무슨 수를 쓴 건지, 하시마 씨 댁 아가씨와 연인이 되었어. 주위의 맹렬한 반대를 무릅쓰고 결혼하더라고. 그러고 나서 딸이 태어났지만 몇 년 후에 이혼했지. 원인은 구로에에게 따로 여자가 생겨서라던데. 진짜 형편없는 놈이지." 그들이 미도리에게 이야기한 내용은 대강 그런 식이었다. 구로에의 험담을 하는 그들의 눈빛은 실로 생기가 넘치고 반짝반짝 빛났다.
"아가씨는 어떤 것 같아?"
"뭐 이상한 일 당한 건 아니고?"
호기심 넘치는 목소리로 미도리를 슬쩍 떠본다. 기본적으로 지금도 구로에의 얼굴이 너무 무섭다는 생각은 하지만 이 사람들에게 그런 말을 해서는 안 될 것 같다는 강한 직감이 들었다.
"그런데, 곧 재혼한다나 봐. 마코 씨."
해골 옷 남자의 말에 "아, 안자이 회장이지?" 하고 야구모자 쓴 남자가 답하자, 미도리는 또다시 허둥대다가 맥주를 엎질렀다. 이번에는 아자미 씨가 물수건을 던져주지 않았다.
"아니야, 안자이 씨 아냐."

"앗, 그 두 사람 소문 있지 않았어? 아니었어?", "아니야, 안자이 씨도 아직 부인과 헤어지지는 않았잖아." 두 사람의 대화를 들으며 미도리는 맥주에 젖은 옷을 손수건으로 닦았다.

"어쨌든 안자이 씨는 아니야. 뭐랄까, 세련된 남자로 보였는데 말이야. 좋은 차 타고 있었어. 분명 연하일 거야."

"구로에 씨, 마코 씨 재혼 소식에 요즘 더 술독에 빠져 지낸다지. 체념을 모른다니까." 해골 옷 남자가 거드름을 피우며 말하자 야구모자 쓴 남자가 자기 무릎을 두드리며 껄껄 웃는다.

한바탕 떠들더니, "아가씨 2차로 다른 술집 갈까? 이런 한물간 데 말고 우리 더 좋은 가게 아는데." 하며 미도리를 꾀었다.

"한물간 가게라서 미안하군. 이 애는 안 돼. 아직 여기 볼 일이 있거든."

"자자, 계산." 아자미 씨가 담배를 입에 문 채, 전표 같은 것을 내민다. 미도리는 어안이 벙벙한 채 그들이 건들건들하며 나가는 모습을 보고 있으니 미요시 씨가 작은 소리로 "속이 뒤집히는구면."이라고 중얼거렸다.

"자기 얘기만 하는 사람도 싫지만, 남 얘기밖에 하

지 않는 사람도 참 딱하네."

 아자미 씨는 유리잔과 접시를 정리하며 혼잣말처럼 그런 말을 했다. 미요시 씨가 입술을 앙다문 채, 빈 유리잔 바닥을 물끄러미 바라보고 있어서 미도리는 왠지 가시방석에 앉아 있는 기분이었다. 어느새인가 바로 앞에 놓인 작은 접시에 잔뜩 쌓인 견과류를 깨작댔다. 온종일 익숙하지 않은 일을 한 탓인지 공복감이 최고조에 달해 뭐든지 좋으니 이것 말고 다른 음식을 먹고 싶었다. 카레라든가. 견딜 수 없을 만큼 배가 고플 때 먹고 싶어지는 음식으로 으레 카레가 떠오른다. 다른 사람은 어떤지 모르지만 미도리는 그렇다. 카레를 머릿속에 떠올릴 때 이미지뿐만 아니라 그 향기도 세트로 따라와서 그런가? 향신료와 푹 삶은 고기, 채소가 든 카레의 난폭할 정도로 식욕을 자극하는 냄새. 모락모락 김이 나는 밥, 그 위에 걸쭉하게 뿌린 반지르르한 카레의 표면에 생긴 황금빛 막, 접시 가장자리에 곁들인 후쿠진즈케(야채를 잘게 다져 붉은 색으로 물들인 절임으로 카레에 곁들임)의 아리따운 붉은빛, 또 진주 같은 염교의 광택. 뇌 속에서 점점 더 퍼져가는 카레의 이미지에 넋을 잃은 탓에 미도리는 미요시 씨가 한 말의 첫 부분을 놓쳤다.

"네?"

미요시 씨는 자기 목소리가 작았다고 생각한 듯, 한번 목을 가다듬고 좀 더 큰 목소리로 물었다. "좀 아까 얘기, 믿나?"

미도리가 중학생 때, 학교에 미도리에 관한 여러 가지 소문이 떠돌았다. 편의점에서 장바구니 가득 과자를 사서 먹더니 화장실에 가서 다 토하더라는 소문을 비롯하여 "중년 남성의 차에서 내리는 것을 봤는데. 뭘 하고 있었던 걸까?", "젊은 남자랑 둘이서 다목적 화장실에 들어가서 한참 있어도 나오지 않더라. 뭘 하고 있었을까?" 그런 이야기도 들었다. 중년 남성이란 아마도 아버지일 것이고 젊은 남성은 전혀 짚이는 데도 없었다. 그런데도, 아이들은 정말로 즐거운 듯이 소곤소곤, 그러나 미도리에게 확실히 들릴 만큼의 목소리로 쉬지 않고 얘기하곤 했다.

사실인지 아닌지는 아무래도 좋은 것이다. 사실이라고 믿고 싶은 것을 믿는 것이다. "그런 짓을 한단 말이야? 저 애 정말 저질이네." 등등 이야기를 주고받으며 "우리는 저런 애랑 다르지, 그렇지?" 하며 서로 확인하는 것은 돈도 체력도 들지 않는 즐거운 오락 거리이기 때문이다.

"구로에랑 나는 초등학교 때부터 동창이야."

"이전에 들었어요."

"특별히 친한 사이는 아니었지만."

"그것도 들었고요."

어렸을 때 어머니를 병으로 여읜 구로에는 아버지와 둘이 살았다. 그 아버지라는 작자는 변변히 일도 하지 않고 조금이라도 돈이 생기면 시내로 나와서 도박을 하느라 가진 돈을 다 써버리며 며칠이고 집에도 돌아가지 않는 남자였다. 미요시 씨가 말하기를, 그즈음의 구로에는 '꼬챙이처럼' 야위었었다고 한다.

구로에가 상점가에서 도둑질한 것은 여름방학 때 일이었다. '아자미' 옆의 '다케우치 베이커리'는 생긴 지 몇 년 되지 않은 가게인데 그 전에는 다른 사람이 일용잡화와 과자, 빵을 파는 가게를 했었다. 구로에는 그 가게의 진열장에 있던 빵을 집어 바닥에 쪼그리고 앉아 먹는 걸 주인에게 들켰던 것이다.

"2학년 정도였을 거야."

미요시 씨는 미도리 쪽을 보지 않고 말했다.

"여름방학에는 급식이 안 나오니까, 그래서······."

가게 주인은 구로에를 경찰에 끌고 가기 전에 머리를 몇 번이나 쥐어박았다. "그때 구로에가 입에서 피를 흘리면서 나를 노려봤다. 아주 심보가 고약한 녀석."이라고 그 주인이 했다는 이야기를, 미요시 씨의 아버지가 어머니에게 전하는 것을 엿들었다고 한다. "그 아이도 아버지가 그렇지 않았다면……." 하고 미요시 씨의 아버지는 탄식했다고 한다.

"아무래도 납득이 안 간다니까." 미요시 씨는 턱을 괴고 말했다.

"아버지가 그런 남자니까 아들도 변변치 않은 놈이 될 거라고 단정 짓는 거 말이야."

"하지만, 자기한테 여자가 생긴 것이 원인으로 이혼했다고 한 건 구로에 씨 본인이잖아." 아자미 씨가 담배 연기를 천천히 내뿜으며 끼어들었다.

"그런가요?"

미도리가 묻자, "그렇긴 하지." 미요시 씨가 답했다.

"나는 아직도 그게 사실인지 의심스러워."

"나는 구로에가 그런 짓을 할 남자라고는 생각되지 않아." 그렇게 말하는 미요시 씨 역시 자기가 믿고 싶은 쪽을 고르는 사람일 것이다. 어느 쪽이 사실일지 지금의 미도리에게는 판단이 서지 않는다. 카레가 아니더라도 좋으니 일단 뭐라도 먹고 싶다는 생각뿐이다. 배가 너무 고파서 머리가 정상적으로 돌아가지 않는다.

8

 미요시 씨가 소개해 준 연립주택은 디지털카메라 화면으로 봤을 때는 상상한 것보다 배는 낡았었는데 실제로 와서 보니 화면보다는 훨씬 봐 줄 만했다. 찬밥 더운밥 가릴 여유가 있을 때라면 "가스레인지는 2구 이상은 되어야지.", "1층은 보안상 걱정이다." 등의 이유로 주저했을지도 모르지만, 지금은 비바람만 피할 수 있어도 감지덕지다.
 이사는 금세 끝났다. 미도리가 들고 온 것은 여행 가방 하나와 고타로 씨에게 빌려 쓰고 있는 자전거뿐이고, 예전에 살던 방에서 안자이의 본가로 보냈던 짐도 최소한으로 줄였던 것이라 골판지 상자 세 개가 다였다.
 밖에는 비가 내리고 있다. 뒤쪽이 공동묘지라고 미요시 씨가 누차 강조했었지만, 묘지 주위에는 탐스러운 수국이 피어 있어 그리 나쁘지 않다.
 "미도리, 주말에 '아자미'에서 일한다며?"
 고타로 씨는 왠지 근심에 잠긴 얼굴이다.
 "그 가게 치근대는 손님이라든가 안 오나?"

"글쎄요. 그보다 저, 접객을 돕는 게 아니라 카페로 새로 단장하는 일을 돕는 거라서요. 참고로 '섹시미가 없다'라는 이유로 이미 한 번 채용 거절당했기 때문에 가게에서 일하는 일은 없을 거예요."

"그래? 그래도 혹시 무슨 일이라도 생길 것 같으면 꼭 우리에게 말해 줘. 혼쭐을 내줄 테니까." 주먹을 불끈 쥐며 말하는 고타로 씨는 미도리를 이런 상황에 처하게 한 것에 대해 왠지 안자이 이상으로 속을 끓이는 듯하다. 연신 "미도리, 정말 미안해."라며 이 방 월세를 내주겠다고까지 제안했다.

"안 돼요. 그럴 수는 없어요."

미도리는 자신의 의지로 이 지역에 남기로 한 것이다. 그러므로 그런 것을 받을 수는 없다. "그럼, 이거라도 받아 줘." 하며 고타로 씨는 미도리가 본 적 없는 골판지 상자를 자동차 안에서 날라 왔다. 결혼식 답례품으로 받았던 접시, 생명보험회사 이름이 새겨진 수건 등등이 들어있었다.

"필요한 게 있으면 사양 말고 말해 줘."

고타로 씨는 이를 보이며 웃었다. "고맙습니다." 미도리가 입을 열자마자, "안녕하세요!" 유카코 씨가 들어오며 인사했다.

"간식 가져 왔어요."

중학교 동창으로 줄곧 사귀다가 그대로 결혼했다는 이들 부부는 미도리에게 눈부신 존재다. 체육대회, 구기대회 등 미도리가 구석에서 눈에 띄지 않으려 노심초사하며 보냈던 행사에서 누구보다도 목소리 드높이며 활약했을 듯한 분위기를 풍긴다. 졸업식에서는 감격의 눈물을 흘렸으리라. 물론 동창회에도 매번 참석하겠지.

두 사람의 결혼식에는 수많은 친구가 참석하여 감동적인 이벤트 같은 걸 해 주었겠지. 지금은 각자의 아이들까지 가세하여 강변 공원에서 바비큐 같은 것도 할 거고. 그런 상상도 해 본다.

눈부신 형님 부부 옆에서 안자이는 등을 구부리고 골판지 상자의 내용물을 꺼내고 있다. "이거 갖고 왔구나." 천에 말아 온 라디오를 들어 올리며 말했다.

"응, 그야 당연히 갖고 오지."

방에서 그림을 그릴 때 안자이는 텔레비전을 켜놓는 것을 좋아하지 않았다. 잠깐이라도 영상이 눈에 들어오는 것이 싫은 듯했다. 라디오는 안자이가 사 왔다. 자기가 그림 그리는 동안 미도리가 심심하지 않도록 사 왔다고 했다.

유카코 씨가 샌드위치를 만들어 왔다. 달걀 샌드위치와 햄, 양상추 샌드위치가 번갈아 들어있는 용기를, 테이블 대신 여행 가방 위에 놓는다. 바닥에 둥글게 앉아 샌드위치를 먹었다. 달걀 샌드위치에 머스타드 소스 바르는 것을 깜박했다며 유카코 씨는 아쉬워했다.

"지금 이대로도 맛있어요."

삶아서 으깬 달걀을 마요네즈와 버무린 것에 아주 곱고 부슬부슬하게 볶은 달걀이 뿌려져 있다. 부슬부슬한 달걀 입자에는 단맛이 제대로 배어있어 '엄마의 손맛'이라는 생각이 들었다. 미도리의 엄마가 만든 것과 비슷하다는 의미가 아니라, 젊은 엄마들이 아이들을 위해 정성을 쏟아 만든 음식의 맛 같다는 것이다.

"미도리가 만든 달걀 샌드위치도 맛있어." 불쑥 안자이가 끼어들었다.

"이렇게, 뭐랄까, 부들부들하거든."

이야기 중간에 끼어들어 심히 모호한 설명을 하는 안자이를 대신하여 미도리는 오믈렛을 끼워 넣는 것이라고 설명했다. 살짝 구운 빵 사이에, 흑후추를 넉넉히 갈아 사각으로 모양을 잡은 오믈렛, 양상추, 토마토, 햄을 끼워 넣은 샌드위치를 안자이는 가끔 먹고 싶어 견딜 수 없다고 한다. 속에 넣은 오믈렛이 부들부들해서 예의를 차리고 먹을 수가 없다. 휴일,

단둘이 먹는 점심 메뉴로 정해져 있었다. 다른 누구에게도 만들어 준 적이 없다.

"사이 좋네."

유카코 씨는 안자이의 어깨를 '탁' 쳤다. "그러게 말이야." 고타로 씨는 싱글벙글 웃는가 싶더니 "너희들 빨리 결혼해야지." 갑자기 진지한 표정을 지으며 말했다.

"차라리 입적만이라도 해 버리면 어때?"

고타로 씨는 몸을 쑥 내밀며 말했지만, 당사자인 안자이가 "아니.", "으응." 말을 얼버무리니 미도리는 아무 말도 할 수가 없다.

"이런 건 서두르는 편이 좋아. 넌 어떻게 하려고?"

고타로 씨는 매우 집요했다. 유카코 씨도 "맞아, 맞아." 하며 맞장구치고 있다.

"고타로 씨, 아까 말씀하셨던 '필요한 거' 생각났어요."

안자이가 난처한 표정을 짓고 있기에 미도리가 화제를 바꿨다. 결혼에 관한 안자이의 생각을 다른 누구보다도 알고 싶은 건 미도리 자신이지만, 그렇게 안자이가 '난처한 얼굴'을 하고 있으면 도움의 손길을 뻗고 만다.

"탁자요. 작은 거면 충분해요. 안 쓰시는 것이 있

으면 받을 수 있을까요?"

"모처럼 부탁받은 건데 새것으로 선물할게." 고타로 씨는 장담했다.

"또 없어?"

잠시 생각하고 나서, "그림." 고타로 씨가 아니라 안자이의 얼굴을 바라보며 말했다.

"안자이가 그린 그림, 어떤 거라도 상관없으니 주면 좋겠어. 걸어두고 싶어."

안자이가 조금 비스듬히 고개를 기울이더니, "응." 하고 작게 답했다. 쑥스러울 때 나오는 모습 그대로다. "유후." 고타로 씨가 기성을 지르기에 미도리는 속으로 '참 진부하게도 놀리는구나'라고 생각했다.

밤에는 마유리에게서 전화가 걸려왔다. 상황이 어떻게 돌아가고 있는지 상세하게 문자메시지도 보내는 등 보고하고 있었지만, 전화로 목소리를 듣는 것은 오랜만이었다.

"어때, 양봉 잘하고 있어?"

"시작하자마자 벌에 쏘였어. 아직 빨개."라는 미도리의 말에 마유리는 "뭐야, 그게. 너무 웃기잖아." 그러면서 한참을 웃더니 말했다.

"하지만 최악의 경우 죽을 수도 있다더라고. 인터

넷 쇼핑몰에서 양봉용 보호복 찾았으니까 이사 선물로 보낼게."

"그런 거 잘도 찾았네, 인터넷에서."

"양봉에 관해서 검색하다 보니 나오던데."

"그런 건 뭐 하러 검색했어?"

"그거야 네가 양봉한다고 하니까 그랬지. 됐으니까 주소나 알려 줘, 빨리."

걱정하고 있다거나 힘내라는 말은 한마디도 하지 않는다.

"마유리."

"왜?"

"고마워."

휴대전화 반대쪽에서 "쓸쓸한 목소리 내지 말고." 화난 듯이 마유리는 답한다.

전화 끊기를 기다렸다는 듯이 안자이에게서 메시지가 왔다. 조만간 그림을 가지고 들르겠다고 한다.

단단히 이어져 있다는 생각이 들었다. 마유리에게도, 안자이에게도. 흡족한 기분으로 잠들었다. 그리고 다음 날 아침, 구로에의 전화 때문에 잠에서 깼다.

"이봐!" 하고 구로에가 왠지 모르게 흥분한 듯한 상태로 전화를 걸어온 것이었다. "이봐, 여어, 이봐"

쉴 새 없이 외쳤다.

"무슨 일이세요, 대체?"

"오늘은 일요일인데, 무슨 일 있으세요?" 최대한 짜증 난 내색을 하지 않으려고 애를 썼지만, 아무래도 무리였다. 구로에는 미도리의 반응 따위 안중에도 없이, "오늘 분봉할 거야, 분명히!" 거의 고함을 질러댔다. "분봉, 분봉." 하며 점점 더 흥분한다.

"5분 내로 채비하고 나와. 근처로 데리러 갈 테니."

"저기, 저 이제 막 일어났는데요." 설명하는 도중에 전화가 끊겼다. "뭐야, 대체." 어이가 없었지만, 세수도 하는 둥 마는 둥 나갈 채비를 서둘렀다. 긴 소매의 두툼한 옷을 끄집어내서 갈아입었다. 정말로 5분 후에 다시 구로에에게서 전화가 왔다.

'구로에 양봉원'이라고 적힌 경트럭이 서 있었다. 운전석에서 얼굴을 내민 구로에가 "서둘러!" 하며 재촉하는 통에 허둥지둥 달려가 조수석에 올라탔다.

"자, 출발한다." 구로에는 큰 소리로 말했다.

"오늘처럼 기온이 높은 날에는 분봉할 확률이 높아."

"그렇군요."

"그걸 포획해서 벌을 늘려가는 거야, 양봉가는. 똑똑히 기억해 두라고."

"……그런 거였어요?"

"그럼 어떤 건 줄 알았어?"

"벌을, 사는 건 줄 알았어요."

"아아, 아아." 핸들을 열 시 십 분 각도로 쥔 채 구로에는 고개를 끄덕였다. "서양 꿀벌은 그렇게 하지, 분명히. 사기도 하지, 맞아." 몇 번이나 말한다. 오늘따라 유별나게 목소리가 크다. '설마 이 사람, 신바람 난 건가?' 수상쩍게 생각하고 있을 때 시야 안으로 흰 것이 날아들었다. 한쪽에 흰 꽃이 만발해 있었다.

"저건 찔레꽃이야."

"찔레꽃이요?"

구로에에게 양해를 구하고 창문을 열었지만, 향기를 확인할 수는 없었다.

실물로는 처음 보는 찔레꽃은 여리고 귀여웠다. 꽃잎은 흰데 찔레꽃 꿀을 모아서 만든 벌꿀은 엷은 복숭아색이라고 한다. 먹어보고 싶다. 먹어보자. 언젠가 꼭.

"한가롭고 아름다운 풍경이네요."라고 말하며 구로에 쪽으로 고개를 돌렸을 때 그쪽 차창으로 보이는 풍경에 아연실색했다. 산이 깊게 깎여 있어서 갈색 단면이 보였다. 재개발이 진행되고 있다더니 사실인 모양이다.

봉장에 도착했다. 구로에가 벌통 위의 나무를 가리켰다. 비쭉 뻗은 나뭇가지에 지름 50㎝는 될 법한 갈색의 둥근 박이 늘어져 있다. 그 표면은 와글와글 일렁이고 있다. 가까이 다가갔다가 미도리는 엉겁결에 소리를 질렀다. 수천 마리는 족히 되어 보이는 꿀벌 덩어리였다. 이게 이른바 '봉구蜂球'라는 것이다. 산란을 마치고 벌집을 나온 여왕벌, 그리고 그 여왕벌과 동행하는 일벌의 무리. 이제부터 새 벌집을 만들기 위해 여행 떠날 준비를 하고 있다.

봉구가 한 번, 크게 출렁거렸다. 꿀벌 한 마리가 그 무리 속에서 날아올랐고, 그 벌의 뒤를 몇 마리의 벌이 따랐다.

"정찰 벌이야."

어느새 옆에 와 있던 구로에가 속삭인다.

"새로운 거처를 찾는 거야."

구로에는 미도리에게 분무기를 내민다. 벌통을 두고 벌이 자연스럽게 거기로 들어오는 것을 기다리는 방법도 있지만, 오늘은 손으로 잡을 것이라고 한다.

"손으로, 요?"

"맞아. 손으로."

"저기, 저 아직 보호복이 안 왔는데요……."

뒷걸음치는 미도리에게 구로에는 망설임 없이 분

무기를 떠안겼다.

"저기 올라가서 벌에게 뿌려. 슈우, 슈우, 이렇게."

구로에는 봉구 아래 설치한 발판 사다리를 가리켰다.

"지난번에도 쏘였잖아요!"

"하다못해 모자라도 주세요" 울상이 된 미도리를 향해 구로에는 힘있게 고개를 끄덕였다.

"괜찮아. 분봉 중의 꿀벌은 온순해. 거의 쏘지 않아."

'거의라뇨, 그 말은 가끔은 쏘기도 한다는 거잖아요!' 외치고 싶은 마음을 누르고 분무기를 받아 들었다.

"빨리 저 봉구에 물 뿌려." 구로에의 성화에 못 이겨 엉덩이를 뒤로 쭉 빼고서 분무기를 가져간다. 겨우 물을 다 뿌리고 나자 구로에가 "좋아, 좋아. 교대." 하고 고개를 끄덕이더니 사다리에 오른다. 진흙을 퍼 올리듯이 무리 지어 있는 벌을 손으로 떠서 발밑에 놓아둔 나무 상자 안에 떨어뜨린다.

"분봉 전에는 말이야, 뱃속에 꿀을 잔뜩 모아두거든. 그래서 얌전해."

구로에가 말한 대로 나무 상자에 뚝뚝 떨어진 꿀벌들은 날아오르지도 않고 조금 망설이듯이 몸을 움직이고 있을 뿐, 얌전히 있었다.

나무 상자를 경트럭 짐칸에 고정한 구로에는 "한 군데 더 간다." 소리 높여 선언하고는 경쾌하게 운전석에 올라탔다.

'한 군데 더'라는 것은 산 중턱에 있는 봉장이었다. 미도리와 구로에가 도착할 무렵, 마침 봉구에서 열댓 마리의 벌이 날아올랐다. 잠시 후, 또 몇 마리의 벌이 날아올라 앞서가는 벌 무리에 합류했다. 공중에서 벌 덩어리가 점점 더 부풀어 오르고 날갯소리도 점점 커진다. 마침내 지금까지의 무리보다 큰 덩어리가 슈욱, 하고 높이 날아올랐다.

"저게 여왕벌이야. 이동한다."

구로에가 속삭인다. 벌 무리는 하늘을 시커멓게 물들이며 선회하기 시작한다.

"구름이 움직이는 것 같아요."

"그렇지" 구로에가 고개를 끄덕였다.

"벌떼 구름이니까. 구름이지."

그 벌떼 구름이 천천히 움직이기 시작한다.

"어디로 가는 거예요?"

"몰라."

미도리는 갑자기 달리기 시작했다. 생각하기도 전에 발이 먼저 나갔다. 벌떼 구름을 놓치지 않기 위해

위를 처다보면서 나무 사이를 빠져나와 축축한 풀에 발이 걸려 한번 넘어졌다. 뒤에서 구로에가 뒤쫓아 달려온다.

"기다려."

더 보고 싶다. 벌이 어떻게 나는지를 더 가까이에서 보고 싶다. 무섭지만, 보고 싶다. 겨우 벌떼 구름을 따라잡았다. 고개를 드니 수천 마리의 꿀벌이 내는 날갯소리 때문에 그 외의 모든 소리가 소멸했다. 그와 동시에 공포심도 사라졌다.

꿀벌의 무리를 구로에가 준비한 벌통으로 유도하는 것은 실패했지만, 구로에는 개의치 않는 눈치다.

처음에 잡은 벌을 벌통으로 옮기는 작업을 끝내고 나니 때는 이미 정오였다.

"배고프지?"

운전하면서 구로에가 흘끗 미도리를 본다.

"국도 쪽으로 나가서 아무 데나 적당한 데서 점심 먹자고."

정식집 체인점으로 들어갔다. 식권을 사는 시스템이어서 각자 자기 것을 샀다. 구로에가 돼지고기 생강구이 정식 버튼을 누르는 것을 보고, 미도리는 잠시 망설였지만 결국 같은 메뉴를 골랐다.

테이블에 마주 앉아, 점원이 식권을 회수해 가는

것을 보고 나서 구로에가 몸을 쑥 내밀며 물었다.
"대단했지?"
"네, 대단했어요."

봉구는 그 자체가 하나의 의지를 가진 생명체처럼 보였다. 새 거처를 찾아 여행을 떠나는 여왕벌은 원래 쓰던 벌집에 새로운 여왕이 될 알을 몇 개 낳는다. 가장 먼저 성충이 된 벌이 새 여왕이 된다. 새 여왕벌은 그때 다른 여왕 후보였던 번데기와 유충을 전부 죽여버린다. "여왕은 한 마리만 필요하니까." 구로에의 말에, 미도리는 아침부터 죽 궁금했던 것을 묻는다.

"오늘처럼 아침부터 계속 밖에 나와 있을 때는 양봉원 문은 닫아두는 거예요?"

미도리가 출입하고 나서 한 번도 사람이 온 적은 없지만, 구로에 양봉원에는 일단 '벌꿀 직판장'이라고 적힌 간판이 나와 있다.

구로에는 어리둥절한 표정을 짓더니, 곧 "응." 하며 고개를 끄덕였다.

"맞아. 요즘은 일부러 사러 오는 사람도 없고."

현재는 거의 도매라고 한다.

"인터넷 쇼핑몰 같은 거 해 보면 좋지 않을까요?"
"그런 거, 잘 몰라."

젊은 여자 점원이 돼지고기 생강구이 정식이 담긴 쟁반을 들고 이쪽으로 다가왔다.

"오래 기다리셨습니다." 점원이 말하자, 구로에가 점원을 쳐다본다. 점원이 위축된 듯 우뚝 서버렸다. 미도리는 서둘러, "감사합니다." 하며 쟁반을 받아들었다.

"왜 째려보세요?"

멀어지는 점원의 뒷모습을 보며 작은 소리로 나무랐다.

"째려봐?"

구로에는 순간, 입을 살짝 벌렸다. 나무젓가락을 쪼개며, "째려본 거 아냐." 고개를 저으며 말했다.

"저 애 겁먹었잖아요."

"원래 이렇게 생겼어."

"어쩔 수 없잖아."라고 대답하는 표정 역시 째려보는 것처럼 보인다.

"처음부터 생각했는데요, 구로에 씨는 쓸데없이 눈초리가 날카로워요."

"좀 더 이렇게, 새끼 고양이를 바라볼 때처럼, 이런 느낌으로……."라고 말하며 미도리는 자기 양쪽 눈 가장자리에 검지를 대고 아래쪽으로 끌어당겼다. 자기가 생각하는 '부드러운 눈빛'의 이미지를 시범으로 보여줬다. 구로에는 미도리를 무시하며 된장국 그릇에 입을 댔다.

"오늘부터 웃는 연습이라도 하면 어때요? 저는 취직했을 때, 나무젓가락을 입에 물면 입꼬리가 올라간다는 것을 다카오 씨라는 상사에게 배워서 집에서 연습했었어요."

밥을 씹고 있던 구로에는 천천히 삼키고는 미도리를 흘끗 보고 "안 해."라고 답한다. 푸접스러운 말투였기 때문에 미도리도 포기하고 된장국을 마신다. 잠시, 서로 아무 말도 없이 식사했다.

"……저기, 구로에 씨."

구로에가 다시 한번 미도리에게 날카로운 눈빛을 던진다.

"그래도 한번 해보지 않을래요?"
"연습 같은 거 안 한다니까. 거참, 끈질기네."
"아뇨, 웃는 연습 말고, 인터넷 쇼핑몰이요."

미도리는 젓가락을 내려놓는다. "인터넷 쇼핑몰." 구로에는 중얼거리며 젓가락 든 손을 멈췄다.

"물론 준비는 제가 할게요."
"그럼, 해도 좋아."
"고맙습니다."
"왜 자네가 고마워해?" 의아하게 쳐다보며 말하더

니 구로에는 다시 젓가락을 움직인다. 밥을 씹고 있는 구로에의 얼굴을 찬찬히 쳐다본다.

"뭐야."

미도리의 시선을 느꼈는지, 구로에는 조금 미간을 찌푸렸다.

"구로에 씨."

"뭔데. 빨리 말해."

"구로에 씨, '근로의욕이 저하되었다.'라는 말은 거짓말이죠?"

벌을 포획했을 때, 그 기뻐하는 표정을 보고 그렇게 느꼈다. 구로에 씨의 양봉에 대한 열의는 조금도 식지 않았다.

안자이 아버지에게 지급할 지대를 체납하고 대낮부터 덧문을 꽁꽁 닫은 채 술을 마시고 있었던 데는 뭔가 다른 이유가 있는 게 분명하다.

구로에는 순간, 매우 난처한 표정을 지었다. "그런 건……." 하며 말을 흐린다. 미도리는 허둥지둥 양손을 저었다.

"이유를 알려달라는 건 아니에요."

그저 그렇게 느꼈다는 것을 말하고 싶었을 뿐이라고 횡설수설하며 설명하고 나서 미도리는 지갑에서 흰 봉투를 꺼냈다.

"아, 저기, 이건 양봉 강습료예요."

"아아." 한층 더 당황스러운 표정을 지으며 구로에는 봉투를 받아든다. 건네고 나서 곧바로 미도리는 손을 내밀었다.

"지대. 수령하겠습니다."

"앗."

"지대는 안자이 씨 댁에 갖다 드리겠습니다."

"……응."

"아아, 응, 아아, 응." 다섯 번 정도 반복하더니 구로에는 봉투를 미도리에게 건넸다.

"뭐야, 이건."

"뭐냐니 뭐가요?"

"뭐가요, 라니 뭐야?"

구로에는 어깨를 움츠린다. 미도리 역시 "뭘까요?" 하고 어깨를 움츠리며 봉투를 주머니 안쪽 깊숙이 찔러넣었다.

9

 안자이는 약속대로 작은 그림을 가지고 왔다. 예전에 한 번 둘이 탔던 적이 있는, 빨간 관람차 그림이었다. 미도리는 그림을 냉장고 문에 붙였다. 유카코 씨 차를 얻어타고 재활용품점에 가서 장만한 냉장고였다.

 안자이가 그린 수채화는 늘 색조가 밝다. 무지개, 바다, 회전목마 등을 즐겨 그린다. 안자이 아버지 말마따나 그림에 재능은 아마도 없는 듯하다. 하지만 미도리는 안자이의 그림을 좋아한다. 안자이의 마음속 건강하고 다정한 부분이 그림에 오롯이 나타나 있는 것처럼 느껴진다. 물론 안자이에게는 결점도 있다. 왜 항상 그런 식이냐고 지적하고 싶은 부분도 수없이 많다. 그러나 안자이의 그림을 볼 때면 항상 생각한다. 이 사람을 좋아하게 되어 다행이라고.

 언제였을까. "내 그림 그려줘." 농담조로 부탁한 적이 있다. "사람은 그리기 어려워."라며 안자이는 얼버무렸다. 나는 항상 안자이의 시선이 닿는 곳에 없다는 생각을 한다. 무엇인가를 바라보고 연필이나 붓을 놀리고 있는 안자이의 등 뒤쪽에 있다.

"일은 어때?"

벽에 기댄 채 다리를 쭉 뻗고 앉아 있는 안자이에게 묻는다. "으으음." 신음하는 듯한 대답에서 신통치 않다는 것만은 알겠다. "하지만 더는 도망갈 수 없어." 안자이의 말에 미도리는 "응응." 고개를 끄덕였다.

사실 묻고 싶은 건 따로 있다. "자전거를 가지고 왔던 날, 예쁜 여자와 얘기하던데, 그 사람 누구야?", "아버지께 연락 왔어?" 등등.

구로에가 체납했던 지대를 가지고 안자이 씨 댁을 찾아갔을 때, 안자이 아버지는 부재중이었다. "또 출장 가셨나요?" 하고 묻자 유카코 씨가 미도리의 귓가에 손을 살짝 대고는 귀엣말을 했다.

"출장, 출장이라고 해도 그렇지 않은 때도 있는 것 같아."

유카코 씨는 '별가'라는 표현을 했다. 간단히 말해서 여자가 있는 곳에 가 있다는 것이다. 그리고 '별가'는 아무래도 한 군데가 아닌 모양이다.

'그건 또 무슨 해괴한 소리인가?'라고 생각하면서 "연락이 오면 확실하게 회수해 왔다고 전해 주세요."라는 말과 함께 봉투를 맡기고 돌아왔다. 지대를 충당할 수 있는 금액의 강습료를 내고 나서도 미도리는 구로에 양봉원에 드나들었다. 양봉에 관해 더 알고 싶다는 마음이 들어서이다.

어디에서부터 물어봐야 하나 고민하는 사이에 안자이는 골판지 상자에서 앨범을 꺼내 보기 시작했다. 처음에는 둘이 보면서 이 유원지 재미있었다느니 이 바다에 갔을 때 추웠다느니 그런 이야기를 했으나, 안자이가 너무도 열중해서 보는 바람에 미도리는 이내 지겨워졌다. 옆에 앉아 책을 읽기 시작했다. 틈틈이 메모하며 읽다 보니 어느새 두 시간이 훌쩍 지나 있었다. 저녁 여섯 시를 알리는 음악이 집 밖의 스피커에서 들려와 퍼뜩 고개를 드니 안자이가 바닥에 팔꿈치를 괴고 모로 누워 있었다.

"'한 권으로 완벽 준비! 인터넷 쇼핑몰 만들기'."

미도리가 이쪽을 보는 것을 알아차리자 안자이는 책 제목을 소리 내어 읽었다.

"벌꿀 팔려고?"

"응, 이제부터 방법을 공부하는 거라서 언제 시작할 수 있을지 모르지만."

"흐음. 하지만 그렇게 잘될까?"

"해 보지 않으면 모르는 거잖아. 잘될지 안될지."

말하고 나서 '어조가 좀 셌나?' 하고 반성했다. 안자이 쪽을 보지 않고, "식사 준비할게."라고 말하며 조리대 쪽으로 향했다.

토마토에 벌꿀을 뿌리고 레몬을 짜서 냉장고에 넣어둔 게 있다. 또 만들어둔 수프도 있으니, 재워둔 닭고기를 굽기만 하면 된다.

프라이팬을 달구며 안자이를 보았다. 잠시 전과 똑같은 자세로 멍한 표정을 짓고 있다. 닭고기의 껍질을 아래로 가게 해서 프라이팬에 놓자 닭고기살이 꽉 수축한다. 고기 굽는 달콤한 냄새가 감돌았다. 처음에는 센 불로 구우면 좋다. 그러면 껍질이 노릇노릇 황금색으로 구워진다. 키친타월로 기름을 닦아내며 그릇에 벌꿀, 간장, 홀그레인 머스타드를 잘 섞는다. 닭고기에 바르고 있으니 안자이가 등 뒤로 다가왔다.

"맛있겠다."

"응, 맛있어."

노릇노릇 구워진 닭고기 껍질의 표면에 벌꿀 소스를 바르니 반지르르하게 윤기가 돈다. 재빨리 밥상을 차린다.

"벌꿀을 이용한 요리를 연구해볼까 하고."

"아, 그래."

"아자미 씨 가게 메뉴를 생각하고 있거든. 역시 아

사노 시에 있는 카페만의 특색 있는 메뉴가 있으면 좋을 것 같아서. 그 지역의 특징을 살린 거 말이야. 안자이의 회사에서 운영하는 레스토랑도 그렇잖아. '지역 농산물 소비'가 테마라고 했잖아."

"아, 응."

"어때?" 하고 묻자, "맛있어."라는 짧은 답은 돌아왔지만, 젓가락의 움직임이 시원찮다.

"그리고 구로에 양봉원에서 나온 벌꿀 병에 조리법을 붙여서 팔면 좋을 것 같지 않아?"

"아, 응. 괜찮을 것 같아."

안자이는 눈을 내리깔고 식사를 계속했다. 미도리는 고개를 끄덕이며 토마토를 입으로 가져간다. 주머니 사정으로 오늘은 닭고기뿐이지만, 예를 들어 파프리카 같은 것을 같이 구우면 색감이 더 예뻐서 좋을지도 모른다는 등 생각에 잠겨 있다가 안자이의 말을 놓치고 말았다.

"듣고 있어?"

"앗, 뭐라고 했어?" 미도리의 말에 안자이는 가볍게 한숨을 쉬었다.

"양봉이 그렇게 즐겁냐고 물었어."

"응." 미도리는 고개를 끄덕였다. 잠시 생각하고 나서, 또 고개를 끄덕였다.

"꿀벌이 귀여워."

"꿀벌은 눈이 크고 얼굴에 애교가 넘쳐. 구로에 씨는 서양 꿀벌, 일본 꿀벌 다 키우고 있는데 서양 꿀벌은 전체적으로 노란빛이어서 그야말로 꿀벌 색이야. 일본 꿀벌은 서양 꿀벌보다 조금 아담하고 몸 색이 어두워. 양쪽 다 몸에 부드러운 털이 나 있지. 복슬복슬해, 복슬복슬." 하고 열변을 토하다가 미도리는, 안자이의 따분해하는 모습을 한발 늦게 눈치챘다.

"나 갈게." 안자이는 갑자기 젓가락을 내려놨다. "왜?" 당황한 미도리를 남겨두고 그는 서둘러 신발을 신고 나가버렸다. 다음에는 언제 만날 수 있는지 미처 묻지 못했다. 문 닫히는 소리를 들으며 안자이를 화나게 할 만한 말을 했는지 잠시 전의 대화를 곱씹어 본다. 안자이가 꿀벌에 관심이 없는 것도 사실이고 혼자 너무 들떠 있었는지도 모르지만, 그게 식사 도중에 벌떡 일어나 가버릴 정도로 잘못한 일인가 싶으니 조금 화가 나기도 했다. 아니, 그 이전에 안자이가 왜 그렇게까지 화가 난 것인지 이해할 수가 없었다.

하긴 미도리는 안자이의 기분을 제대로 이해해본 적이 거의 없었다. "왜일까?" 혼잣말로 중얼거리며 미도리는 설거지를 한다. 설거지통에서 달그락달그락 그릇 부딪히는 소리가 오늘따라 유난히 크게 들렸다.

장마가 지나고 여름이 왔다. 모자를 썼지만, 땀이 정수리에서 귀 뒤쪽으로 흐르는 것이 느껴진다. 체온이 상승하고 있는 것은 비단 여름이 왔기 때문만이 아니라는 것을 미도리는 잘 알고 있다. 오늘은 드디어 일본 꿀벌의 채밀을 돕기로 한 날이다. 스스로 생각해도 이상할 정도로 설렌다.

구로에의 지시에 따라 벌통에서 봉판을 꺼낸다. 부드러운 털이 달린 솔을 움직이면서 떼 지어 있는 벌들을 흩는다. "미안, 미안." 구로에는 끊임없이 부드러운 목소리로 벌들에게 말을 걸고 있다. 그것을 흉내 내 미도리도 "미안, 조금만 비켜 줘." 등등 벌에게 말을 건다. 벌집의 구멍은 하얀 물질로 덮여 있었다. '밀개'라고 부르는 것이다.

평소에 말투가 퉁명스러운 구로에가 벌에게 말을 걸 때의 어조만큼은 더없이 부드럽다. 사람보다 벌이 대하기 편한 건지도 모른다.

집 옆에 작업장이라고 불리는 오두막집이 있는데, 구로에는 봉판을 전부 작업장으로 나르라고 지시했다. 거기서 꿀을 뜰 것이다. "우선은 이걸 써." 구로에가 밀도라고 불리는 긴 나이프를 들어 올리며 말했다. 밀개를 깎아내는 작업은 생각보다 힘이 필요했다. 밀도를 필사적으로 움직이고 있으니 이마에서 땀이 배어났다. 원심분리기는 드럼통 같이 생겼다. 안을 들여다보니, 금속으로 된 살이 삼각형으로 둘러쳐져 있다. 구로에는 거기에 세 장의 봉판을 끼워 넣었다. 드럼통 위에 핸들이 붙어있는데 핸들을 돌릴 때의 원심력에 의해 꿀이 떨어지는 구조이다.

핸들을 돌리면 기세 좋게 드럼통 안의 봉판이 회전하기 시작한다. "우와!" 감탄하는 동안 드럼통 아래쪽에 붙어있는 수도꼭지에서 황금색 꿀이 흘러나온다. 작업장은 숨이 막힐 정도로 단 냄새로 가득 찼다.

큰 용기에 받은 벌꿀은 여과기에 넣은 후에 그대로 병에 담는다.

"자, 이거."

구로에가 어디선가 꺼내온 숟가락으로 벌꿀을 떠서 미도리의 입가로 쑥 내밀었다.

"앗."

'뭐야, 「자, 아 해봐.」 같은 이 분위기.', "싫어요." 하며 저항하듯이 고개를 뒤로 뺐으나 정작 구로에는 더없이 진지한 표정을 짓고 있기에 고분고분히 숟가락을 물었다.

"어때?"

"따뜻해요."

갓 뜬 벌꿀은 따뜻한 것이다. 처음 알았다. 불현듯 코끝이 찡해졌다. 꿀벌이 일생에 걸쳐 모은 꿀의 양이 숟가락 하나 분량이라는 것을 떠올린다. 지금 내가 먹은 것은 꿀벌의 일생이다.

"구로에 씨."

"뭐?"

"구로에 씨."

"왜?"

"꾸, 꿀벌은 정말 대단하네요." 눈물을 꾹 참으며 말하자 구로에는 미도리의 얼굴을 말똥말똥 쳐다본다. "자네, 정말 재미있군." 하며 숨을 내쉬는 구로에의 얼굴이 순간 일그러졌다. "앗." 미도리가 당황한 사이에 구로에는 웃음을 터뜨렸다.

이렇게 박장대소하는 모습을 처음 봤다. 뭐가 그렇게 우스운지 미도리는 통 알 수가 없었지만, 구로에는 옆구리를 움켜잡으며 웃음을 그치지 않았다.

"저기." 하고 말을 걸었을 때, 뒤통수에서 충격이 느껴졌다. 뒤를 돌아보니 출입구 쪽에 여자아이가

서 있었다.

긴 머리에 교복을 입은 그 여자아이는 스니커즈를 한 짝만 신고 있었다. 미도리는 자기 발밑에 떨어진 스니커즈를 보고 상황을 이해했다. 아까 전의 충격은 여자아이가 던진 스니커즈에 맞아서 생긴 것이었다.

"모카."라고 구로에가 중얼거렸다. '모카가 뭐지? 혹시 저 애 이름인가?' 미도리는 이쪽을 노려보고 있는 여자아이와 어안이 벙벙해진 구로에를 번갈아 쳐다봤다.

"흐음."

여자아이는 팔짱을 끼고 미도리를 빤히 쳐다본다.

"그렇게 된 거였구나. 아, 그랬군."

다른 한쪽의 스니커즈도 벗어서 이번에는 구로에에게 던졌다. 가슴 언저리를 맞고 떨어졌다.

"최악이야."

여자아이는 몸을 휙 돌리더니 걸어갔다. "저기." 작은 소리로 말을 걸자, "내버려 둬." 구로에가 말했다.

"딸이야. 내버려 둬."

"내버려 두라니요……."

그럴 수는 없다. 뒤따라가 보니 구로에 딸은 신발도 신지 않은 채 산길을 내려가고 있다. "안 돼, 안 돼,

안 돼." 소리치며 미도리는 여자아이를 쫓아갔다.

"신발 신어요! 발 다쳐!"

구로에 딸은 미도리가 내민 스니커즈를 흘끗 보더니 쳇, 하고 혀를 찼다. 그러고는 스니커즈를 낚아채듯이 가져갔다. 스니커즈를 신으려고 웅크리고 앉은 구로에 딸의 정수리를 내려다보며 "아, 그러니까, 나뭇가지나 돌…… 음…… 돌 같은 게 여기저기 굴러다니니까." 하고 더듬더듬 말했다.

"그 정도는 알아요." 말을 내뱉고 구로에 딸은 일어섰다. 제대로 보니 거대한 가방을 어깨에 메고 있다. 여행 중인 건가 하며 보고 있을 때 고개를 든 구로에의 딸이 다시 한번 미도리를 째려봤다.

"갈게요."

"방해할 생각은 없으니까." 그 말을 듣고 그제야 미도리는 구로에 딸이 신발을 던진 의미를 이해했다.

"뭔가 오해하고 있는 것 같은데요, 저랑 구로에 씨는 개인적인 관계랄까 그런 게 아니라, 그러니까 단지."

단지, 다음에는 뭐라고 해야 하나? 고용된 것이 아니니 직원도 아니고, 음, 그러니까, 망설인 끝에 "제자예요."라고 말했다. 그렇다. 제자다. 양봉을 배우고 있으니 틀린 말은 아니다.

"제자." 구로에 딸은 무표정으로 읊조리더니 갑자기 시선을 미도리의 뒤쪽으로 향했다.
"그런 거야?"
뒤를 돌아보니, 어느샌가 구로에가 서 있었다. 아무 대답도 없이 입을 한일자로 굳게 다물고 있다.
"제자를 둘 정도로 대단한 사람 같진 않은데?"
흘러내린 가방끈을 기세 좋게 다시 메고는 집 쪽을 향해 걷기 시작했다. 구로에의 곁을 스칠 때 구로에가 "여기에는 오지 말라고 했잖아."라고 낮은 소리로 말하는 것이 들렸다. 여자아이는 그 말을 들은 척도 하지 않았다.

구로에 딸은 주방 식탁에 팔꿈치를 괴고 뺨을 부풀린 채 앉아 있다. 딸 이름은 도모카인 것 같다. 아침 조朝, 꽃 화花 한자를 써서 도모카. 본인이 이름을 말해 준 것은 아니고 지퍼가 활짝 열린 가방 속에 보이는 노트에 매직으로 그렇게 적혀 있었다. 하시마 도모카. 착실하게도 그 밑에 알파벳으로 TOMOKA HASHIMA라고 적어 놓았다.
둘은 서로 외면한 채, 누가 더 오래 말을 안 하는지 내기라도 하듯 침묵을 지키고 있다. '나는 왜 여기 있는 걸까?' 이미 백 번 정도 한 생각을 또 한 번 했다.

"작업장 정리하고 올게요." 말을 남기고 나가려는 미도리에게 구로에는 "차 좀 내줘."라고 부탁했다. 차를 내주고 나가려고 했더니 "여기 있어."라고 하기에 거실 구석에 웅크리고 앉아 두 사람의 '침묵 대결'을 지켜보고 있다. 이유는 모르겠지만 구로에는 딸과 단둘이 있는 것을 피하고 싶어 하는 듯하다. 집안에 발을 들여놓은 것은 처음 방문했던 날 이후 두 번째인데, 여전히 주방은 어질러져 있다.

"……들었다. 계속 학교 안 가고 있다며."

이윽고 구로에가 말을 꺼냈다.

"오늘부터 여름방학인걸."

틈을 주지 않고 도모카가 대꾸하자, 또 침묵이 찾아왔다.

"2학기부터는 제대로 가라."

"그럼, 여름방학 동안에는 여기 있어도 되는 거지?" 도모카가 이번에도 틈을 주지 않고 말했다. 구로에는 아무 말이 없다.

도모카는 현 외곽에 있는 전교생 기숙사제 사립 고등학교에 다닌다. 1학기 말부터 학교에 가지 않았다. 그것을 알게 된 구로에의 전 부인이자 도모카의 엄마는 격노했다. 엄마가 일단 여름방학 때는 엄마 있는 곳으로 돌아오라고 했지만 도모카는 한동안 아빠 집에 머물고 싶었다. 하지만 아버지인 구로에는 완강히 거부해 왔다. 이어졌다 끊어졌다 하는 이들의 대화에서 얻어들은 정보를 통해 미도리는 대강 상황을 이해했다.

구로에는 친권이 전 부인에게 있고 전 부인의 허가 없이는 만나서는 안 되는 것으로 약속되어 있으므로 여름방학 동안 여기 있는 것은 무리라고 무뚝뚝한 얼굴로 말하고 있었다. 도모카는 그 이야기를 끝까지 듣지도 않은 채 "저기, 당신." 하며 거실 구석에 있는 미도리에게 고개를 돌렸다.

"당신도 뭐라고 말 좀 해 봐요. 제자라면서요?"

"스승 좀 설득해 봐요." 거만하게 턱을 쳐들며 말했다. 구로에는 목을 움츠리며 시선을 피했다.

"저, 따님이 여기 있게 해 주시면 되잖아요? 구로에 씨."

"어머님 집으로 가고 싶지 않은 것도, 학교에 가지 않게 된 것도 뭔가 이유가 있을 거예요. 사정을 들어 보기도 전에 퇴짜 놓는 건 좀 그렇지 않나요?" 말하는 도중에 도모카가 "흥." 코웃음을 친다. '웅? 이 정도로는 성에 안 차?' 속으로 조바심내며 계속 말을 이었다.

"오면 안 되는 줄 아는 곳에 오는 데 얼마나 용기

가 필요한 줄 아세요? 그것을 무릅쓰고 따님이 여기 왔다는 것은 여기밖에 갈 곳이 없거나 무슨 일이 있어도 여기 오고 싶었거나 둘 중의 하나라고 생각해요."

갈 곳도 없고, 돌아갈 곳도 없는 상황은 더없이 불안한 법이다. 바로 얼마 전, 자기 모습이 떠올라 미도리는 아주 조금이지만 울 뻔했다. 하지만 나는 서른 살이다. 많지는 않지만 모아둔 돈도 있고 거취를 스스로 결정할 수 있었다. 도모카는 그렇지 않다. 아직 고등학생이니까.

구로에가 길고 깊은숨을 내쉬었다.

"꼭 엄마에게 전화해서 말해둬라."

구로에는 일어서더니 나가버렸다. 현관문이 열렸다가 조용히 닫히는 소리가 들린다. 왠지 뭔가 할 말이 있는 듯한 얼굴로 도모카가 미도리를 돌아봤다.

"……아, 그러니까, 전화로 어머님께 어디 있는지 제대로 알려드리면 여기 있어도 된다는 거 아닌가요?"

"알아요."

도모카는 가볍게 미도리를 노려보더니 작게 한숨을 쉬었다.

10

 도모카가 구로에의 집에 있다는 소식은 일주일도 채 되기 전에 소문에 굶주린 사람들에게 안성맞춤의 미끼가 되었다. 미도리가 '아자미'에 갈 때마다 "어때?", "어떻게 되고 있어?" 등등 질문 공세를 받는다. 어떤 경로로 전해졌는지는 모르지만, 어쨌든 마을 사람들이 남 얘기를 쑥덕대고 싶어서 안달이 났다는 것만은 너무나 뻔히 보인다. 그들은 모두, 자기 인생이 지루한 것이다.

"글쎄요. 아무것도 몰라요. 봉장 일만 돕고 있으니 집안일까지는 모르죠."

미도리는 그런 식으로 대답하고 있지만, 그것은 거짓말이었다. 집 안에도 거의 매일 드나들고 있다.

구로에에게서 점심만이라도 좋으니 만들어 줄 수 없겠냐는 부탁을 받았기 때문이다. 십 대 아이에게는 제대로 된 식사를 준비해줘야 하지 않겠냐는 것이 이유였지만, 구로에는 집안일을 전혀 못 하는 것도 아니다. 그걸로 보아 아무래도 딸과 단둘이 있는 것을 어떻게든 피하고 싶어 하는 것 같다.

이혼하고 십 년 이상 떨어져 살았다고는 해도 자기 딸인데 그렇게까지 피하는 이유를 미도리는 이해할 수가 없다. 셋이서 둘러앉은 식탁에는 대화가 거의 존재하지 않는다. 아니 오히려 삐걱삐걱하는 부녀와 외부인이라는 조합에서 대화가 흥이 나는 게 더 부자연스럽다는 결론에 도달한 후, 미도리는 아무 말도 먼저 꺼내지 않는다.

"점심을 만드는 건 상관없어요. 하지만, 맛있다든가 맛없다든가 아무 말도 없으니, 두 사람 다."

미도리가 아무리 볶음밥을 고슬고슬하게 잘 볶아도, 아무리 샐러드를 색감 좋게 잘 담아 내도, 그들은 한마디도 입 밖에 내지 않았다. 두 사람 다 밥알 하나 남기지 않는 것을 보면 입에 맞긴 한 모양인데 일단 침묵의 태세를 흩뜨리지 않는다.

비 탓인지 손님이 오지 않아 가게 안의 손님은 미도리뿐이다. 그 덕분에 안심하고 아자미 씨에게 구로에 씨 부녀 이야기를 할 수 있다.

"맛있다는 말을 듣고 싶은 거구나."

"아뇨, 그런 건 아니고요."

뭐라도 좋으니까 말을 했으면 좋겠다. 쥐 죽은 듯 조용한 실내에서 점심을 먹고 있으면 왠지 음식이 목에 걸릴 것 같다.

"뭐라고 말하지 않고는 못 배기는 요리를 내는 수밖에 없겠네."

아자미 씨는 담배 개비에 불을 붙인다.

"깜짝 상자에 들어있다든가 그런 거."

"그런 데 넣었다가는 음식이 전부 날아가 버려서 못 쓰게 되잖아요."

입이 뽀로통해진 미도리를 보며 "농담이야." 아자미 씨가 콧방귀를 뀌며 말했다. 알고 있지만, 억지웃음조차 지을 수가 없다.

"밥 얘기하니까 배고파졌다."

"그 말은 뭐라도 좀 만들라는 거지요?"

소매를 걷어 올리며 미도리는 주방으로 들어간다.

"딱 먹기 좋게 익은 아보카도가 있어."

"그 말은 그 아보카도를 쓰라는 거지요?"

아보카도는 아자미 씨말대로 딱 좋은 상태로 익었다. "훈제 연어와 같이 넣고 냉 파스타를 만들면 어떨까요?" 미도리의 제안에 아자미 씨는 "좋지." 하며 주섬주섬 냄비를 꺼내기 시작했다.

"새 가게 음식 메뉴에 그거 추가할 수 없을까?"

"글쎄요." 아보카도의 검은색 껍질에 칼집을 넣으며 대답한다. 물 끓기를 기다리는 동안에 네모나게 자른 아보카도를 샐러드 볼에 옮기고 벌꿀과 간장으로 버무렸다. 그 모습을 보고 있던 아자미 씨가 말했다. "너는 어디에나 벌꿀을 넣는구나."

"아자미 씨가 구로에 씨 벌꿀을 매입해 주면 좋겠어요."

"약아빠졌네."라며 웃는 아자미 씨의 옆얼굴을 바라보며 이 사람을 만나지 못했다면 어땠을지 생각한다. 이곳에서의 생활은 지금보다 훨씬 괴로웠을 것이다. 이렇게 신세를 지고 있는데도 미도리는 아자미 씨에 관해 아무것도 아는 게 없다. 가족이 있는지, '아자미'를 시작하기 전에는 무엇을 했었는지도 모른다. 은근슬쩍 물어보아도 아자미 씨는 별 재미도 없는 이야기라며 얼버무렸다.

"어서 오세요." 하는 소리가 들린다. 손님이 왔나 보다. "파스타 먹지 않을래요?" 아자미 씨가 말하자, "앗, 여기 그런 것도 있어?" 손님은 기뻐한다.

어떤 요리를 하면 구로에와 도모카는 저렇게 기뻐하며 웃을까?

"뭐해요?"

도모카는 주방 출입문에 서서 식탁 위에 놓인 찬합을 보고 있다. 손을 씻고 있던 미도리는 "밥 준비하지."라고 답했다.

"이 오세치(찬합에 담아 먹는 설음식) 같은 건 웬일이에요?"

"항상 점심거리로 간단한 것만 만들어 왔었잖아."

"시간도 없었고." 미도리는 손의 물기를 닦으며 고개를 돌렸다.

"가끔은 이런 것도 괜찮지 않을까 해서 어젯밤에 만들어 왔어."

찬합은 아자미 씨에게 빌렸다.

"구로에 씨 불러올게."

도모카는 "아까 어디 나갔어요." 목덜미를 긁으며 말했다.

"앗, 어디?"

"몰라요. 경트럭 타고 붕, 하고 갔어요." 도모카는 종잡을 수 없는 답을 하고는 의자를 당겨 앉았다.

"상관없잖아요, 어디 갔든. 먼저 먹어요. 배고파요."

제멋대로 찬합 뚜껑을 열던 도모카가 "와, 역작이네요." 하며 깜짝 놀라더니 2단, 3단을 식탁에 펼친다.

1단에는 채소 조림이 들어있다. 갈색으로 바짝 조린 당근, 토란과 표고버섯은 모두 표면에 은은한 광택을 띠고 있다. 2단에는 달걀말이, 방울토마토 절임, 잘게 썬 닭고기 데리야키, 구석에는 달게 조린 복숭아 콩포트(과일, 설탕, 물을 넣고 가열하여 조린 프랑스 디저트)를 유리 용기에 넣어 담았다. 3단에는 지라시 스시(식초로 간한 밥과 잘게 썬 생선, 각종 채소 등을 섞고 달걀 지단 등의 고명을 얹은 음식)를 담았다. 달걀 지단 위에 흩뿌린 녹색의 완두 콩꼬투리와 붉은색 새우의 색이 예쁘다. 달콤하고 산뜻한 초밥 향기가 살짝 퍼진다.

"그럼, 먹을까?"

미도리는 도모카 옆 의자를 당겨 앉는다. 접시에 음식을 덜었다. 토란을 젓가락을 갈라 입안에 넣었다. 제철이 아니라 냉동된 것을 썼지만, 촉촉하게 완성되었다. "음, 음." 입안에서 음미하며 닭고기 데리야키에 손을 뻗었다. 먼저 맛을 본 도모카가 "우와, 맛있어!" 입가를 누르며 감탄했다. 미도리는 의기양양하게 식탁 아래서 살짝 주먹을 쥐었다.

"이거, 데리야키예요? 처음 먹어본 맛이 나서요."

"흑후추를 써서 그래."

달고 짭짤한 소스를 바른 통통하고 부드러운 닭고기를 씹으면, 간혹 거칠게 간 흑후추가 이에 씹힌다. 깨물면 산뜻한 자극이 더해진다. 식감과 맛이 변하는 입안의 즐거움을 위해 흑후추는 거의 갈지 않고

통후추에 가까운 상태로 남겨두었다.

"지금까지는 간장, 설탕, 맛술로 만들었는데, 오늘은 서양풍으로 바꿔봤지."

미도리의 설명은 듣는 둥 마는 둥, 도모카는 지라시스시를 먹기 시작했다. 배고프다더니 오늘따라 유난히 왕성한 식욕을 보인다. 게다가 맛있다느니, 처음 먹어보는 맛이라느니 이것저것 말도 한다.

'설마 지금까지는 구로에 씨 앞이라 긴장해서 그랬던 거였나?' 하는 생각이 불현듯 미도리의 뇌리를 스친다.

"이 지라시스시도 어딘가 달라요. 냄새가."

식초량을 조금 줄이고 여름귤즙을 짜서 넣은 거라고 설명했다. 미도리도 먹어본다. 여름귤 향기가 상큼하게 콧속에 퍼진다. 큼직하게 썰어 넣은 연근과 죽순도 아삭아삭하다. 실은 붕장어를 넣고 싶었다. 하지만 이번에는 가격 면에서 조금 무리였다고 말하자 도모카는 젓가락을 내려놓았다.

"저기요."

"왜 이렇게까지?" 도모카는 고개를 갸웃한다.

"이렇게 정성을 들여 음식을 만들어요?"

"자기 가족도 아니고," 지금은 자리에 없지만, 항상 구로에가 앉는 의자를 턱짓하며 말한다.

"나라면 적당히 때울 거예요. 어차피 먹으면 없어져 버릴 것을 이렇게 정성 들이다니."

"없어지지 않아."

"없어지지 않아." 미도리는 반복해서 말했다.

"음식이 살과 피를 만드는 것도 당연한 사실이지만, 그것만은 아니야. 누군가와 함께 밥을 먹으며 즐거웠거나 맛있었던 기억은 언제까지나 남으니까, 먹는다고 없어지는 게 아니야. 기억이 남는다면 음식도 남아있는 거지."

그래서 원래 오늘은 구로에와 도모카 단둘이 음식을 먹어주길 바랐다. 뭐가 들었을까 설레는 마음으로 찬합 뚜껑을 열고 그 안에 담긴 것 중 어떤 반찬을 좋아하고 어떤 양념이 좋은지 싫은지 그런 이야기를 둘이 나누지 않을까 하는 기대가 있었다.

"참고로, 이 지라시스시, 닭고기 데리야키, 방울토마토 절임, 그리고 채소 조림에도 구로에 씨의 벌꿀을 넣었어."

"복숭아 콩포트도 벌꿀로 조렸어." 미도리는 작은 그릇에 덜어서 도모카 앞에 놓으며 말했다.

"벌꿀은 정말 대단해. 다양한 곳에 사용할 수 있어." 말을 꺼냈다가 멈췄다. 고개를 숙인 도모카의 어깨가 가늘게 떨리고 있었다.

"알아요. 그 정도는."

"그렇구나. 알고 있구나."

도모카에게서 시선을 옮겼다. 다시금 젓가락을 든 도모카가 지라시스시를 크게 떠서 입안 가득 넣는 모습이 시야 가장자리로 들어온다.

"상식이니까."

발음이 명료하지 않은 것은 입안에 가득한 지라시스시 탓인지, 눈물 탓인지 모르겠다.

"맛있다느니 어떻다느니 같이 얘기하고 싶어요. 나라고 안 그러겠어요?"

"아빠하고." 코를 훌쩍이며 말을 잇는다.

"하지만 아빠가 눈앞에 있으면 왠지, 아무 말도 안 나와요. 이유는 모르겠지만, 어쨌든 그렇다고요."

"구로에 씨도 같은 심정일지도 몰라."

"그렇게," 도모카는 젓가락을 쥔 채 흐느껴 울었다.

"그렇게 성가셔 죽겠다는 표정만 짓고 있는데도요?"

"날 싫어하는 게 확실한데도?" 도모카는 점점 격해진다.

구로에는 도모카를 싫어하는 것일까? 부모, 자식이니까 절대로 그럴 리 없다고 미도리는 말하지 않는다. 부모, 자식 간이니까 말하지 않아도 알 거라느니, 틀림없이 사랑할 거라느니, 그런 건 다 거짓이다. 부모를 진정으로 사랑할 수 없는 자식도 있다. 그 반대도 마찬가지다. 부모와 자식은 타인이다.

"하지만 두 사람 어딘가 닮았어. 얼굴이 닮았다는 게 아니라."

여태까지 구로에와 도모카는 둘 다 미도리가 준비한 요리에 관해서 아무 말도 하지 않았다. 단지 두 사람 다, 한 입 먹어보고 맘에 들었나 보다 싶을 때, 두 입 먹을 때는 한 입 먹을 때보다 입을 더 크게 벌리고 먹는다. 그때 아마도 당사자들은 눈치채지 못했겠지만 "흠." 하고 짧고 작은 숨을 뱉는다. 처음에는 몰랐지만 그게 맛있다는 신호라는 것을 알게 됐다.

"그러니까, 어쩌면 두 사람 꽤 닮은 게 아닌가 생각했거든."

"저기, 혹시 지금 그거 위로라고 하는 거예요?"

코맹맹이 소리로 말하는 도모카 쪽으로 티슈를 갑째로 밀어주었다.

"아니, 전혀……. 난 그냥 내 생각을 말했을 뿐이야."

"뭐예요, 그게. 좀 심한 거 아녜요?"

도모카가 얼굴을 가렸다. 격렬하게 울음을 터뜨리나 했더니 손가락 사이로 "후훗." 하는 소리가 새어 나왔다. 어이가 없어서 웃음이 터졌나 보다.

"닮은 거랑 사이가 좋아지는 거는 별개의 문제거든요."

"음, 우선은, 뭐가 있을까? '좋은 아침'이라든가. '안녕히 주무세요.'라든가. 그런 것부터 시작해 보면 어때?" 미도리의 말에, "알았어요." 하고 도모카는 수긍했다.

11

 도모카와 함께 미도리는 '아자미'를 향해서 가고 있다. 둘이서 식사한 날로부터 일주일 정도 지났다.

 드디어, 토, 일요일과 정기휴일인 수요일, 그리고 평일 밤에 아자미 씨 가게 리모델링 작업을 시작했다. 새로 도배하고 바닥에는 바닥 타일을 깐다. 화장실 바닥과 벽에는 모자이크 타일을 붙이고 조명은 펜던트 조명으로 교체한다. 지금 단계에서는 그럴 예정이다.

 외장은 아무래도 무리이므로 전문업자에게 맡기기로 했다고 안자이에게 말하자, 안자이는 "미도리는 계속해서 귀찮은 일들에 스스로 발을 담그는구나." 쓴웃음을 지으며 말했다.

 "귀찮지 않아. 즐거워."

 미도리의 대답에 왠지 안자이의 표정이 굳었다. 허, 하고 낮게 한숨을 쉬더니 또, "나, 갈게." 하고 방을 나가버렸다. 안자이는 도대체 언제쯤 되면 자기 뜻에 맞지 않는다고 휙 토라져서 가버리는 어린애 같은 버릇을 고칠까? 역시 그런 건 관두는 게 좋다고 따끔하게 말해 주어야 하는 걸까 생각하며 봉장 근처의 밤나무 가지치기 작업을 하고 있을 때 집에서 나온 도모카가 말을 걸었다. 화요일 저녁 무렵이었다.

꽃 관리도 양봉가의 중요한 일 중 하나라는 것을 미도리는 구로에 양봉원에 다니면서 알게 되었다. 꽃이 피어 있는 동안, 꿀벌은 쉴 새 없이 이 밤나무와 벌통 사이를 왕복했다. 이렇게 이상한 냄새가 나는 꽃에서 맛있는 벌꿀을 딸 수 있다는 게 신기할 뿐이다.

티셔츠에 쇼트 팬츠 차림의 도모카는 전정가위를 든 미도리를 쳐다보고 있었다. 구로에가 나와 은행에 다녀오겠노라고 미도리에게 말했다. 도모카가 "다녀오세요."라고 인사하자 구로에는 깜짝 놀란 표정으로 "……응." 어색하게 답하고는 출발했다.

인사부터 시작해 보면 어떻겠냐는 미도리의 조언을 시도해 보는 모양이다.

"팔꿈치에 뭐 묻었어요. 하얀 거."

"여기." 도모카는 자기 팔꿈치를 손가락으로 가리키며 말한다. 미도리는 고개를 비틀어 자기 팔꿈치를 확인한다.

"아, 이거." 팔꿈치를 보고 미도리는 말했다. "페인트야." 미도리의 말에, "페인트요?"라고 도모카가 반문하기에 아자미 씨 가게 리모델링 얘기를 해주었다.

"알아, 그 가게?"

"알아요." 도모카는 무표정하게 대답했다.

"들어가 본 적은 없어도."

"그야 그렇지. 스낵바니까."

도모카는 미도리가 잘라낸 나뭇가지와 잎들을 주워 모았다.

"내일부터는 인테리어 작업도 하면서, 레모네이드를 팔 거야."

홍보도 겸해서 가게 앞에 파라솔과 가판대를 놓고 레모네이드를 팔기로 했다. 레몬을 벌꿀에 재워서 만든 레몬청을 탄산수에 희석하는 것이다. 레몬청 만드는 작업은 지난주 '아자미'의 비좁은 주방에서 이미 마쳤다.

"딱 보기만 해도 엄청 귀여워."

"그래요?"

뭔가 특징 있는 메뉴가 하나라도 있으면 좋겠다는 미도리의 제안에 따라 아자미 씨가 생각해냈다. 레모네이드에 넣는 얼음이 빨강이나 파랑이라면 재미있겠다고 아자미 씨는 반 농담조로 말했는데 그 말을 들은 순간 "그거다!" 하는 감이 왔다. 그러나 얼음은 결국 녹아버릴 것이고 레모네이드에 섞이면 지저분한 색이 되고 말 것이다.

"그래서 말이야, 얼음 대신 젤리를 넣기로 했어."

큰 틀에 넣어 만든 핑크색, 초록색, 흰색 젤리를 주사위 모양으로 잘라서 얼린 다음, 거기에 탄산수를 붓는다. 그러면 녹아서 맛이 밍밍해지는 일도 없고 보기에도 재미있을 뿐 아니라 녹은 후에 젤리를 떠먹으면서 즐길 수도 있다.

"우와, 우와." 도모카는 감탄을 연발하며 눈이 휘둥그레지더니 고개를 끄덕였다. 고개는 끄덕이지만 "우와."만 연발하고 있으니 대화가 뚝 끊기고 말았다. 대화가 끊길까 봐 미도리는 그냥 한번 "내일 같이 할래? 레모네이드 파는 거." 하고 물어봤다. 설마 가겠다고 하랴 하는 생각이었다.

"갈래요."

"앗." 하고 미도리는 멈칫했다. "갈래요. 가서 파는 거 도울래요." 왠지 도모카는 갑자기 의욕이 솟은 듯했다.

그런 연유에서 오늘 도모카를 동반하고 '아자미'에 온 것이다.

"그렇게 된 거예요." 아자미 씨에게 설명하자, 아자

미 씨는 실눈을 뜨고 도모카를 응시했다. "귀여운 판매원 덕분에 벌꿀 레모네이드가 잘 팔리겠는걸." 흐뭇하게 웃으며 말하는 아자미 씨는 완전히 잇속 빠른 주인의 얼굴이었다.

그러나 벌꿀 레모네이드는 그다지 잘 팔리지 않았다. 첫 한두 시간 동안은 근처 상점 사람들이 신기하다는 듯이 보러 와서 다섯 잔 정도는 팔아주었지만, 그걸로 끝이었다. 아자미 씨와 도모카는 파라솔 아래에 둔 접이식 철제 의자에 앉아 "더워, 더워."를 연발하고 있다.

"사람들이 너무 안 지나가네요."

도모카는 부채를 얼굴에 대고 팔랑팔랑 부치며 열어둔 문으로 가게 안을 들여다본다. 미도리는 목덜미에 걸쳐놓은 수건으로 이마의 땀을 닦았다. 미도리는 가게 안에서 바닥에 깔 타일을 칼로 절단하는 작업을 아침부터 쉬지 않고 하고 있다.

"여기는 불꽃놀이 같은 거 없어요?"

그런 이벤트가 있는 때를 맞춰 노점을 내서 팔아보면 어떠냐고 제안해 봤지만, 아자미 씨는 "아, 으음." 건성으로 답할 뿐이다. 너무 더워서 사고가 멈춘 모양이다.

"좀 쉬어야겠다."

아자미 씨가 비틀비틀 안으로 들어오더니 선풍기 스위치를 '약풍'에서 '강풍'으로 바꿨다. "아아아." 소리를 내며 얼굴에 바람을 맞고 있는 아자미 씨를 흘끗 보고 미도리는 밖으로 나왔다. 도모카는 계속 부채질을 하고 있다.

쉴 새 없이 들려오는 매미 소리가 더위를 증폭시킨다. 관자놀이를 타고 흐르는 땀이 목덜미를 타고 티셔츠에 스며들었다. 가끔 바람이 불긴 하지만 마치 헤어드라이어의 열풍 같다. 덥, 다, 라고 중얼거린다. 어렸을 때, 집안에서 "덥다."라고 말할 때마다 엄마는 화를 냈다. "여름은 더워! 그런 거야!"라며 심하다 싶을 정도로 화를 내며 눈을 치켜떴다.

마침 '아자미' 손님이 한 명, 자전거를 타고 지나갔다.

"아, 미도리."

남성은 한쪽 손을 들어 올린다.

"더운데, 뭐 하고 있어?"

"레모네이드 팔고 있어요."

"레모네이드? 그게 뭔데?"

미도리가 설명하는 동안 남성은 맞장구치며 흘끔흘끔 도모카를 곁눈질했다. 말을 걸 용기는 없는 듯하다.

"맛있어요. 넉넉히 드릴게요. 서비스로."
반강제로 떠넘기다시피 레모네이드를 팔았다.
"회사 분들께도 홍보해 주세요."
"응, 맡겨둬."
남자는 플라스틱 컵을 한 손으로 들고 휘청휘청 자전거를 몰고 떠났다. "감사합니다!" 큰소리로 외치며 배웅했다.

그 소리에 끌린 듯이 다케우치 베이커리 주인이 가게에서 나왔다.
"자네들도 더운데 고생이네. 이거 간식."
크림빵 세 개를 가판대 위에 놓는다. "감사합니다." 미도리가 고개를 숙이며 말하자, 다케우치 베이커리 주인은 "으악, 더워."라고 탄식하며 다시 가게로 들어갔다.
"크림빵 먹을래?"
도모카에게 묻자 귀찮다는 듯이 고개를 젓는다.
"안 먹어요."
미도리는 어쩔 수 없이 혼자 빵을 베어먹었다. 다디단 커스터드 크림 때문에 목이 꽉 막혀 캑캑거렸다.
"잠깐 기다려."
다시 가게 안으로 들어왔다. 선풍기를 껴안은 채

미동도 하지 않는 아자미 씨에게 양해를 구하고 냉장고 속의 찬물을 마신다.
"빙수 같은 거 먹고 싶네."
"지금 여기 없는 것은 말도 꺼내지 마세요. 저까지 먹고 싶어지잖아요."
"그건 있어."
"빙삭기 말이야." 아자미 씨는 주방에 들어오더니 찬장을 열었다. 좁은 주방에 나란히 서서 빙삭기를 잠시 바라본다. 수동으로 손잡이를 돌리는 타입의 가정용 빙삭기였다. 빙삭기 중앙에는 숟가락을 들고 윙크하는 펭귄이 그려져 있다.
"얼음도 있는데 아, 시럽이 없구나."
"그건 걱정하지 마세요. 아자미 씨."
얼음을 세팅하고 드르륵드르륵 손잡이를 돌렸다.
"왜 빙삭기 같은 게 있는 거예요?"
"약국 포인트로 교환했었지."
작년 여름에 가게에서 한 번 써 봤는데 수동으로 얼음을 가는 게 너무 귀찮아서 그만뒀다고 한다.
"위스키를 부어서 내볼까 하는 생각도 했거든."
그건 상당히 어른 취향의 빙수라고 탄복하며 미도리는 손잡이를 계속 돌렸다. 목에 두른 수건으로 땀을 닦는다. 어느새 유리 용기에 자그마한 산이 생겼다. 거기에 벌꿀 레몬청을 따랐다.

아자미 씨가 숟가락으로 떠서 입에 넣는다. "오호." 이상한 소리를 낸다. 미도리도 한입 먹어본다. 얼음 가루가 사르르 입안에서 녹은 후 혓바닥 위에 새콤달콤한 여운이 남는다.

"이거 꽤 팔리겠는데."

"저는 싫어요. 매번 이렇게 얼음 가는 거."

"팔 거면 전동식 대형 기계로 사주세요." 아자미 씨에게 말하며 큰 소리로 도모카를 부른다. "빙수 있는데, 먹을래?" 그러자, "먹을래요." 하고 더 큰 소리로 대답이 돌아왔다.

새로 만든 벌꿀 레몬 빙수를 내밀자 도모카는 크게 한 숟가락 떠서 입에 넣었다. 샥샥 하는 소리가 희미하게 울린다. 아무 말도 없이 반 정도 먹더니 관자놀이를 누른다. 머리가 띵한가 보다.

"저기, 5월에 여기 온 거죠?"

관자놀이를 누른 채 대뜸 도모카가 미도리를 보며 말을 건다.

"왠지 아주 예전부터 이 동네에 살았던 사람 같이 사람들하고 잘 어울리네요."

조금 전 손님이나 베이커리 주인과 대화 나누는 것을 보고 그렇게 생각한 듯하다.

"누구하고든 친하게 지내는 타입이에요?"

"그렇지 않아." 고개를 저으며 순식간에 바닥난 유리 용기를 받아든다.

"도모카 정도 나이 때는 낯도 많이 가리고 학교에 적응을 못 했다고 해야 하나, 그 전에 괴롭힘당했던 시기도 있었고. 하지만 난 이미 서른 살이야. 이 나이에 낯가림한다는 걸 핑계 삼기는 좀 그렇잖아."

"그런 거예요?" 도모카는 고개를 떨구고 손톱을 응시하고 있다. 예쁜 모양으로 다듬어진 손톱이지만 아무것도 바르진 않았다.

"그런 거……라고 난 생각해."

"내가 있을 곳이 없다……. 그런 것도 마찬가지야." 미도리는 계속해서 말을 이어갔다. 왜 이런 이야기를 도모카에게 하는 것인지 모르겠다고 생각하면서도 멈출 수가 없다.

"자기가 거할 곳이 미리 다 마련되어 있는 사람은 없거든. 그런 사람이 있는 것처럼 보인다면 그건 틀림없이 그 사람이 자기 있을 곳을 손에 넣은 경위랄까, 과정을 보지 않았을 뿐이지."

이야기 상대가 틀렸다. 미도리가 정말로 이 이야기를 하고 싶은 상대는 도모카가 아니라 안자이다. 언제나, 늘 그렇게 생각하면서도, 안자이가 일을 그만둘 때마다 말하고 싶었는데도, 한 번도 말하지 않았다. 말하면 안자이가 주눅 들까 봐, 그리고 관계가 멀어질까 봐 겁이 났는지도 모르겠다.

얼마 전에, 자전거를 타고 봉장으로 향하는 도중에 안자이를 우연히 봤다. 회사 이름이 새겨진 자동차가 도로 가에 세워져 있고 안자이는 차 옆에서 누군가와 전화 통화를 하고 있었다. 업무 용건이었는지, "죄송합니다. 면목 없습니다."라며 눈에 보이지 않는 상대를 향해 몇 번이고 고개를 꾸벅이고 있었다. 안자이는 통화 도중에 두 번 이마의 땀을 소매로 훔쳐냈다. 미도리는 그대로 아는 척하지 않고 지나쳤다. 안자이가 미도리에게 그런 모습을 들킨 것을 아마 좋아하지 않을 것이기 때문이다. 그러나 미도리는 오히려 조금 감동했다. 안자이가 이마에 땀을 흘리며 일하고 있다. 분명히 스스로 변화하기 위해 노력하는 것이다.

"맞아. 정말 그래."

어느샌가, 문 쪽에 아자미 씨가 서 있었다. 팔을 교차하여 양 팔꿈치를 감싸는 듯한 복잡한 자세로 이쪽을 보고 있다.

"목표를 가지고 도달한 곳이든 우연히 떠내려가다 닿은 곳이든 거기서 살아가기 위해서는 단단히 자기 뿌리를 뽑어야 해."

그렇게 말하며 아자미 씨는 가게의 때 묻은 외벽을 손가락으로 더듬었다. 이 가게는 아자미 씨의 뿌리였던 것이다. 틀림없이.

"아자미 씨는," 하고 말을 꺼내다가 멈췄다. 너무 꼬치꼬치 캐물으면 안 되겠다는 생각이 들기도 했고, 바로 아자미 씨가 큰 목소리로 "어서 오세요." 하며 손님을 맞았기 때문에 그 이상의 이야기는 묻지 못했다.

어느새 가판대 앞에 여자 손님이 서 있었다.

"벌꿀 레모네이드 주세요."

"맛있어 보여서요." 여자가 웃으며 말하자 긴 머리칼이 흔들렸다. 한여름 땡볕 아래를 걷고 있었을 텐데 땀 한 방울 흘리지 않는다.

투명한 컵에 젤리를 떠서 담고 레몬청과 탄산수를 붓는 손이 떨렸다. 언젠가 안자이와 함께 걷던 사람이다. 동요하고 있다는 것을 들킬까 봐 고개를 숙인 채 받은 잔돈을 세고 있는데 상대방이 먼저 말을 걸어왔다.

"와타루의 여자친구님이시죠? 저 안자이 와타루랑 중학교 동창이에요."

그녀는 진주처럼 희고 작은 이의 가지런한 치열을

드러내며 말했다. 웃음을 짓자, 눈이 초승달 모양이 된다. 아기 같은 볼을 가졌다. 귀엽다.

'여자친구님'이라는 이상한 표현을 쓴 것에 신경 쓸 겨를조차 미도리에게는 없었다. "맞아요." 미도리가 대답하자 그녀의 미소가 더욱 깊어졌다.

"와타루가 아무런 말도 없이 갑자기 데리고 와서 놀랐다고 회장님이 말씀하셨거든요."

그 말만 남기고 안자이의 동창은 갑자기 발길을 돌렸다. 구름 위를 걷는 듯한 걸음걸이였다. 이름을 안 물어봤다고 생각하며 뒷모습을 지켜보았다.

"저 애는 나카가와 리나."

아자미 씨가 알려줬다. 안자이 아버지가 경영하는 회사 중 하나인 지역 특산품 가게에서 일하고 있다고 했다.

"그렇군요." 대답하면서 목이 꽉 막히는 듯한 느낌이 들었다. 웃는 얼굴로 "와타루의 여자친구님이시죠?"라고 말한 나카가와 리나의 태도에는 아무 문제가 없었다. 그런데도 미도리의 호흡이 가빠진다.

"저 사람 예쁘네요."

간신히 감상을 말하니, "앗, 그래요?" 도모카가 확인상을 쓰며 말했다.

"그냥 평범하죠, 평범."

"그런가? 난 예쁜 것 같은데."

"밋밋한 얼굴이에요."

안자이가 텔레비전에 나올 때마다 "귀엽네."라고 평했던 여자 아이돌과 무척 닮았다. 차마 그 말은 입에서 나오지 않았다.

점심 좀 먹으며 쉬자는 아자미 씨의 제안에 따라, 일단 자물쇠를 채우고 셋이서 역 쪽으로 걸었다. 역 뒤쪽에 있는 중화요리점에서 뭐라도 먹기로 했다. "난 꼭 중국냉면 먹을 거야." 아자미 씨가 손을 들어 올리며 말하자 미도리가 "찬 음식만 먹으면 위장이 약해져요."라고 응수했지만, 도모카는 왠지 시무룩하게 입을 꾹 닫고 있다.

선로 옆 철조망을 따라 해바라기가 심겨 있다. "아자미 씨, 해바라기 좀 보세요." 미도리의 말에, 아자미 씨는 "싫어. 그런 걸 보면 '여름'이라는 게 더 실감나잖아. 정말 싫어."라며 얼굴을 찡그렸다.

아자미 씨가 가게 출입문에 손을 대자 매장 안에서 "어서 오세요." 힘찬 목소리가 들려왔다. 바로 그때 도모카가 미도리의 뒤쪽에서 "아." 하고 소리를 질렀다.

도모카의 시선을 따라가 보니, 도로 가에 자동차 한 대 서 있었다. 정성스레 닦은 듯한 앞유리창과 짙은 남색 차체에 하늘이 비쳤다. 조수석 문이 열리더니 한 여성이 내렸다. "엄마." 도모카가 작은 소리로 말했다.

'엄마'는 성큼성큼 걸어서 다가왔다. 뾰족한 힐이 햇볕에 달궈진 아스팔트 위에서 또각또각 소리를 낸다. "도모카!" 그 사람은 날카롭게 외쳤다.

"뭐 하고 있는 거니?"

"이런 데서."라고 말하는 여성을 미도리는 물끄러미 쳐다본다. 이 사람이 도모카 엄마, 즉 구로에의 전부인이다. 이 사람이. 이 사람이구나. 눈을 떼지 못하고 쳐다본다. 맥박이 빨라진다.

언젠가 구로에와 함께 봤을 때도 지금처럼 짙은 남색 차에서 내렸다. 이름이 뭐였더라. 맞다. 마코 씨다. 하시마 마코.

"분명히 전화로 얘기했잖아. 아빠 집에 있겠다고."

도모카는 미도리를 방패 삼아 숨었다. 마코 씨가 돌아서 도모카를 잡으려 하니 도모카는 이번에는 미도리의 오른편으로 피했다. 또 마코 씨가 그쪽으로 따라가 도모카의 양 손목을 잡는 통에 미도리는 모녀 사이에 끼어버렸다. "놔.", "안 돼." 실랑이를 벌이며 두 사람은 빙빙 돌기 시작했다. 빙빙 돌려던 것은 아니겠지만 실랑이를 벌이다 보니 이런 모양이 된 것이다. 이러다가 버터가 되어 녹아버리는 것 아닐까 하는 말도 안 되는 걱정을 하고 있자니 도모카가 엄마의 손을 뿌리쳤다.

"집으로 돌아와!"
"싫어. 여기 있을 거야."
"도모카!"
"정말! 뭐야!" 갑자기 떼쓰는 어린애 같은 목소리로 소리치는 그 사람을 미도리는 빤히 쳐다본다. 이 사람이. 그렇구나.

"얘, 가자. 차에 타. 구로에 집에 짐 가지러 가자."
"그건 곤란하겠네요." 불쑥 아자미 씨가 입을 열었다. 아자미 씨의 존재를 이제야 알아차렸다는 듯이 마코 씨는 천천히 아자미 씨 쪽으로 눈길을 돌린다.

"얘는 아직 오후 일이 남아있거든요. 맘대로 끌고 가버리면 곤란하지요. 아아, 걱정하지 마세요. 가게 밖에서 레모네이드 파는 것만 하는 간단한 일이에요."

"얘는 내 딸이에요. 데리고 갈 권리가 있어요."
"하지만 본인이 안 간다잖아요." 아자미 씨는 태평하게 고개를 저으며 말했다. 미도리는 마코 씨가 내린 자동차 쪽을 쳐다봤다. 운전석 창문이 열리더니 핸들에 손을 올린 남성이 이쪽을 보고 있다. 웃는 건지, 난처한 건지 알 수 없는 표정을 짓고 있다.

"같이 안 가."

"영원히 안 가겠다는 건 아냐. 하지만 저 차만은 절대 안 타." 도모카는 고함치듯 말했다. 일부러 운전석의 남성 들으라고 말한 건지도 모르겠다.

"절대 안 탈 거니까!"

마코 씨는 땅이 꺼지도록 한숨을 쉬었다. 작은 가방에서 손수건을 꺼내 이마의 땀을 닦는다. 너무 벅벅 닦아서 이마가 불그스레해졌다.

"알았어. 그럼, 일단 나중에 다시 전화할게."

마코 씨가 차 쪽으로 돌아가는 모습을 도모카는 노려보듯이 보고 있다. 중화요리점의, 기름때로 진득거리는 테이블에 앉고 나서, "엄마 애인 차예요." 라고 창피한 이야기라도 하듯이 기어들어 가는 소리로 말했다.

"재수 없는 놈이야?"

"무슨 일이라도 당했어?" 아자미 씨가 몸을 쑥 내밀며 묻는다.

"그런 건 아니에요. 너무 ……보통 사람."

"보통 사람."

미도리가 그대로 따라 말한다.

"보통 사람이 사귀는 여자의 딸에게 잘 보이려고

용 쓰는 모습을 보고 있는 게 너무 괴로워요."

"어서 어른이 되고 싶어요. 부모가 이혼하든 결혼하든 일일이 생활에 영향받지 않을 만큼 어른이 되고 싶어요." 도모카는 한숨을 푹 쉬며 말했다.

아자미 씨는 도모카를 물끄러미 바라보며, "하지만 어른이 된다고 해서 전부 자기 생각대로 되는 것도 아니야."라고 부드럽게 일러 주었다.

12

 9월이 되어도 도모카는 학교 기숙사로 돌아갈 생각을 하지 않아 구로에는 몹시 난처해 하고 있다.
 "아직 아무한테도 말하지 않았는데 실은 자퇴하고 싶어요." 도모카는 미도리에게 귓엣말로 말했다. 그런 중요한 이야기는 부모에게 해야 한다고 말했지만, 귓등으로도 안 듣는다.
 아자미 씨 가게 인테리어는 그럭저럭 완료되었다. 이제는 외벽 페인트칠과 메뉴 선정 단계로 접어들었다. 여름방학 동안, 도모카는 일주일에 사흘, 레모네이드 판매 보조를 하며 구로에의 집과 아자미 씨 가게를 오가는 동안 살갗이 조금 볕에 그을렸다.
 어느 날 갑자기, 아자미 씨가 머리카락을 짧게 자르고 왔다. 가게에 들어왔을 때, 처음에는 누군지 못 알아봤다. 여태까지는 복장도 반짝이가 잔뜩 들어간 요란한 옷 일색이더니 난데없이 리넨 소재의 원피스 같은 것을 입기 시작했다.
 "어울려?" 고개를 갸웃거리며 묻는 아자미 씨에게 "아뇨, 별로."라고 솔직하게 대답했더니, "역시 그렇지?" 하고 수긍했다. 자기도 그렇게 생각하긴 했나 보다.

"하지만, 카페로 업종을 변경하면 점주도 좀 바뀌어야 하지 않을까 하는 생각에."

"천천히 해도 되지 않겠어요?"

미도리는 주로 요리 메뉴를 고안하여 아자미 씨에게 제안하는 작업으로 분주하다.

도모카는 여전히 구로에와는 거의 대화를 하지 않지만 미도리에게는 이런저런 이야기를 하게 되었다. 처음에 도모카가 지망한 학교는 엄마가 심하게 반대하는 바람에 시험조차 못 쳐 보고 결국 '도모카를 위해서' 엄마가 권한 학교에 진학했다는 것, 입학하고 나서 역시나 납득할 수 없다는 마음이 분출하고 말았다는 것, 차라리 엄마의 간섭을 피하기 위해 일을 하면서 야간 고등학교 같은 곳에 다니고 싶다는 생각까지 하고 있다는 것, 장래에 하고 싶은 일이 있다는 것, 그 이야기가 흘러가다 보니 현재 사귀는 남자친구가 있고 동급생이라는 것, 남자친구도 도모카가 '하고 싶은 일'을 응원해 주고 있다는 이야기 등을 미도리에게 들려주었다. 미도리가 요청한 것은 아니었지만 둘이서 얼굴을 가까이 맞대고 찍은 사진도 보여주었다.

미도리의 남자친구는 어떤 사람이냐는 물음에 어쩔 수 없이 안자이에 관해 이야기해주었다. 여고생이 이해할 수 있을까 생각하면서도 전부 솔직하게 말했다.

"사진 보여줘요."

끈질기게 졸라서 찾아봤지만, 뒷모습이나 얼굴의 윤곽을 알아볼 수 없을 만큼 멀리서 촬영한 것밖에 없었다.

"왜 이런 것뿐이에요?" 어이없다는 표정으로 묻는 도모카의 물음에 대답이 궁했다. 여태까지는 사진을 찍어서 곰곰이 바라볼 필요가 없을 정도로 바로 곁에 있었던 것이다.

"그건 그렇고 정말 결혼할 거예요? 그 사람하고?"

"모르겠어."

그날 이후 안자이는 아무 말도 없었고 왠지 모르게 '없었던 일'로 취급당하는 느낌까지 든다. "앗, 물어보면 되잖아요?" 도모카의 물음에, "아니, 바쁠지도 모르고, 일에 적응하느라 여념이 없는 것 같기도 하고……." 등등 저도 모르게 안자이를 필사적으로 두둔하는 동안 이마에 땀이 송골송골 맺혔다.

'물어보면 되는데…….' 정말 그렇다. 하지만 줄곧 묻지 못했다. '물어보는 게 낫겠지. 그렇긴 한데…….'

맘속으로 갈등하며, 여느 아침과 같이 구로에 양봉원 간판 옆에 자전거를 세웠다. 가방 안에는 마들렌과 쿠키 봉지가 들어있다. 양쪽 다 벌꿀을 아낌없이 넣었다. 구로에에게 시식을 부탁할 생각이다.

구로에 양봉원의 상품으로써 판매하려는 것은 아니다. 직판장에 조리법을 적은 카드를 놓아두거나 인터넷 쇼핑몰에서 소개하고 싶다.

현관문이 열리고 구로에가 걸어 나왔다. 언제나 장갑도 끼지 않고 벌통을 여는 구로에가 오늘은 보호복으로 단단히 무장했다.

"설마, 왔어요?"

"왔어." 구로에가 고개를 끄덕이자, 미도리는 몸이 움츠러들었다.

여름이 끝날 무렵부터 가을에 걸쳐 말벌이 벌집을 습격하기도 한다. 때로는 수백 마리가 공격하여 꿀벌을 전부 씹어 으깨고 유충을 끌고 가서 자기 애벌레들의 먹이로 쓴다. 양봉가의 천적이라고 할 수 있다.

며칠 전에 트랩을 설치했다. 페트병에 구멍을 내고 물로 희석한 벌꿀과 식초를 넣은 후 끈으로 나뭇가지에 수없이 매달아 놓는 것이다. 꿀벌은 식초를 싫어하기 때문에 그 트랩에 걸리는 것은 단 냄새에 유인되어 온 말벌뿐이다.

"보이나?"

미도리가 보호복으로 갈아입는 동안 구로에가 사다리에 올라가 트랩을 떼어냈다. 페트병 안에는 익사한 말벌의 사체가 몇 개나 쌓여 있다.

"다시 트랩을 만들어야겠네요."

말벌 침의 두께와 예리함에 전율한다.

"조심해. 아직 날아다니는 놈들이 있을지 몰라." 구로에의 말에 숨을 삼켰다. 말벌의 독성은 꿀벌에 비할 바가 아니다. 쏘이면 목숨을 잃을 수도 있다.

오전 내내 트랩을 만들고 봉장을 전부 돌았다. 나뭇가지에 트랩을 매달면서 그 말벌의 사체는 어떻게 하는 걸까 생각했다. 묻거나 태우는 것일까? 보호복 밑으로 쉴 새 없이 땀이 흐른다. 목이 너무 탔지만, 작업을 진행하느라 여념이 없다 보니 그 욕구는 뒷전으로 물러났다.

마지막으로 들른 봉장에서 우선 꿀벌의 안위를 확인하려고 벌통에 다가간 미도리의 발길이 멈췄다. 수십 마리의 꿀벌이 한 덩어리가 되어 죽어 있었다.

"구로에 씨, 이건……."

구로에는 나뭇가지를 사용하여 꿀벌 덩어리를 흩뜨렸다. 가운데에 모습을 드러낸 유난히 큰 사체는 말벌이었다.

"'열 공격'이라고 해."

말벌이 벌집에 다가오면 꿀벌은 일제히 날개를 떨어서 위협한다. 더 근접해 오면 일제히 말벌을 포위하여 말벌의 움직임을 봉쇄한다.

꿀벌들은 몸을 진동시켜 체온을 상승시킨다. 말벌이 죽음에 이르는 온도는 사십 사도에서 사십 육도. 일본 꿀벌은 그보다 체온이 몇도 더 높다. 그 차이를 이용하여 꿀벌은 말벌을 죽인다. 그것이 '열 공격'이다. 말벌을 무찌른 꿀벌 역시, 대부분은 힘을 소진하여 죽는다.

"이런 식으로 말이지." 하며 구로에는 비닐봉지를 꺼내 벌의 사체를 치우기 시작한다.

"양쪽 다." 미도리의 목소리가 갈라진다. "응?" 구로에가 얼굴을 든다.

"양쪽 다 살기 위해서 그러는 거죠?"

꿀벌을 공격하는 말벌도, 벌집을 지키기 위해 자기 몸을 바치는 꿀벌도, 똑같다.

"말벌을 죽이는 우리도 그렇잖아."

구로에는 나뭇가지에 걸어둔 트랩에 슬쩍 눈길을 주었다. "그렇네요." 하고 대답하려는 순간, 격렬한 통증이 관자놀이를 스쳤다. 꿀벌에 쏘였던 때를 반사적으로 떠올렸지만, 이 통증은 체내에서 오는 것이다. 너무 격렬하여 엉겁결에 털썩 주저앉아 버렸다. 철로 된 틀에 갇힌 채 점점 더 죄어오는 듯한 통증과 날카롭고 두꺼운 송곳 같은 것으로 관자놀이를 후벼 파는 듯한 고통이 번갈아 일어나 눈앞이 검어졌다 허예졌다 했다. "이봐, 괜찮아?" 구로에의 걱정스러운 목소리가 아득히 멀리서 들려왔다.

"괜찮지, 않은, 것, 같아요."

"어이, 이봐, 어이." 구로에의 목소리가 점점 멀어져 갔다.

경트럭에 실려 옮겨진 곳은 종합병원이었다. 침대에 누운 채 진찰을 받고 그대로 링거를 맞았다. "열사병이네요." 안경을 쓴 의사가 말하고 나자 곧바로 구로에가 들어왔다.

"죄송해요."

"그게 사과할 일인가." 구로에는 고개를 저으며 간호사가 권한 철제 의자에 걸터앉았다.

"저, 지갑을 안 갖고 왔어요."

"응." 구로에는 고개를 끄덕였다. "이거지?" 하며 들어 올린 손에는 미도리의 가방이 걸려 있었다.

"오늘은 그만 이대로 돌아가도 돼."

일부러 한 번 더 가방을 가지러 다녀온 모양이다.

"그리고 진찰비는 물론 내가 낼 거니까 걱정하지 않아도 돼." 구로에는 우물우물 말했다.

"산재니까."

"산재는 노동자에게만 적용되는 거예요."

"노동자야." 구로에는 답하며 고개를 떨구었다. 손톱이 얼마나 길었는지 살피기라도 하듯이 시선을 손톱 하나하나에 천천히 옮긴다.

"나는 자네에게 제대로 급여를 줘야 해."

"아니에요. 제가 강습료를 낼 테니 받아달라고 억지를 써서 받아주셨잖아요."

당황해서 상체를 일으키려고 했다가 간호사에게 핀잔을 들었다. "그럼 안 돼요." 간호사는 미도리를 다시 눕혔다. "죄송해요."라고 했더니 간호사는 고개를 까딱하고 가버렸다. 자세히 둘러보니 이 방에는 침대 몇 개가 늘어서 있는데 옆의 옆 침대에서도 연배가 좀 있는 여성이 링거를 맞고 있다. "요즘에도 의외로 열사병 걸린 사람이 많아요."라는 걸 보니 그녀도 미도리랑 똑같이 열사병인 모양이다.

"자네는…… 도움을 주고 있어."

"그렇지 않아요."

"그래." 구로에는 여느 때와 달리 단호한 어조로 말

했다.

"급여는 필요 없다고 하지 마. 그런 식으로 자기 가치를 싸게 매기면 안 돼."

"뭐, 변변한 금액은 못 주겠지만." 머리를 긁적이며 중얼거리는 구로에에게 미도리는 고개를 숙였다. 침대에 누워 있으니 고개를 숙이지는 못하지만, 머리만이라도 들어 올리고 몇 번이나 숙이는 시늉을 했다. 그렇게 하지 않고는 견딜 수가 없었다.

"아까 녀석에게 전화했더니 울어버리더라고."

'녀석'이란, 도모카를 말하는 것이다. 병원에 데리고 간다고 집에 연락했더니, "아빠가 부려먹으니까 그런 거야."라며 우는 통에 진땀뺐다고 한다.

"점점 더 대하기 어려워진다니까. 그 녀석은."

"좋은 아이예요. 도모카는."

"글쎄."라며 구로에는 고개를 젓는다.

"십 년도 더 떨어져서 살았어. 그러니까 좋은 아이인지 아닌지 몰라."

"딸하고 사는 거 싫으세요?"

링거액이 떨어지는 것을 바라보며 미도리가 물었다. 구로에는 시선을 벽에 고정하고 있다.

"싫다거나 그런 게 아니야. 난 도모카가 무서워."

"무섭다고요?"

"지금까지 도모카가 몇 번이나 전화했었어. 아빠랑 살고 싶다고. 무리라고 누차 말했는데도."

그리고 반년 전부터는 그 빈도와 집요함이 급증했다고 한다.

"구로에 씨, 말씀드리기 좀 곤란하긴 한데요."

"뭔데, 말해."

"그건 혹시, 어머니가 재혼할지도 몰라서 그런 거 아닐까요?"

머뭇머뭇 말했더니 구로에는 예상외로 선뜻 "그렇겠지."라고 답했다.

"잘됐지. 잘됐어."

"행복해지길 바라거든." 목소리에는 진심이 담겨 있었다.

"마코랑 도모카가. 나한테서 멀리 떨어진 곳에서. 나는 가족의 올바른 형태를 모르니까."

올바른 형태란 도대체 뭘까? 미도리는 그게 궁금했다. 내가 자란 가정은 올바른 형태를 하고 있었던 걸까? 아버지가 있고 어머니가 있다고 해서 단지 그것만으로 '올바른' 형태라고 인정받을 수 있다면, 그건 전혀 올바르지 않다.

마코 씨가 재혼한다는 소식은 마코 씨 본인에게서 전화가 와서 알게 되었다고 한다. "우리 이제 겨우 행복해질 것 같아." 마코 씨가 그렇게 말했다고 한다.

"전남편에게 하기에는 좀 잔혹한 말 같은 생각이 드는데요."

"으으음, 그렇게 말하지 마." 구로에는 전 부인을 두둔한다.

"마코는 외로운 사람이야."

"나와 마코는 거의 정반대의 환경에서 자라고 살아온 사람이었어. 그러나 품고 있었던 '외로움'은 같았지. 무슨 말인지 알아?" 구로에의 질문에 미도리는 "모르겠어요."라고 솔직히 답했다. 구로에가 외로웠다는 것에는 조금 놀랐다.

"외로운 사람들 둘을 합쳐 놓으면 '외로움'이 오히려 커져."

"그런가요?"

"나는, 도모카를 내게서 떼어놓고 싶었어. 그래서 내가 얼마나 형편없는 놈인지 알면 기가 질려서 떨어져 나가겠지 생각했는데 생각처럼 되지 않았어. 녀석, 대체 뭐야."

잔뜩 찌푸린 표정으로 머리를 벅벅 긁는다.

"구로에 씨."

"설마." 미도리는 중얼거린다. 폐인 같은 생활을 했던 것은 설마 도모카를 떼어놓기 위해서였다는 의미인가?

"지대를 체납한 것도 그래서였나요?"

짓궂은 장난을 들킨 어린아이처럼 구로에가 어깨를 움츠린다.

"그때는 마코의 재혼 상대가 안자이 기이치로라고 오해했거든."

"언뜻 그런 얘길 들었지, 헛소문이었지만."이라고 말하는 구로에의 뺨은 부끄러움 때문인지 붉어진 듯이 보였다. 햇볕에 그은 피부색 때문에 확실하게는 모르겠지만, 아마도 그럴 것이다.

안자이 아버지가 마코 씨에게 구로에의 꼴사나운 생활상을 전하고 그걸 다시 마코 씨가 도모카에게 전할 것이라는, 그런 발상이었던 것이다.

"구로에 씨."

"뭐?"

"구로에 씨……"

"그러니까 뭐냐고?"

"어떻게 그런 〈눈물 흘린 붉은 도깨비〉의 푸른 도깨비 같은 사고방식이 있을 수 있어요?"

"뭐야, 그 눈물 흘린 붉은 도깨비의 푸른 도깨비라니. 붉은 도깨비인지 푸른 도깨비인지 확실히 해."

미간을 찌푸리는 구로에는 아무래도 〈눈물 흘린

붉은 도깨비〉를 읽어본 적이 없는 모양이다. 미도리는 "인간과 친구가 되고 싶은 붉은 도깨비를 위해 푸른 도깨비가 악당이 되는 거예요. 난동 피우는 연기를 하는 푸른 도깨비를 붉은 도깨비가 혼내주고 인간을 구해주는 거죠. 그래서 인간들은 '푸른 도깨비는 무섭지만 붉은 도깨비는 좋은 사람이네, 아니 좋은 도깨비네.' 생각하고 사이가 좋아져요. 그 후에 붉은 도깨비가 푸른 도깨비에게 고맙다는 말을 하려고 푸른 도깨비네 집에 갔더니 푸른 도깨비가 없는 거예요. '친구가 생겨서 잘됐네. 잘 지내.' 이런 편지만 남아있었죠. 푸른 도깨비는 그렇게, 구로에 씨 같은 도깨비예요. 아니 그게 아니지, 구로에 씨가 푸른 도깨비 같은 인간인가, 어쨌든 그렇다고요." 속사포처럼 지껄였다.

구로에는 "그런 거 아니야." 시선을 돌리며 목덜미를 벅벅 긁으며 말했다.

"도모카는 나중에 벌 연구를 하고 싶다고 했어요."

도모카가 귀띔해 준 '하고 싶은 일'에 대해서, 사실은 도모카가 구로에에게 직접 말하길 바랐다. 하지만 두 사람이 얼굴을 마주하려면 분명 적지 않은 시간과 노력이 필요할 것이다. 주제넘은 참견일지도 모른다. 하지만 구로에에게 지금 꼭 전하고 싶다.

"아빠가 좋은지 어떤지는 잘 모르겠지만 벌꿀이 좋대요. 그래서."

도모카는 또렷하게 그렇게 말했다. 다만 지금 같은 상황이라면 분명히 엄마는 반대할 것이다. 꿀벌에 관련된 일이라서 안 된다기보다 내가 결정한 것은 뭐든지 반대하는 사람이라고 도모카는 고심하고 있었다. 그래서 어떻게 하면 좋을지 아빠와 상의하고 싶다고 했다.

구로에는 할 말을 잃은 듯했다. 잠시 가만히 있더니, "그렇다고 해도," 말머리를 꺼낸다. 묘하게 새된 소리가 나서 헛기침을 한다.

"그렇다고 해도, 지금처럼 학교에 계속 안 가는 건 말도 안 되잖아."

"제 엄마랑 제대로 이야기하지 않으면." 구로에는 말을 이었다.

"그걸 도모카에게 이야기해주세요."

"구로에 씨가." 하고 강조했다. "그래야겠지."라는 구로에의 대답을 미도리는 눈을 감고 들었다.

병원비 정산 차례를 기다리고 있는 동안 구로에 씨에게 전화가 걸려왔다. 벌꿀 배달 주문이 있는 모양이다. "영수증 잘 챙겨 놔." 몇 번이나 말하고 나서 구로에 씨는 돌아갔다. 등을 돌리기에 이제 가나 보다 했더니 다시 뒤를 돌아보며 "택시 불러서 타고 가." 큰소리로 외쳐서 대합실에 있던 사람 몇 명이 미도리를 빤히 쳐다봤다.

대합실의 긴 의자에 기대어 앉아 순서를 기다린다. 비용 정산을 기다리는 듯한 사람들이 꽤 많아서 금방 순서가 올 것 같지 않다.

자동문이 열리고 빠른 걸음으로 들어온 남자를 무심히 쳐다봤다. 그러다 조금 놀라 이름을 불렀다.

"미요시 씨."

미요시 씨를 만난 건 방을 소개받은 때 이후 처음이다. 자기 이름을 듣고 미요시 씨는 반사적으로 고개를 들었다. 양쪽 볼이 홀쭉해진 모습에 미도리는 다시 한번 놀랐다.

미요시 씨는 미도리 옆에 앉았다. 가까이서 보고 비로소 미요시 씨의 눈이 심하게 충혈되어 있다는 것을 깨달았다.

"웬일이야, 또 벌에 쏘이기라도 했어? 하하하."

웃음소리도 어딘가 공허하게 들렸다.

"열사병에 걸렸어요."

"아." 미요시 씨는 눈이 휘둥그레지더니 크게 고개를 끄덕였다.

"너무 열심히 하지 마."

"그러게요. 앞으로 주의할게요."

"그쪽도 꽤나 겁 모르고 덤비는 타입 같으니까."

"하하하." 또 한 번 공허한 웃음소리가 리놀륨이 깔린 바닥으로 떨어진다.

"저기, 미요시 씨는 무슨 일로?"

"아아, 나?" 미요시 씨는 중얼거렸다.

"나는, 아버지가 입원해 있어서."

"그러셨어요?"

"처음에는 여름 감기였어. 그게 악화해서 폐렴이 됐어."

그래서 거의 매일 병원에 오고 있다고 한다.

"저런."

미도리는 작게 헛기침을 한다.

"힘드시겠네요."

"응." 미요시 씨는 끄덕이며 양 눈을 비볐다.

"알잖아. 우리 아버지, 배회하고 다니는 거."

"링거를 잡아빼려고 하기도 하고, 위험하니까 계속 옆에서 지켜보지 않으면 안 돼." 미요시 씨는 계속 눈을 비비며 말했다. 원래도 붉었던 눈이 더 심하게 충혈되었다.

"상당히 피곤해 보이세요."

"피곤하지, 상당히."

"식사 같은 건 제대로 하고 계세요?"

"아니, 그다지." 미요시 씨의 입이 일그러진다. 웃으려고 했다는 것을 이내 깨달았다. 가방을 뒤져 벌꿀 마들렌 봉지를 꺼냈다.

"이거, 괜찮으시면 드세요."

미요시 씨의 손에 쥐여주었다.

"뭔데, 이게?"

"마들렌이에요. 벌꿀을 듬뿍 넣었어요."

미요시 씨는 포장을 뜯더니 입에 넣었다. 벌꿀을 넉넉히 넣은 마들렌은 설탕만 넣은 것보다 표면의 색이 짙다. 씹을 때 폭신한 식감을 주도록 반죽하려고 배합을 몇 번이나 반복하여 시도해봤다.

"맛있네. 응, 맛있어." 미요시 씨는 웃으며 말했다.

"벌꿀을 한 숟가락 더 넣으면 아마 너의 내일은 오늘보다 행복해질 거야. 예전에 저한테 그렇게 말한 사람이 있었어요."

"뭐야, 그게?"

"갑자기 떠올라서요."

미요시 씨는 마들렌을 또 한 입 베었다.

"……아마 이대로 죽겠지."

미요시 씨가 불쑥 뱉은 말에 흠칫했다. 미요시 씨

자신이 아니라 아버지를 말하는 듯했다.

"오늘이 아닐지도 몰라. 내일일지도 몰라. 다음 주, 아니면 더 나중일까? 대체 언제가 되려나 하고 생각해. 매일, 그 생각뿐이야."

미요시 씨는 마들렌을 또 하나 입에 넣는다. 무리하게 밀어 넣는 바람에 양 볼이 울룩불룩 일그러졌다.

"마음 어딘가에서."

불명료한 발음에 미도리는 귀를 기울인다.

"그걸 기다리고 있는지도 몰라."

미요시 씨의 눈시울에 점점 차오르는 것을 못 본 체했다. 이 과자 목이 메는구먼, 하며 누차 변명조로 말하는 미요시 씨를 두고 미도리는 자동판매기에 가서 커피를 사 왔다.

"제 맘대로 우유가 들어간 거로 골랐어요" 커피를 내밀며 말했다.

"블랙보다 위에 자극을 덜 줄까 해서요."

"언젠가, 아버지가 현관문을 열고 밖으로 나가는 모습을, 딱 한 번 보고도 못 본 체한 적이 있어." 미요시 씨는 계속 가쁜 숨을 쉬며 말했다. "한밤중이었지. 하루 내 농사일을 하고 녹초가 된 날이었어."

"이대로 아버지가 돌아오지 않으면 좋겠다고 생각

했었어. 나는 그때, 분명히 그랬어."

미도리는 입을 다문 채 고개를 끄덕였다. 양쪽 무릎에 손을 얹은 채 고개를 떨구고 있는 미요시 씨에게는 미도리의 끄덕임이 보이지 않을 테지만, 무슨 말을 건네야 할지 떠오르지 않았다.

그 날, '아자미'로 아버지를 모시러 온 미요시 씨의 이마에는 땀방울이 송골송골 맺혀있었다. 그때 일을 미도리는 또렷이 기억하고 있다. 연신 고맙다고 고개를 조아리던 그때의 미요시 씨도, 아버지가 돌아오지 않으면 좋겠다고 생각했다는 미요시 씨도, 양쪽 다 진짜 미요시 씨다.

"이런 생각을 하는 나는 몹쓸 인간이지?" 미요시 씨는 이렇게 묻지 않는다. 그런 질문을 받는다면 미도리는 "절대 그렇지 않아요."라고 대답할 것이고, 그 대답을 듣고 안도하는 자신의 모습을 미요시 씨는 결코 용서하지 못할 것이다.

가방을 뒤적거려 꺼낸 티슈를 내밀자, 미요시 씨는 꽉 잠긴 목소리로 "고마워, 고마워." 재차 말하며 매우 조심스럽게 소리 죽여 코를 풀었다.

"이 과자도 맛있었어."

"아니에요." 미도리는 대답하고는 대답이 너무 푸접스러운가 싶어, "다행이에요."라고 덧붙였다. "괜찮으시면 더 드세요." 남아있던 것을 봉지째 내밀며 말했다.
"그러고 보니 들었어? 설명회 얘기."
미요시 씨가 조금은 가벼워진 어조로 물었다.
'설명회'란 얼마 전부터 소문이 무성했던 쇼핑몰 건설에 관한 설명회인 것 같다. 쇼핑몰 건설 계획에 관해서는 역 앞 상점가 경영자뿐만 아니라, 그 외 주민들 사이에서도 찬성파와 반대파로 나뉘어 있는 모양이다. 그래서 설명회가 열리게 된 듯하다.
"구로에도 가겠지?"
"글쎄요, 모르겠는데요."
"구로에 양봉원은 쇼핑몰 건설 예정지에서 꽤 떨어져 있기도 하고……." 말을 하다 말고 미도리는 갑자기 입을 다물었다.
"가는 게 좋을 거야, 내 생각엔." 그렇게 말하는 미요시 씨 이마에는 또 땀방울이 솟아있었다.

"아, 주민설명회 말이지?" 아자미 씨가 고개를 끄덕였다. 방으로 가서 쉬어야겠지만 발길이 '아자미'로 향하고 말았다.
"구로에 씨, 참석하겠지요?"
"글쎄, 어쩌려나?" 아자미 씨는 셔츠 옷깃을 여미

며 말했다. 낮에는 그렇게 덥더니, 해가 지고 나면 갑자기 쌀쌀해진다.

불쑥 혼자서 들어온 손님 어깨가 젖어 있다. "비 와요." 하는 말을 듣고 미도리는 손님과 스치듯 밖으로 나왔다. 처마 밑에서 비를 바라본다.

벨벳 원단처럼 새까맣고 촉촉한 하늘에서 은빛 바늘 같은 비가 내려온다. 재개발이 진행되어도 이곳은 '꽃의 도시'로 남을 수 있을까?

'재개발 같은 거, 정말 필요한 것일까? 이대로도 좋지 않을까?' 이런 생각은 어차피 타지에서 온 사람의 감상일 뿐인 걸까?

문이 열리더니 아자미 씨가 곁에 섰다. 데운 우유가 든 머그잔을 내민다. 입가로 가져가자 달콤한 향기가 피어오른다. 벌꿀을 넣어준 것이다.

"그거 마시고 어서 돌아가. 우산 빌려줄게."

"네." 순순히 대답하고 미도리는 계속 비를 바라본다. 아자미 씨는 아직 옆에 서 있었다.

"아까 그 손님, 내버려 둬도 돼요?"

"응, '내버려 두는 것'도 접객 기술의 하나야."

"내버려 두길 바라는 사람도 있어." 아자미 씨의 말은 가끔, 알 듯 말 듯 하다.

"산에 비가 내려요." 아자미 씨가 노래를 부르기 시

작했다. 빗소리에 묻혀서 들릴 듯 말 듯 한 미세한 목소리였다. 동요인가 생각하며 미도리는 노랫소리를 듣는다. 아자미 씨의 목소리는 낮고 걸걸하다. 절대로 예쁜 노랫소리는 아닌데도 포근하다.

'아이가 있었을까?' 멍하니 생각에 잠겼다. 그런 얘기는 들은 적이 없지만, 예전 어느 땐가 누군가에게, "자 이제 자야지." 하며 머리맡에서 노래를 불러 주고 우유를 데워 주었던 시절이 이 사람에게는 있었을지도 모른다.

"아자미 씨." 하고 불러 본다. 아자미 씨는 대답이 없다. 다만 조용하게 다정한 노래를 읊조리고 있다.

13

 괭이질하던 손을 멈추고 구로에를 보았다. "글쎄."
라는 구로에의 대답에 놀랐기 때문이다. 미요시 씨
가 말했던 '설명회' 이야기를 하고 있었다. 벌써 오늘
밤으로 다가왔다. '글쎄'라는 것은 "당연히 가실 거
죠?" 하고 물은 미도리의 당부에 대한 응답이었다.
 "그게 무슨 말씀이세요? 남의 일처럼."
 "아니, 관계자도 아닌데 감 놔라 배 놔라 해봐야
결국은 토지 소유자와의 계약 성립 여부에 달린 거
아니냐 그거지. 그러니까 남의 일이라고 하면 남의
일이지." 구로에는 덤덤한 목소리로 말하고는 괭이
질을 계속한다. 유채 씨를 심기 위해서 오늘 중으로
작업을 끝내야 한다.
 "그렇다고 해도 가는 게 좋을 것 같아요."
 쇼핑몰 건설 여부는 구로에가 결정할 수 있는 것
은 아니다. 하지만 그렇다고 해서 목소리를 내지 않
는 것은 옳지 않다. "알았어." 구로에는 곤란하다는
듯이 고개를 젓더니 짧게 답했다.
 쇼핑몰 설명회는 상공회의소에서 개최될 예정이

었다. 아자미 씨가 걱정되면 같이 가면 되지 않냐고 하길래 미도리도 구로에와 동행했다.

설명회장에 들어가니 그곳에 있던 전원이 일제히 구로에를 쳐다봤다. 별일도 다 있다며 수군대는 사람들도 있었다. 먼저 와 있던 아자미 씨가 "여기, 여기." 손짓으로 부른다. 일정한 간격으로 늘어선 철제 의자들 사이를 비집고 지나가 아자미 씨 옆에 앉았다. 구로에가 아자미 씨에게 가볍게 인사했다.

"현재 어떤 상황이에요?"

미도리가 작은 소리로 묻는다. "주민의 40%는 찬성, 상점가의 베이커리와 생선가게 등은 반대, 네가 사는 연립주택 주인은 어느 쪽도 아니야. 하지만 이러나저러나 하시마 마코가 토지 매각 계약을 하면 결정 나겠지." 아자미 씨가 소곤소곤 답하는 소리를 듣고 있으니 양복 차림의 남자가 단상에 섰다. "오늘은 대단히 바쁘신 와중에,"라는 형식적인 인사말을 시작하는 남자를 관찰한다. 30대 후반 정도일까? 쇼핑몰 건설 담당자인 모양이다.

구로에는 물끄러미 정면을 보고 있었다. 미도리는 마코 씨의 모습을 찾았지만 오지 않았나 보다. 안자이 아버지, 형 고타로, 안자이도 오지 않을까 했는데 모습이 보이지 않았다. 쇼핑몰에는 음식점 등이 입점할 테니 안자이의 회사도 타격이 클 것이라는 생각이 들었기 때문이다.

쇼핑몰의 평면도가 제시되자 여기저기서 의견이 분분했다. 문구점과 미용실 점주들은 "장사 끝장이다."라는 취지의 반대의견을 내놓았고, 반대로 쇼핑몰이 생기면 인근에 고층 아파트 등이 새로 건설될 것이므로 유입되는 주민이 늘어날지도 모르고 그렇게 되면 지역 활성화로 이어질 것이다, 어떻게 하느냐에 따라 장사 기회가 늘어날 수도 있다는 의견도 나왔다.

"구로에 씨는 어때요?"

아자미 씨가 묻자, 그 순간, 설명회장이 찬물을 끼얹은 듯이 조용해졌다.

"반대라고 하는 게 맞겠지."

구로에가 말하자 뒷자리에서 숨죽여 웃는 소리가 들렸다. 아자미 씨가 그쪽을 노려봤다.

"건설 예정지에는 벚나무가 있어. 그리고 바로 옆에 토끼풀이 피어 있는 들판이 있거든. 산을 깎아내 꽃이 피는 장소가 줄어들면 꿀벌은 살 수가 없어."

"우리가 알 바 아니야." 이번에는 대각선 앞쪽에서 누군가가 투덜대는 소리가 들렸다. 그 옆에 앉은 남자가 "새 주민이 늘어나면, 당신네 또 민원 들어오는 거 아냐? 구로에 씨."라며 고개를 비틀어 쳐다보며 웃는다.

이 남자는 '아자미'에서 여러 번 마주친 적이 있다. 분명 봉장 근처에 사는데 구로에 씨가 키우는 꿀벌의 분변 때문에 차가 더러워져서 이전에 옥신각신한 적이 있다고 했다.

다음 날, 구로에에게 이 남자에 관해 물어봤더니 제대로 선물용 과자를 가지고 사과하러 갔고 벌통의 위치를 바꾸고 난 후에는 피해가 발생하지 않았다고 들었다며 원만히 해결됐다는 것처럼 말했으나, 이 남자는 아무래도 아직 풀리지 않은 앙금이 있는지도 모르겠다.

미도리 생각에는 서투르기 그지없는 구로에의 사죄 방식 때문에 오히려 반감을 샀을 가능성도 있다. 노려보는 게 아닌데 노려보는 듯한 그 눈빛도 한몫했을 것이다.

누군가가 손을 들었다. 화제는 다시금 쇼핑몰에 입점할 임차인의 업종으로 돌아갔다.

"좀 짜증 나던데요, 그 사람."

밖으로 나와 미도리는 상공회의소를 돌아봤다. "아주 나쁜 사람은 아니긴 한데."라며 아자미 씨가 어르듯이 대답한다. "그야 그렇죠." 고개를 끄덕이며 불빛이 반짝거리는 휴대전화를 꺼냈다. 마유리에게서 온 메시지가 화면에 여러 개 떠 있었다.

"내일 휴가라서 그쪽에 놀러 간다."

"지금 전차 탔어."

"십 분 있으면 도착할 듯."

너무나 갑작스러운 소식에 망연자실하여 화면을 바라보고 있으니 전화벨이 울리기 시작했다. 마유리였다. 미도리에게서 메시지 답장이 없으니 기다리다 지쳐 전화를 건 것이다.

"지금 역에 있는데."

마유리의 목소리와 전차 지나가는 소리가 겹친다.

"지금 데리러 갈 테니까 기다려."

미도리는 달래듯이 말하고 전화를 끊고 나서 머리를 쥐어 쌌다.

'내일 휴가라는 건 자고 가겠다는 건가? 이불도 한 채밖에 없는데, 괜찮으려나?'

'게다가 마유리는 밥을 먹고 오는 걸까? 뭔가 만들어 줘야 할까? 아니 하지만 냉장고가 텅 비었지.' 하며 망설이고 있을 때 아자미 씨가 "일단 우리 가게로 데리고 와."라고 말해줘서 그렇게 하기로 했다. 구로에는 어느새 돌아가 버린 듯하다.

"고마워요, 아자미 씨."

"가게 열어둘게." 빠른 걸음으로 가게를 향하며 말하는 아자미 씨에게 손을 흔들고 미도리는 역으로 향한다.

마유리는 역 대합실 벤치에 다리를 꼬고 앉아 있었다.

미도리의 모습을 보고는 벌떡 일어선다.

"오랜만이야."

미도리의 말에는 답하지도 않고 미도리의 양어깨를 꽉 붙든다.

"음, 안색 좋고. 합격."

"내가 부재중이었으면 어쩔 생각이었어? 미리 연락을 주지 그랬어."

"불시 검사야. 잘 지내나 못 지내나 보러 왔지."

"사전에 연락하면, 너는 분명히 잘 못 지내도 잘 지내는 것처럼 보이려고 연기했을 거야." 마유리는 걸어가며 단언했다.

"걱정돼서 와준 거구나."

"안 했구먼."이라는 걸 보니 아무래도 쑥스러운가 보다.

"여기야." 아자미 씨 가게 문을 열었다.

바로 얼마 전에 카페로 리뉴얼 오픈했지만 정작

가게 이름을 못 정해서 간판을 떼어낸 이후에도 손님들은 '아자미'라고 부른다. 점주 본인은 "이름 없는 가게도 괜찮은 것 같네."라며 천하태평이다.

카운터 석에는 먼저 온 손님이 있었다. 젊은 남녀로, 여성은 벌꿀 레모네이드를 마시고 있는 듯했다.

"아, 배고파."

마유리가 말하며 메뉴판을 보고 있다.

아까부터 주방에 있던 아자미 씨가 한 손에 접시를 들고나와 커플 손님 앞에 놓았다. "우와 맛있겠다." 여성이 호들갑을 떨자, "진짜 맛있어 보이네." 그쪽으로 곁눈질하던 마유리가 중얼거렸다.

"이 사람이 개발한 메뉴예요. 허니 머스타드 치킨 샌드위치."

아자미 씨가 미도리를 가리켰다. 토스트한 빵 단면에서 노란색 머스타드 소스가 걸쭉하게 흐르는 것이 미도리가 앉은 위치에서도 보였다.

"미도리, 메뉴 개발 같은 것도 했구나."

마유리가 미도리의 얼굴을 빤히 바라본다.

"아자미 씨. 얘가 마유리예요."

멋쩍은 순간을 모면하려고 아자미 씨에게 마유리를 소개했다. 미도리가 보기에 아자미 씨와 마유리는 비슷한 타입이라 기본적으로 "처음 뵙겠습니다."

라거나 "잘 부탁드립니다." 같은 인사는 생략하고 자기 하고 싶은 말을 하는 스타일이다.

"저도 같은 거 주세요."

역시 예상대로 마유리는 커플 앞에 놓인 메뉴를 가리켰다. 아자미 씨는 고개를 까딱하더니 다시 주방으로 사라졌다.

샌드위치를 먹고 있는 두 사람을 슬며시 바라보았다. 어리다. 20대 초반일까? 남자는 머리카락이 갈색이고 여자는 피어스트 이어링을 잔뜩 하고 있다. 자세히 보니 두 사람 다 같은 그림이 그려진 티셔츠를 입고 있다. 남자가 노란색, 여자가 하늘색 티셔츠이다. 미도리의 시선을 느꼈는지, 노란색 티셔츠가 이쪽을 바라본다.

"이거, 엄청 맛있어요."

한쪽 볼이 샌드위치로 불룩한 채로 하늘색 티셔츠가 미도리에게 말한다.

"고, 고마워요. 하지만 만든 건 아자미 씨니까 아자미 씨에게 말해 주세요."

말은 그렇게 하면서도 저도 모르게 입이 헤벌쭉 벌어지는 것을 감출 수가 없다. 맛있다. 이 얼마나 좋은 말인가?

"이 사람은 벌꿀 넣은 메뉴만 개발한다니까. 자기

네 벌꿀 팔려고 말이지."

 마유리에게 줄 샌드위치가 담신 접시를 한 손으로 들고나온 아자미 씨가 끼어든다.

"앗, 벌꿀 가게 하세요?"

"아니요, 양봉이요. 아직 수습생 수준이지만요."

"와, 나는 절대 못 해. 벌 무서운걸.", "나도." 천진난만하게 대화하는 노란색 티셔츠와 하늘색 티셔츠 커플을 바라보고 있으니 즐거워 보인다는 생각이 절로 든다. 대화 도중에 서로 어깨를 가볍게 쿡쿡 찌르기도 하고 동시에 웃음을 터뜨리기도 하는 등 정말로 사이가 좋다.

"행복해 보이는 애들을 보니까 좋네, 마유리."

"노인네냐?" 마유리가 콧방귀를 뀌며 말한다. "그것보다 너, 안자이랑 어떻게 되고 있는 거야?"

"……어떻게고 뭐고 없어."

 마지막으로 만난 게 언제였는지 손으로 꼽아 보다가 깜짝 놀랐다. 8월 말이었으니까 벌써 한 달 반 이상 안자이는 미도리를 만나러 오지 않았다. 바쁘다, 피곤하다고 하니 만나러 올 여유조차 없는가 보다 생각하기도 했고, 미도리 역시 양봉에 관한 공부와 아자미 씨 가게 일로 바빠서 먼저 연락하지 않기도 했다. 연락하고 싶지 않은 마음도 있었음을 부인할 수는 없다.

 이런 일, 저런 일이 있었다고 말할 때마다 안자이의 심기가 불편해졌기 때문이다. 심기를 거스르지 않으려고 신중하게 화제를 선별하는 것도 귀찮다.

 "흐음."

 마유리는 샌드위치를 크게 한입 베어 물었다. 미도리의 뱃속에서 꼬르륵 소리가 나자 마유리는 아무 말 없이 접시를 미도리 쪽으로 밀어주었다. 미도리도 샌드위치를 입에 넣었다. 벌꿀과 홀그레인 머스타드 소스를 바른 치킨 소테와 토마토, 양상추를 끼워 넣었다. 아자미 씨는 닭고기를 굽는 데 일가견이 있다. 언제나 겉은 바삭하면서도 속은 촉촉하게 구워낸다. 머스타드 소스를 머금어 살짝 묵직해진 빵도 맛있다. 뱃속에 들어가니 몸이 조금 따뜻해졌다.

 "그래도 꽤 안심했어. 안자이 일은 그렇다 쳐도 잘 지내고 있는 것 같아서."

 "응, 여러 가지 일이 있긴 했어도 나 꽤 운이 좋아. 싼 집도 소개받았지, 구로에 씨도 양봉원에 받아주었지, 아자미 씨도 잘해 주고 말이야."

 "그렇지 않아." 마유리는 고개를 저었다.

 "운이 좋았던 게 아니야. 그 사람들과 만났던 것은 우연일지 모르지만 만난 것으로 그치지 않았던 것은, 그건 미도리가,"

"미도리가,"라고 말하고 나서 마유리는 잠시 생각에 잠긴 표정을 지었다.

"미도리가 행동했기 때문이야. 미도리의 장점이 그 사람들에게 전해졌기 때문이라고. 전부, 네가 네 손으로 얻어낸 거지."

"애썼어." 마유리의 말에 순간 눈물이 왈칵 쏟아질 뻔했다.

"마유리."

"뭐."

"고맙구먼."

"'구먼'은 무슨 '구먼'이야. 장난하는 거야?" 성난 기색을 띤 마유리는 어쩌면 자기 말버릇이 그렇다는 걸 모르는 건지도 모른다.

"저기, 저기요, 언니."

하늘색 티셔츠가 몸을 쑥 내밀며 미도리를 부른다. 다 마신 벌꿀 레모네이드 유리잔을 가리킨다.

"혹시 이것도 언니가 개발한 거예요?"

"너네 언니냐." 하고 들릴 듯 말 듯 한 소리로 중얼거리는 마유리의 팔을 살짝 치고는, "맞아요."라고 답했다.

"우와 정말 대단해."

"맞아요. 벌꿀은 정말 대단해요." 미도리는 가슴을 활짝 펴며 말했다.

"벌꿀은 용도를 잘 몰라서 실은 사 본 적이 없어요." 하늘색 티셔츠가 말했다.

"어머나, 그건 너무 아깝네요."

미도리는 엉겁결에 일어섰다.

"벌꿀에는 여러 가지 효능이 있어요. 피로 회복, 피부 미용, 불면증 해소. 또, 항균 작용이 있어서 위의 상태를 개선해 주기도 해요. 무를 벌꿀에 절이면 기침 멎는 즙을 만들 수 있고, 또 장운동도 원활하게 해 줘요."

"아, 피부 미용." 하며 마유리가 관심을 보인다. "잠깐 들어가도 될까요?" 미도리는 아자미 씨에게 양해를 구하고 카운터 안쪽으로 들어갔다.

"요리할 때도 어렵게 생각할 것 없이 설탕 대신에 쓰면 돼요. 음식에 감칠맛이 나고 윤기가 반지르르 흘러서 정말 먹음직스럽게 완성되거든요."

"그렇구나." 하며 고개를 끄덕이는 하늘색 티셔츠를, "너 요리 젬병이잖아."라며 노란색 티셔츠가 놀리자, "시끄러워." 하늘색 티셔츠가 노란색 티셔츠를 쿡 찌르며 말했다.

"요리를 잘 못 해도 괜찮아요. 음료는 간단하게 만

들 수 있거든요."

움푹한 볼 안에 우유와 벌꿀을 넣고 섞은 후 레몬을 짜 넣는다. 초 성분을 추가하면 우유가 응고된다. 걸쭉한 느낌의 새콤달콤한 음료가 된다. 작은 유리잔에 똑같이 부어 노란색 티셔츠, 하늘색 티셔츠, 마유리에게 내민다.

"맛있어. 마시는 요거트 같아."

하늘색 티셔츠가 너무 사실 그대로의 빈약한 감상을 말한다.

"맞다. 생선조림을 만들 때 특히 좋아요. 비린내를 잡을 수 있고 생선 살도 부드러워져요. 벌꿀 효소 덕분이려나?"

"아, 저 생선 싫어해요. 뼈가 목에 걸리잖아요."

노란색 티셔츠의 말에 미도리는 잠시 생각에 잠긴다.

"그럼, 뼈가 없으면 괜찮나요?"

"아자미 씨," 하고 불렀을 뿐인데 아자미 씨는 미도리의 의중을 눈치챈 듯했다.

"연어밖에 없어."

"연어면 돼요."

냉장고에서 꺼낸 연어를 한입 크기로 썰어서 소금을 뿌린다. 선명한 오렌지색의 생선 살 위에서 소금

입자가 사르르 녹는다. 밀가루를 묻힌 후 기름을 넉넉히 둘러 튀기듯이 굽는다. 노릇노릇 구워졌을 때쯤 다른 냄비에 간장, 벌꿀, 청주를 넣고 가볍게 보글보글 끓인 후 그 안에 조금 아까 구운 연어를 넣는다. 슈욱, 하는 기분 좋은 소리가 퍼진다.

밥솥을 여니 쌀알에 반지르르 윤기가 흐른다. 밥 짓는 거 하나는 자신 있다고 아자미 씨는 말하곤 했다. 흰 쌀밥을 담고, 그 위에 소스가 잘 배어든 연어를 올린 후 잘게 다진 차조기 잎을 뿌렸다. 잠시 생각한 후에 볶은 참깨를 솔솔 뿌린다.

"먹어보세요."

노란색 티셔츠가, "오오오." 소리를 높이며 젓가락으로 연어 살을 가른다. 김이 모락모락 피어오른다. 밥과 함께 입에 넣었다.

"맛있어!" 외치듯이 말하고는 하늘색 티셔츠에게 그릇을 민다. "먹어 봐." 눈짓으로 재촉한다. 하늘색 티셔츠도 먹기 시작하며, "응." 하고 고개를 끄덕였다. "응응응." 고개를 끄덕이는 각도가 점점 깊어진다.

"좀 더 단맛일 줄 알았는데, 전혀 아니네."

"뭐랄까 오히려 절제된 단맛이 느껴져. 맛있어. 그렇지? 맛있지?" 하며 노란색 티셔츠의 어깨를 퍽퍽

친다.

"그거 봐요, 벌꿀 정말 대단하죠?" 미도리는 또 한 번 가슴을 쫙 폈다.

"제품 시연 판매처럼 돼버렸네요, 언니."

마유리가 웃고 있다. 미도리도 웃음이 터져 버렸다. 웃음이 전염된 듯이 아자미 씨, 하늘색 티셔츠, 노란색 티셔츠 모두 같이 웃음을 터뜨렸다. 모두 같이 웃으니 좋다고 생각했다. 다같이 웃다 보니 가게 문이 열린 것을 조금 늦게 알아챘다.

"고타로 씨."

웃음을 거두고 미도리가 불렀다. 아자미 씨 가게에서 고타로 씨를 만난 것은 처음이었다. "안녕하세요." 인사하는 고타로 씨 뒤쪽에 안자이가 서 있어서 미도리는 깜짝 놀랐다.

"웬일이야, 형제가 같이."

아자미 씨가 말을 걸자, "내가 마구 꼬드겼지." 고타로 씨가 대답하며 등받이 없는 의자에 앉아 코를 벌름거렸다.

"가게 밖에서도 좋은 냄새가 나던데. 이게 뭐야. 나도 먹고 싶네."

그리고 나서 문 쪽에 우두커니 서 있는 안자이를 보며 "왜 그러고 서 있어?" 하며 손짓을 했다.

"앉지그래?"

미도리가 말하자 안자이는 느릿느릿 고타로 씨 옆자리에 앉는다. "오랜만이야." 마유리가 안자이에게 인사한다. "제 친구 마유리예요." 미도리는 고타로 씨에게 마유리를 소개했다.

"미도리의 웃음소리, 밖까지 들리던데. 무슨 일이야? 그렇게 큰소리로."

미도리에게 말하는 안자이의 목소리는 유난히 낮고 무거웠다. "별거 아냐. 벌꿀의 효능에 관해 설명하고 있었을 뿐이야."라고 답하며 '왜 이렇게 변명하듯 말해야 하는 걸까?' 하는 생각에 마음이 갑갑했다. 큰 목소리로 웃을 때마다 안자이의 허락을 받아야 하는 걸까?

"뭐 마실래?"

아자미 씨가 두 사람에게 묻는 동안에 카운터 밖으로 나왔다. 등 뒤에서 "안자이." 하고 불렀으나 안자이는 뒤도 돌아보지 않고 고타로 씨가 "왜?" 하는 표정을 지었다. '아니, 고타로 씨 말고.'

"왜?" 어쩔 수 없이 마유리 옆으로 돌아오자 안자이가 그제야 대답했다.

"아니 왠지 오랜만인 것 같아서."

고타로 씨가 미도리 옆 스툴에 앉아 있었기 때문

에 고타로 씨를 사이에 두고 대화할 수밖에 없다.

"잘 지냈어?"

"잘 못 지냈어."

"미도리는 즐거워서 좋겠네." 안자이는 외면하며 말을 뱉었다.

"그게 무슨 말이야?"

대꾸하는 미도리의 말에 날이 섰다. 안자이가 미도리를 흘끗 본다. 입을 앙다물고 있었다.

"즐거워서 좋겠다고 말한 것뿐이잖아."

"즐거운 게 무슨 문제라도 된다는 것 같은 말투였는데?"

'이게 아닌데……. 이게 아닌데, 이렇게 가시 돋친 말투로는. 안자이는 타인의 별 뜻 없는 말에도 심하게 상처를 받는 사람이니까. 더 부드럽게,「왜 그래? 무슨 일 있었어?」라고 물어봐야 했는데……' 하지만, 할 수가 없다.

'왜 항상, 언제나 나만 배려해야 하는 걸까?'

"내가 즐거워 보이면 안자이는 싫어?"

"그런 거야?" 말을 시작하자마자 "싫은 게 당연하잖아." 하고 안자이가 말을 가로막았다. "내가 누구 때문에 힘들게 일하고 있는데." 말을 내뱉으며 안자이가 일어선다. "야, 와타루." 고타로 씨가 불렀다.

"먼저 갈게."

안자이는 뒤도 돌아보지 않고 밖으로 나가버린다. 고타로 씨가 목을 움츠리며 "왠지 미안하네." 하며 미도리를 향해 두 손을 모았다.

"고타로 씨가 사과할 일은 아니에요."

"아니야. 오늘 내가 와타루를 억지로 끌고 온 거거든."

"하지만 이건 나와 안자이의 문제니까요." 미도리는 작은 소리로 말한다. "아니야. 저 녀석 지금 엄청 고민하고 있어." 고타로 씨는 힘을 주어 말했다.

"그래서 줄곧 신경이 곤두서 있다고 할까?"

"그렇군요."

"그런 것 같네요."라고 덧붙이려 했으나 고타로 씨가 꺼낸 말은 상상을 초월할 만큼 높이 날아올라 미도리를 강타했다.

"아버지가 와타루랑 우리 회사 여자애를 결혼시킬 생각이야. 그 애랑 결혼하지 않으면 집에서 내쫓고 나중에 재산 상속도 안 하겠다고 우기고 있거든."

결혼하면 그 후의 생활은 어느 정도 지원해 주겠다고 했다고 한다.

"원래 와타루의 동창이었으니까 마침 잘된 거 아니냐고. 와타루에게는 미도리가 있다는 걸 알면서도 억지를 부린다니까."

"그 결혼 상대란 혹시," 말을 꺼내며 미도리는 빌었다. '제발, 그 사람은 아니기를…….'

"……리나 씨라는 사람 아니죠?"

"알고 있었어?"

눈이 휘둥그레지는 고타로 씨의 얼굴을 절망적인 기분으로 바라본다. "그 예쁜 사람이군요." 중얼거리는 목소리가 갈라진다.

하늘색 티셔츠와 노란색 티셔츠는 아까부터 아무 말도 하지 않는다. 귀를 쫑긋 세우고 듣고 있는 것이 분명하다. 고타로 씨는 양손을 휙휙 저었다.

"저기, 난 절대 반대야."

"왜냐하면, 그 애." 하며 고타로 씨는 목소리를 낮춘다. "벌써 몇 년 전부터 아버지랑 사귀고 있거든." 이 말을 듣는 순간 정신이 아득해졌다.

"……그게 무슨 말이에요?"

"아버지는 절대로 시인하지 않지만, 그 애 자취방에 아버지가 드나들거나 아버지 차 조수석에 그 애가 앉아 있는 걸 목격한 사람이 한 둘이 아니거든. 한번은 '출장'에 데리고 간 적도 있으면서 그러고도 들키지 않았을 거로 생각하는 게 희한하지. 아버지도 참 알다가도 모르겠다니까." 고타로 씨는 거기까지 단숨에 말하고는 유리잔에 담긴 맥주를 꿀꺽꿀꺽 마셨다.

"말해 두겠지만 우리 아버지 사업 능력은 있어. 그 부분은 존경해."

"네에?"

"그런데 말이야, 덮어놓고 어린 여자를 좋아한단 말이야, 그 인간."

고타로 씨의 호칭이 '아버지'에서 '그 인간'으로 바뀌었다. 재혼 상대와 별거에 이르게 된 것도 아무래도 여자 문제가 원인이었던 모양이다.

"그런가요? 알겠습니다."

심적으로는 전혀 수긍할 수 없었지만, 고타로 씨가 말한 내용 자체는 이해했다는 것을 알려주고 싶었다.

"미안. 그래서 서둘러 입적만이라도 마치면 어떨까 하고 생각했는데 정작 당사자인 와타루가 왠지 어물어물하고 있으니."

"저기, 왜 안자이인가요? 그러니까, 그……."

말을 더듬는 미도리의 어깨를 짓누르듯이 마유리가 몸을 쑥 내밀며 말했다.

"왜 자기가 사귀던 여자를 떠넘기는 상대가 자기 아들이냐 이거지?"

"음." 하고 고타로 씨는 고개를 끄덕였다. "응응응". 눈을 감고 격하게 고개를 끄덕거렸다. "실례합니다. 계산해 주세요." 노란색 티셔츠가 한쪽 손을 들며 말하자 아자미 씨가 그쪽으로 갔다.

노란색 티셔츠가 계산하는 도중에 하늘색 티셔츠가 "언니." 하고 미도리를 불렀다.

"잘 먹었어요."

"아, 네."

"언니. 저기."

"힘내세요." 양 주먹을 앞쪽으로 휘두르며 하늘색 티셔츠가 말했다. '뭘 힘내라는 거야.' 힘이 쭉 빠지면서도 "아, 네." 하고 고개를 끄덕였다. 하늘색 티셔츠와 노란색 티셔츠는 사이좋게 어깨를 나란히 하고 나갔다.

"아버지가 총애하거든, 그 애."

"아마도 언제든지 손을 뻗으면 닿는 곳에 두고 싶은 것 아닐까?" 고타로 씨는 입을 우물우물하며 말했다.

"그럴 바에야 차라리 자기가 결혼하면 되잖아." 마유리가 거칠게 말했다. 이미 오랜 기간 별거 중인 두 번째 부인은 절대로 이혼할 생각이 없다고 버티고 있다고 한다. 아마도 그녀 나름의 복수일 것이고 그래서 아버지가 새장가 드는 건 무리라는 것이 고타로 씨의 추측이었다.

리나 씨라는 사람은 안자이 아버지 생각에 동의하는 것일까? 여러 해 동안 사귀어온 남자가 "너랑은 결혼할 수 없어. 하지만 내 아들과 결혼하면 앞으로도 너를 물심양면으로 도와줄 수 있다."라고 제안해 온다면…….

'내가 만약 그 입장이라면, 누굴 바보로 아는 거냐고 화를 낼 텐데 리나 씨는 안 그런 걸까?' 그렇게 생각하지 않는 부류의 사람이기에 안자이 아버지 같은 사람과 관계를 맺어왔던 것인지도 모른다.

"여,"

여, 하고 말을 꺼내다가 고개를 푹 숙인 미도리의 얼굴을 마유리와 고타로 씨가 들여다본다.

"여?" 하늘색 티셔츠와 노란색 티셔츠를 배웅하고 온 아자미 씨도 미도리를 쳐다보며 묻는다.

"여, 뭐?"

"역겨워요."

유부남이라는 대전제는 제쳐두자. 상대가 자기 차남과 같은 나이의 여자라는 것도 별 상관없다. 나이 차이가 크게 나더라도 사랑에 빠질 수 있는 거니까. 하지만 '자기와 결혼할 수 없는' 상대에게 '자기 대용의 결혼 상대를 찾아준다'라는 발상은 말할 수 없이 불쾌하다. 결혼이라는 것은 대등한 위치의 두 사람이 서로 돕고 서로의 버팀목이 되어주며 함께 살아가기 위해 하는 행위라고 미도리는 생각해 왔다. 그렇지 않은가?

그건 그렇다 치고 리나 씨가 안자이 아버지 생각에 동의하여 안자이와 결혼해도 좋다는 생각을 했다면 그것 역시 대단히 불쾌하다. "어떻게 아무렇지도 않을 수가 있어요?" 어깨를 붙들고 흔들며 묻고 싶다.

거기에 한술 더 떠서 그 모든 것을 다 알고서 여름에 레모네이드를 사러 왔을 때 싱긋 웃으며 "와타루의 여자친구님이시죠?"라며 말을 걸었다고 생각하면 이제는 불쾌한 것을 넘어서서 무서울 정도이다.

"안자이는 그 사실을 알고 있는 거죠?"

"말도 안 돼." 고타로 씨는 눈을 휘둥그레 뜨며 말했다.

"리나 짱은 예전부터 예쁘다고 소문이 자자했어. 일곱 살 차이 나는 나도 알 정도였으니. 귀여울 뿐 아니라, 청순파라고 하나?"

청순파. 지금 그런 표현에 신경 쓸 때인가 싶지만 아무래도 신경에 거슬린다. '청순'이란 그런 식으로 시라카바파(문예 잡지 '시라카바'를 중심으로 활동한 일본 문학계의 한 분파로서 인도주의 이념을 지향함)라거나 인상파처럼 분류할 수 있는 것인가? 청순이란 소속집단이 아니라 각 개인의 특징 아닌가? 예전부터 의문을 품고 있었던 탓에 이 와중에도 그 어구가 귀에 거슬린다.

"와타루에게도 첫사랑이었던 여자애였거든. 아, 초등학생 때 얘기야. 순수했던 옛 추억이랄까 그런 거지."

"와타루는 멘탈이 약해서, 그런 걸 알게 되면," 하고 고타로 씨가 말하는 도중에 마유리가 자리를 박차고 벌떡 일어섰다. 아직도 청순'파'에 관해 집착하고 있는 미도리의 어깨너머로 고타로 씨에게 덤벼들었다.

"웃기고 있네!"

마유리에게 멱살을 잡힌 채 앞뒤로 흔들리며 고타로 씨는 "앗, 앗, 아아앗." 하며 눈을 희번덕거리고 있다. "당신들이 말이지." 마유리가 고함을 쳤다.

"당신들이, 당신들이 그런 식으로 '상처를 잘 받으니까', '연약하니까' 하면서 응석을 받아주니 그 자식은 언제까지고 연약한 채로 있는 거야! 상처 안 받는 사람이 어디 있고 연약하지 않은 사람이 어디 있어!

하지만 누구나 현실을 직면하며 살아가는 거라고! 말은 바로 해야지, 그 여자가 청순은 개뿔, 아무것도 아냐. 현실 세계가 그리 호락호락하지 않다는 걸 안자이는 알아야 한! 다! 고!"

"마유리, 그만해."

"너는 어떻게 그렇게 침착할 수 있어?"

마유리는 미도리에게도 화를 냈다.

"침착한 거 아니야."

"일단 자리에 앉아." 미도리는 마유리를 자리에 앉혔다. 따뜻한 거라도 좀 마시자며 아자미 씨가 물을 끓이기 시작했다.

"아마 그건 나에게 가장 중요한 문제는 아닌 거야."

"그럼, 가장 중요한 문제가 뭔데?" 간신히 마유리에게서 벗어나 옷매무시를 가다듬으며 고타로 씨가 물었다.

"모르겠어요."

모르긴 해도 그건 분명히 아닌 것 같다는 생각이 들었다.

"안자이와 이야기할게요. 제대로."

아자미 씨가 내민 홍차 컵에 입을 갖다 댄다. 미도리에게는 조금 뜨겁다.

14

 자전거 페달을 밟는다. 달릴 수 있을 때까지 계속 달릴 생각이다. 아무 생각하지 않아도 되도록 지금은 무작정 페달을 밟는 단순 작업만을 계속하고 싶다.
 "이제 그럼 마지막이군." 안자이는 말했다. 어젯밤 일이었다. 미도리는 할 이야기가 있다고 전화하여 안자이를 불러냈다. 그날 마유리는 미도리 방에서 하룻밤 자고 다음 날 아침 이른 전차를 타고 돌아갔다. 안자이에 관해서는 그 이상 아무 얘기도 하지 않았기 때문에 미도리도 "와줘서 고마웠어."라고만 말했다.
 "저기, 미도리."
 아침에 역 플랫폼에 선 마유리는 미도리의 손을 움켜잡았다.
 "돌아오고 싶어지면 언제든지 연락해."
 "응." 고개를 끄덕이며 대답은 했지만, '어디로?'라고 생각했다. 내가 돌아갈 곳 따위 없는걸.
 아자미 씨 가게에서 안자이가 했던 "내가 누구 때

문에 힘들게 일하고 있는데."라는 말이 계속 마음에 걸렸다. 전화를 받고 안자이는 바로 미도리의 방으로 왔다. 오자마자 벽에 등을 대고 털썩 앉기에 미도리도 그 옆에 앉았다. 같은 방향을 바라보고 이야기하는 편이 좋을 것 같다는 생각이 들었기 때문이다.

"나 때문에 힘들게 일하고 있는 거라면 지금 당장 그만두길 바라."

열심히 노력하는 것이라면 자기 자신을 위해서 하면 된다.

"미도리는 자기 자신을 위해 노력해 왔다는 거야, 지금까지?"

"응, 그래."

이곳까지 온 것은 안자이 때문이 아니다. 내일 인생이 끝난다면 어떻게 할 거냐고 언젠가 안자이가 물은 적이 있다. 미도리는 스스로, 이곳에 오기로 선택한 것이다. 안자이와 함께 있고 싶은 나 자신을 위해.

"나카가와 리나 씨와 결혼하라는 말을 들었다며."

미도리의 말에 안자이는 거북한 표정을 지었다.

"말해 두지만, 나는 리나 씨와 아무 사이도 아니야."

"그건 알아."

"비난하는 건 아냐." 미도리의 말에 안자이는 고개를 돌렸다.

"잘 모르긴 해도, 계속 그것 때문에 고민하고 있는데 나는 즐겁게 지내고 있는 게 맘에 들지 않았던 거야?"

안자이는 한번 고개를 저었으나 이내 끄덕였다.

"속 편해서 좋겠다고 생각했지."

속 편하다. 멍하니, 되뇌어본다. 속이 편하다고?

"내가, 속 편하다고?"

안자이의 시선은 냉장고 문에 붙어있는 자기 그림을 향해 있다. 안자이는 지금도 그림을 그리고 있을까? 붓을 쥔 모습을 한동안 보지 못했다. 마지막으로 본 게 언제더라? 마지막으로 포옹을 한 건? 마지막으로 안자이가 웃은 건? 아무것도 떠오르지 않는다. '언제 이렇게 된 거지?' 깜짝 놀란다. 어느새 이렇게 멀어져 버린 거지.

속 편해서 좋겠네. 안자이는 미도리를 보고 그렇게 생각했다고 했다. 안자이 아버지가 자신을 바라볼 때의 그 눈초리. 비즈니스호텔에서 엄마와 전화로 얘기하며 소리 죽여 울었던 일. 입을 열 때마다 "이 지방 사람 아니지?"라는 말을 들었던 것. 줄어가는 예금 잔액을 볼 때의 심정. 벌에 쏘인 것. 불안도

초조함도 안자이에게는 한 번도 말하지 않았다. 분명 자기 일로도 벅찰 것으로 생각했기 때문이다.

미동도 하지 않는 안자이의 머리를 꽉 붙잡아 이쪽을 보도록 틀고 싶은 충동에 사로잡힌다. 시선을 피하지 말고 똑바로 이쪽을 봐주었으면 좋겠다.

"누가 웃고 있다고 해서 속 편할 거라는 발상, 너무 유치해."

말하면서 나도 마찬가지라는 것을 깨닫는다. 나도 그렇고 고타로 씨도 그렇고 안자이에게 상처 주지 않으려고 언제나 화제를 고르고 말을 골라 해 왔다. 그 결과가 이것이다. 안자이는 자기가 얼마나 주위 사람들에게 보호받고 용납받으며 살아왔는지 조금도 모른다.

"이제 그럼 마지막이네."

안자이는 그렇게 말하고는 방을 나가버렸다. 그 후 연락은 일절 없다.

'마지막'이라는 것은 끝났다는 거겠지. 안자이와의 관계는. 끝난 거겠지.

'이렇게 허무하게 끝나다니.' 미도리는 하염없이 페달을 밟는다. 먼 산이 황금빛으로 물들고 있다. 황혼의 하늘 높은 곳에서 까마귀가 얼빠진 목소리로 운다. 흘끗 손목시계를 본다.

안자이와 헤어졌다는 것이 전혀 실감 나지 않았다. 오늘 아침, 새벽녘에 눈이 떠져 잠시 천장을 바라보고 있었다. 눈물은 나지 않았다. 오늘도 온종일, 여느 때와 다를 바 없이 일했다. 벌통 청소를 하고 점심을 준비하고 있을 때 도모카가 주방으로 와서 채소 자르는 법을 가르치며 중간중간 농담을 하기도 하고 소리 높여 웃기까지 했다. 어떻게 그럴 수 있었는지 새삼 신기하다.

다만 이제, 그 방으로 돌아가기가 싫다는 생각이 들었다. 방을 나가는 안자이의 뒷모습만이 떠오른다. 벌써 두 시간 이상, 자전거를 타고 빙빙 돌고 있다.

자전거 앞바퀴에 뭔가가 말려 들어온 것 같다. 핸들이 맘대로 움직인다. 어어, 하는 사이에 옆으로 넘어졌다. 왼쪽 몸이 강하게 부딪혔다.

으윽, 신음이 나왔다. 포장된 도로의 찬 기운이 옷을 타고 전해져온다. '이렇게 길가에 나동그라진 적이 이전에도 있었지.' 하는 생각이 떠오른다. 차에 부딪혔을 때였다. 먼 옛날같이 느껴져 눈을 감았다. 힘을 빼고 머리를 도로에 댔다.

"뭐 하는 게야?"

목소리가 들려 번쩍 눈을 떴다. 구로에가 내려다

보고 있다.

"뭐 하는 거냐고." 구로에가 다시 물어서 뭐라고 대답을 해야 하나 망설이고 있으니, 구로에의 뒤쪽에서 도모카의 목소리가 들렸다.

"왜 그래요? 다쳤어요?"

"일어설 수 있겠어요?" 도모카의 물음에 느릿느릿 일어섰다.

"응, 괜찮아."

조금 떨어진 곳에 경트럭이 서 있다. "지금 밥 먹으러 가는 길이에요."라는 말에 미도리는 미소지었다. 서먹서먹했던 부녀가 어떻게든 거리를 좁혀보려고 노력하는구나 싶어서 안도했다.

"미도리 씨, 무슨 일 있었어요?"

"오늘 하루 내내 이상했어요, 어딘가." 도모카가 미도리의 얼굴을 들여다본다. 평상시와 똑같은 하루를 보냈다는 건 혼자만의 착각이었나 보다.

"있었다고 해야 하나, 없어졌다고 해야 하나?"

대답하면서도 나도 무슨 말인지 모르겠다고 생각한다. 없어진 것은 관계 그 자체일까? 나와 안자이를 이어주었던 무언가. 사랑 같은 것. 어제 갑자기 사라진 것은 아니다. 틀림없이 조금씩 사라지고 있었다. 그것이 사라지기 시작한 순간을 알고 싶었다. 그때

였나, 아니면 그때였을까? 강바닥에 침적한 모래를 손으로 떠 올리듯이 기억을 헤집어보려 했지만, 머릿속에 떠오르는 것은 안자이가 '마지막'이라고 내뱉었을 때의 목소리뿐이다.

"설마 남자친구한테 차였어요?"

눈치 하나는 끝내준다.

"응."

도모카는 미도리를 물끄러미 쳐다보더니 한숨을 푹 쉰다.

"미도리 씨, 이리 좀 와봐요."

힘껏 미도리의 몸을 경트럭에 밀어 넣고는 자전거를 짐칸에 실으라고 아버지에게 지시했다.

"달콤한 거 먹으러 가요. 슬픈 일이 있거나 할 때 다들 먹으러 가죠?"

여고생들 사이에서는 그런가 생각했더니, 영화에서 봤다고 한다.

"미도리 씨 정도의 연령대 여자들이 주인공인 영화요. 차이고 나면 울면서 양동이만 한 아이스크림을 통째로 껴안고 침대 위에서 혼자 먹던데요."

"그거 서양 영화였지?" 미도리는 거의 도모카와 포개진 채로 조수석에 앉아서 대답했다.

"서양 사람이라 분명 위장이 튼튼한 거야. 그런 거

먹으면 나는 지병인 위통이 도져버릴 거야. 아마 설사도 할지 몰라."

"여유작작하구먼. 말하는 것도 평소랑 똑같고."라고 하며 운전하는 구로에가 고개를 저었다.

"데려다줄게, 집까지."

"여유작작하지 않아요, 절대로." 도모카가 강한 어조로 대꾸한다.

"그래?"

"혼자 있고 싶은 거 아닌가?" 구로에는 흘끗 미도리에게 눈길을 준다. 미도리가 대답하기 전에 도모카가 "이런 사람이 느닷없이 죽어버리기도 한다고요." 하며 방정맞은 소리를 한다.

"미도리 씨는 벌써 서른 살이에요. 이 나이에 남자친구하고 헤어지다니, 끝장이라고요. 완전히 끝장난 거예요. 가만둘 수 없어요."

"그런 거야? 나 이제 끝장난 거야?" 하고 반문할 기력도 없다. 끝장났다는 말이 엄청난 실례라고 지적할 기력 역시 없다.

구로에 부녀는 축 늘어져 있는 미도리는 안중에도 없이 잠시 옥신각신하더니 어느샌가 아자미 씨 가게로 가기로 했다. 트럭이 천천히 우회전한다.

"어머, 별일이 다 있네." 구로에 일행을 맞이한 아

자미 씨가 뒤따라 들어온 도모카를 보고는 "나 원 참, 이제 좀 학교로 돌아가!" 하고 호통쳤다.
"11월부터 갈 거예요."
"앗, 그래?"
미도리는 깜짝 놀랐다. 구로에도 깜짝 놀란 표정인 것을 보아 지금 알게 된 듯하다.
"엄마랑 전화로 얘기했는데요, 일단 졸업은 하라고요. 진로에 관해서는 다시 얘기할 거예요. 분명히 한바탕할 테지만요. 꽤 오래 쉬긴 했지만, 저 성적 좋으니까 괜찮아요."
구로에는 뭐라고 해야 할지를 모르겠다는 듯이 코 밑을 문지르고 있다.
"그렇게 됐으니까."
도모카가 아자미 씨 쪽으로 몸을 돌린다.
"이 가게에서 제일 단 거 미도리 씨에게 주세요. 계산은 아빠가 할 거예요."
아자미 씨가 잠시 고개를 갸웃하더니, "그럼 역시 팬케이크지, 괜찮지, 미도리?" 하며 도모카가 아닌 미도리를 향해 확인했다.
"저기 있잖아요, 아자미 씨. 세상에 미도리씨가 남자친구한테 차였대요. 그 안자이라는 사람한테요."
"흐음, 어쩐지." 아자미 씨는 미도리를 쳐다보며 말

했다. '어쩐지'라는 소리를 들을 만한 몰골인가 보다 하는 생각이 다시금 들었다.

"뭐, 다시 새로운 사랑이 나타날 거야."

아자미 씨의 반응은 지극히 가벼웠다. "헉, 미도리 씨 벌써 서른 살이라고요!" 도모카가 외쳤다. "고등학생 눈으로 보면 그렇겠지" 아자미 씨가 웃으며 말한다.

"연애는 젊음의 특권이 아니야. 사십 대는 사십 대의, 오십 대는 오십 대의 사랑이 있답니다."

"그렇죠, 구로에 씨?" 하며 아자미 씨는 한쪽 눈을 찡긋한다. 구로에는 난처한 얼굴을 하고 있다. 대꾸할 말이 떠오르지 않는 것이겠지. 대답이 없는 것은 신경도 쓰지 않는 듯이, 아자미 씨는 콧노래를 부르며 주방으로 사라졌다.

도모카는 구로에에게 메뉴판을 보여주었지만, 구로에는 "적당히 시켜 줘."라고 대답할 뿐이었다. "아자미 씨, 파스타 2인분이요." 도모카가 큰소리로 주방을 향해 소리쳤다.

"허니 뭐 뭐 하는 음식이 잔뜩 있네."

구로에는 메뉴판에 시선을 떨군 채 불쑥 중얼거렸다.

"구로에 씨 벌꿀을 사용한 요리를 아자미 씨에게

제안했거든요."

"······벌꿀을 납품하려고?"

"그것도 있긴 하지만, 가장 큰 이유는 구로에 씨 벌꿀이 맛있기 때문이에요."

"이 지역의 꽃에서 만들어진 벌꿀이 이 지역에 사는 사람들과 여기에 놀러 온 사람들에게 좀 더 알려졌으면 해서요. 지역 음식점에서 제공할 수 있다면 그게 가장 좋은 방법이라고 생각했기 때문이에요." 미도리는 말하며 구로에를 바라봤다. 구로에는 고개를 비틀어 뒤쪽을 보고 있다.

"구로에 씨 듣고 있는 거예요?"

"아, 미안. 못 들었어."

"봐봐." 구로에 씨의 재촉하는 말에 미도리는 뒤를 돌아봤다. 언제 들어왔는지, 안자이 아버지가 서 있었다. 안자이 아버지는 천천히 걸어와 구로에의 곁에 섰다.

"잠깐 그 사람과 할 이야기가 있는데."

"자리를 좀 비워줄 수 있을까?" 구로에에게 말하는 안자이 아버지에게 미도리는 "다른 사람이 들으면 곤란한 이야기인가요?"라고 물었다. 자신의 목소리가 떨리거나 갈라지지 않은 데 용기를 얻었다.

안자이 아버지는 잠깐 눈살을 찌푸렸으나 "그럼,

자리만 좀 옮겨주겠나?" 하고 다시 구로에에게 말한다. 구로에는 가볍게 고개를 끄덕이며 도모카를 쿡쿡 찔러 테이블 석으로 옮겼다.

주방 안쪽에서 아자미 씨가 이쪽을 쳐다보고 있다. 눈이 마주치자, 살짝 고개를 끄덕였다. 무슨 의미가 담긴 건지 잘 모르겠다. '지면 안 돼.'이려나?

"아들놈이 결혼을 안 하겠다고 하더군."

"나카가와 리나 씨랑 말인가요?"

"그래." 안자이 아버지는 고개를 끄덕였다.

"자네랑 야반도주라도 할 작정인가 했더니, 듣자 하니 자네와도 헤어진 모양이더군."

미도리는 대답하지 않았다. 대답할 의무는 없다.

"리나는 좋은 여자야. 순종적이고 사근사근하고."

'좋은 여자'의 이유로 가장 먼저 '순종적'이 나온 것이 뼛속부터 싫다. 하고많은 것 중에서 하필이면 '순종적'이라니. 하녀 뽑나.

"실례지만 자네보다 훨씬 괜찮은 여자야."

"정말 실례군요."

"장래를 생각하면 내 말을 따르는 게 낫지. 절대 득이 되면 됐지, 손해는 아니야. 그렇지? 아들놈이 무슨 생각을 하는지 도무지 알 수가 없다니까."

"말해보게." 안자이 아버지는 미도리를 쳐다보며

말했다. "안자이가 무슨 생각인지 저라고 알 턱이 있나요?" 머뭇거리며 말하자, "그렇지 않아." 안자이 아버지는 언성을 높였다.

"자네가 아들놈에게 뭐라고 한 거 아냐? 헤어졌다는 것은 거짓말이고 역시 자네와 결혼하려는 거 아니냐는 말이야. 그렇지 않으면 말이 안 되잖아. 양쪽 다 버린다니 나는 도무지 이해가 안 돼."

안자이 아버지는 정말 아무것도 모르는 듯했다.

"저도 모릅니다."

좀 더 알려고 했으면 좋았을 텐데. 눈물이 쏟아지지 않도록 눈을 깜빡거렸다.

안자이가 상처받지 않도록, 침울해지지 않도록 눈치를 살피며 그저 곁에 있기보다는 더 적극적으로 전해야 했다. 그것을 수용할 만한 도량이 분명 없을 거라고, 안자이를 그렇게 규정지었기 때문에, 그래서 충돌을 피하기에 급급했었다. 결국, 미도리도 안자이를 얕보았던 것이다. 안자이 아버지와 다를 바 없다.

아자미 씨가 미도리 앞에 팬케이크 접시를 놓았다. 반죽에 코티지치즈를 섞어서 촉촉하게 구운 팬케이크를 나이프로 살짝 가르자 김이 모락모락 피어오른다. 접시 옆에 곁들인 작은 유리 용기에는 물론 구로에 양봉원의 벌꿀이 들어있다. 유리 용기를 기울이자 걸쭉한 황금색 액체가 흐른다. 팬케이크에는 귤꽃 꿀이 잘 어울린다고 아자미 씨와 이야기하여 정했다. 상큼한 향의 귤꽃 꿀은 듬뿍 뿌려도 텁텁하지 않다.

팬케이크의 표면으로 벌꿀이 스며들어 촉촉하고 묵직해졌다. 입안에 넣고 씹자 벌꿀이 부드럽게 배어 나온다.

"구로에에게 강습료를 내고 그 돈으로 지대를 충당하라고 했다지?"

안자이 아버지는 카운터 위에 깍지낀 손가락을 바라보고 있다. 미도리는 대답하지 않고 계속 팬케이크를 먹었다.

"대단하군."

안자이 아버지가 중얼거렸으나 팬케이크를 씹고 있어서 대꾸는 하지 않았다.

"무능하다고 했던 말은 철회하지."

테이블 쪽을 보며 마음속으로 말했다. '도모카, 슬플 때 단것 먹는 거, 진짜 효과 있네.' 나중에 잊지 말고 전해줘야겠다. 아주 조금이지만, 풀렸다. 뱃속 깊은 곳에 있던, 마구 엉킨 실타래 같은 것이.

"이거 정말 맛있어요."

"안자이 씨도 드실래요?" 미도리는 팬케이크에 벌꿀을 새로 뿌렸다. 안자이 아버지가 나를 무능하다고 생각하든 말든 앞으로의 미도리의 인생에는 아무런 상관이 없었다.

작은 벌꿀 병을 주었던 여자를 만난 그날 이후, 아무리 우울하더라도 식사를 소홀히 하지 않게 되었다. 내일도 제대로 아침밥을 먹자. 단단히 챙겨 먹자. 그렇게 생각하며 잠들었다. 구로에와 도모카가 데려다주겠다는 것은 거절했다. 아자미 씨 가게 앞에서 헤어져 자전거로 돌아왔다.

늘 일어나는 시간에 눈을 떠 습관처럼 휴대전화를 봤다. 도모카에게서 여러 번 착신 표시가 들어와 있었다. 서둘러 전화를 걸었더니 두 번 정도 신호음이 울린 후에 연결되었다. "여보세요."라고 말했지만 도모카는 답이 없다. 규칙적으로 훌쩍이는 소리 같은 게 들렸다. 최대한 귀를 쫑긋 세워 듣고는 알아차렸다. 울고 있었다.

"왜 그래? 무슨 일이야?"

"빨리 와줘요." 도모카는 흐느껴 울며 말했다. "어디에 있어?" 미도리의 물음에 도모카는 대답이 없다.

15

 도모카가 울고 있었던 이유는 봉장에 도착하자마자 알아차렸다. 도모카는 구로에 양봉원에서 조금 떨어진 곳에 있는 봉장에 있었다.

 벌통이 망가져 엉망이 되어 있었다. 망치 같은 것으로 때려 부순 것 같다. 미도리는 어마어마한 수의 꿀벌 사체를 어루만진다. 여왕벌도, 유충도 전멸이다. 바로 옆에 빈 살충제 깡통이 나뒹굴고 있었다.

 다른 봉장을 둘러보러 갔던 구로에가 돌아와서 다른 두 곳도 마찬가지로 엉망이 되었다고 무표정하게 알려주었다.

 "누가 이런 일을……."

 발에 짓밟혀 부서진 벌집틀을 주워든다. 꿀이 흘러내려 미도리의 손을 적셨다.

 "경찰에 신고합시다."

 "울지 마." 도모카의 등을 쓰다듬으며 말했다. 줄곧 울고 있어서인지 눈이 새빨갛다. 곧 경찰관이 두 명 도착했다. 이미 도모카는 기력을 소진하여 경트럭 조수석에서 쉬고 있다. 아주 간단한 질문에 답하는 것도 힘겨워했다. 구로에 양봉원 바로 옆 봉장은 망가지지 않았다. 습격당한 세 곳이 비교적 전차역과 주택가에 가까운 위치에 있는 것을 보아 계획적으로, 아마도 한밤중이나 새벽에 집중적으로 습격한 것 같다는 것이 경찰관들의 의견이었다.

경찰관들은 도모카와 구로에에게 이 근처를 지나갈 때 누군가 보지 못했는지, 짚이는 데가 있는지 등의 질문을 했고 그 둘은 없다고 대답했다.

좀 이따가 경찰관 두 명이 더 와서 사진을 찍고 무언가를 줍는 동안 구로에는 도모카를 데리고 일단 집으로 돌아갔다. 그동안 죽 미도리가 자리를 지키고 있었다. 경찰이 돌아갈 때쯤에는 이미 점심시간이 지났다.

"오늘은 이대로 돌아가도 좋아."

구로에는 바닥만 내려다보고 있다.

"꿀벌 사체만이라도 정리할게요."

허리를 굽히자, 구로에는 조금 전보다 강한 어조로 말했다. "됐어. 돌아가."

"하지만, 하지만 꿀벌이."

"이대로 두면," 말을 마치기도 전에, 구로에는 "시끄러워." 하며 호통을 치며 말을 끊었다.

"입 다물고 오늘은 이만 돌아가."

구로에는 등을 돌렸다. 경트럭에 올라타는 뒷모습을 뒤따르지는 않았다. 따라갈 수가 없었다.

다음 날, 평소보다 조금 일찍 구로에 양봉원에 도착했다. 구로에는 직판장 안에 있었다. 선반에 세워 놨던 벌꿀 병을 내려서 상자에 담고 있는 것을 보니 안 좋은 예감이 들었다. "그거 뭐하시려고요?"라고 묻자, "글쎄."라는 대답이 돌아왔다.

"잠시 이리로 와봐."

직판장 옆의, 구로에가 '사무실'이라고 부르는 작은 방으로 구로에를 따라 들어갔다. 거기에서 장부를 기록하는 모습을 몇 번 본 적이 있다.

구로에는 금고 다이얼을 돌리기 시작했다.

"먼저 급여를 지불해 두지."

"……무슨 말씀이세요?"

습격당한 봉장은 다른 곳보다도 규모 면에서 컸다. 벌통을 전부 새로 사고 꿀벌을 들여오려면 적지 않은 비용이 들 것이다.

"새로 들일지 어떨지는 아직 몰라. 어찌 됐든 자네 급여만큼은 제대로 지급해야지."

"꿀벌 사 올 돈이 없나요?"

"아니, 뭐라고 해야 하나……." 구로에는 머뭇거린

다.

"이 정도까지인가, 하는 생각이 들어서."

'이 정도까지 내가 미운털이 박혔나.' 하고 생각했다는 구로에는 범인은 아마도 쇼핑몰 건설 찬성파 무리라고 생각하고 있음이 분명하다.

"더는 무리일지도 모르겠어."

"무리, 라니 무슨 의미예요?"

"여기서 양봉 계속하는 거 말이야."

구로에는 금고 다이얼 비밀번호를 잊어버린 건지, 쩔쩔매고 있다. "어떻게 그런……." 미도리의 목소리가 갈라졌다. 뭐라고 말해야 할까? "누구 맘대로요?" 아니면 "그런 말씀 마세요. 그러지 말고 같이 힘냅시다?"

도저히 그런 말은 나오지 않는다.

겨우 금고 문이 열렸다. 오래된 초콜릿 깡통인지 뭔지에 현금을 넣어두는 모양이다. 양손으로 깡통을 꺼내는 사이, 파삭하고 서류 뭉치가 바닥에 떨어졌다. 그중 한 장이 미도리의 발밑까지 미끄러져 왔다.

오래된 서류 같았다. 완전히 누렇게 바래져 있었다. '사업계획서'라고 적혀 있었다.

"아아. 예전 서류야. 은행에서 돈을 빌릴 때 필요해서."

구로에는 서류를 그러모으고 있다. 미도리는 주워 든 서류에 시선을 떨구었다. '영업개요'라는 제목이 붙은 단락의 한 문장에 시선이 멈춰버렸다. 상품명 '아사노 벌꿀'. 지역 농산물 소비를 테마로, 등등.

아사노 벌꿀.

천천히 고개를 들어 구로에를 쳐다봤다. 아사노 벌꿀. 미도리가 읊조리자 구로에의 표정이 미세하게 동요했다.

"이거, 좀 빌려도 될까요?"

구로에는 미도리가 그렇게 말할 것을 이미 알고 있었다는 듯이, 천천히 고개를 끄덕였다.

서류 작성일은 16년 전 7월. 미도리가 그 여성을 만나기 얼마 전이다.

지금 향하고 있는 목적지는 금세 눈에 띄었다. 행인이 가르쳐주었다. 모퉁이를 돌면 바로 보일 거예요. '가장 큰 집'이라고 들은 대로 마치 무사의 저택 같은 위용에 초인종을 누르는 손이 살짝 떨렸다.

하시마 마코 씨는 집에 있었다. 서류에 기재되어 있는 이름은 '구로에 마코'였다. 미도리가 찾아온 이유를 마코 씨는 묻지 않았다. 응접실로 안내해 주고는 마코 씨가 직접 차를 준비하려고 잠시 사라졌다.

그녀가 쟁반을 받쳐 들고 돌아올 때까지 미도리는 무슨 얘기를 어떻게 할지 생각하고 있었다.

"저기."

미도리가 정면에 앉은 마코 씨에게 쭈뼛쭈뼛 말을 시작하자, 마코 씨는 "도모카 일이라면 고맙다고 할 생각 없어요."라고 딱 잘라 말했다.

"딱히 한 게 없으니, 고맙다는 말을 들을 이유는 없어요."

조금 맥이 풀린 채로 미도리는 대답했다. "오늘 온 것은 그런 게 아니라," 하며 적당한 말을 찾는다.

"'아사노 벌꿀'."

마코 씨의 표정은 변함이 없다.

"역시 아사노 시의 벌꿀이라서 그런 이름이었군요."

눈앞에 작은 벌꿀 병을 놓자, 탁, 하고 건조한 소리가 났다.

"16년쯤 전의 일이에요. 저는 어느 여성분께 이걸 받았어요. '벌꿀을 한 숟가락 더 넣으면 너의 내일은 오늘보다 행복해질 거야.' 그런 말을 들었어요. 저는 그즈음 내일 따위 오지 않으면 좋겠다고 생각했었어요. 하지만, 그 사람에게 배웠어요. 나의 내일은 스스로 바꿀 수 있다는 것을요. 그 여자분은 작은 여자아이를 데리고 있었는데 무척 다정한 눈으로 그 아이를 보고 있었어요. 그 사람이 마코 씨였지요?"

"기억 안 나."

마코 씨는 딱 잘라 말했다. "기억해 주길 바랐던 건 아니에요. 다만, 고맙다는 말씀을 드리고 싶었어요. 그날 그 일이 저를 오늘까지 이끌어주었어요. 너무 거창한 말인지도 모르지만요."

마코 씨는 자기 손톱을 보고 있다. 진주색 매니큐어가 칠해진 손톱에 윤기가 흐른다. 확인하듯이 손가락 하나하나 시선을 옮기고 있다. 미도리는 창밖의 정원 풍경에 눈길을 돌리며 마코 씨가 입을 열기를 기다렸다. 정원은 미도리가 세 들어 사는 방 면적의 열 배는 족히 되어 보였다. 이런 집에서 곱게 자란 아가씨가 구로에와 결혼하여 어떤 생활을 보냈을까? 전혀 상상할 수가 없다.

"그렇네. 거창하네. 그때 난 분명, 팔고 남은 걸 당신에게 떠넘긴 걸 거야. 아마도. 기억나지는 않지만."

"그즈음, 그 사람 벌꿀을 판매해 줄 만한 매장을 하나라도 더 늘리고 싶어서 이곳저곳 안 가본 데가 없는데 전혀 효과가 없었어." 마코 씨는 아득히 먼 곳을 바라보는 눈길로 말했다. "그쪽 지역까지 영업

하러 다녔던 거예요?" 미도리는 깜짝 놀랐다. 아사노 시에서는 상당히 먼 거리이다.

"아버지 지인이 그 근처에 있었거든."

"하고 싶지 않았어. 하지만 어쩔 수 없었지. 그 사람한테는 그런 일 무리고, 아이 보는 것도 못 하겠다고 하니 데리고 갈 수밖에 없었지." 마코 씨는 빠른 말로 설명한다.

"아이 돌보는 걸 못 하겠다는 건 좀 다른 의미인지도 몰라. 그 사람은 도모카 보는 걸 굉장히 두려워했었어."

"그 사람은," 마코 씨는 한숨을 쉬며 말을 이었다.

"제대로 된 가족 안에서 자라지 못한 내가, 제대로 된 부모가 뭔지도 모르는 내가 정상적인 부모가 될 수 있을 리가 없다." 구로에는 계속 그렇게 말해왔다고 한다. 막 태어난 도모카를 안아 올리는 것조차 주저했다.

"그래서 싫어진 거예요?" 미도리가 묻자, 마코 씨는 "응? 뭐가?" 하고 불필요할 정도로 큰 소리로 대꾸했다.

"구로에 씨요."

"아아." 마코 씨는 고개를 끄덕였다.

"구로에한테 아무것도 못 들었어? 이혼에 관한 거

271

라거나?"

"네, 들은 것 없어요. 아무것도요."

구로에가 이야기하고 싶어 하지 않았느냐는 마코 씨의 질문에, 잠시 생각하고 나서 "아니요."라고 답했다.

"물어보면 가르쳐줬을지도 모르지만, 묻지 않았어요. '아사노 벌꿀'에 관해서 물어봤을 때도 모른다고 하길래 말하고 싶지 않나 보다 했죠. 그래서."

구로에가 이전에 결혼한 적이 있다는 것. 딸이 있다는 것. 도모카의 나이에서 미루어보아 왠지 '아사노 벌꿀'을 준 사람과 관계가 있지 않을까 생각하긴 했었다. 하지만 그런 우연이 있을까 하는 의구심도 있었다.

중화요리점 앞에서 처음으로 가까이서 마코 씨를 보고 '이 사람이었나?'라는 생각이 들기도 했지만 확증은 없었다. 사실을 숨기는 데는 숨길만 한 사정이 반드시 있다. 억지로 들추어낼 수는 없었다.

"그렇군." 마코 씨는 수긍했다. 그러고는 입술을 깨물기도 하고 손바닥으로 테이블을 문지르기도 하며 한참동안 왠지 망설이는 듯이 보였다. 미도리는 잠자코 가만히 다음 말을 기다렸다.

"나였어."

마침내 마코 씨가 입을 열었다. 무언가를 결심한 듯이 깊고 긴 숨을 내쉬었다.

"구로에가 나쁜 게 아니야. 나한테 따로 남자가 생겼어. 그래서 내가 그 사람에게 이혼하고 싶다고 한 거였어. 사람들이 수군댔던 소문, 정반대지."

좋아하는 사람이 생겼다고 털어놨을 때, 구로에는 "이혼해도 좋지만 딱 한 가지 조건이 있다."라고 대답했다고 한다. 언젠가 도모카에게 이혼 사유를 말할 때는 마코 씨가 외도했다는 것을 절대 말하지 말고, 어디까지나 구로에가 잘못했다고 말할 것.

"이유가 뭔가요?"

왜 그런, 스스로 미움받을 만한 짓을.

"그런 사람이야. 도모카가 사실을 알게 되면 상처받지 않을까 생각한 거겠지. 나를 미워하게 될까 봐 걱정했어."

마코 씨는 고개를 저으며 희미하게 웃었다.

"구로에는 바보야. 주위 사람들에게도 자기 입으로 그렇게 퍼뜨리고 다니더군. 사람들도 참 한심해. 구로에는 그런 나쁜 사람이 아니고 나도 그리 훌륭한 여자가 아닌데. 본데없이 자라서 그렇다는 둥, 좋은 가정에서 자란 사람이 그럴 리가 없다는 둥 하면서 진실을 보려고 하지 않아. 하지만 가장 바보는 구로에지."

"······왜 그 사람은 항상 자기가 천덕꾸러기가 되는 방식으로 가족을 지키려고 하는 걸까요?"

"몰라."

마코 씨는 거세게 고개를 가로저었다. 단정하게 말아 올린 머리가 조금 흐트러졌다.

"저기, 그때의 '좋아하는 사람'이 이제 곧 재혼할 사람과 같은 사람은 아니죠?"

"설마 그럴 리가. 그때 그 사람과는 일 년도 안 되어 헤어지고 땡."

"좀 같이 있다 보면, 싫증이 나."라는 마코 씨에게 자기도 모르게, "뭐예요, 그게?" 힐난조로 말을 해버리고 말았다. "나는 어딘가 단단히 잘못된 사람인지도 몰라." 마코 씨는 입술을 이지러뜨리며 말했다. "하지만," 하고 마코 씨는 덧붙였다.

"도모카를 사랑해."

사랑해. 무슨 소설의 대사로나 나올 법한 그 말을 미도리는 진부하다고 생각지 않았다.

"도모카에게 그렇게 말씀해 보셨어요?"

"못 해."

짜내듯이 간신히 흘러나온 말에 이 사람 역시 애정을 표현하는 데 몹시 서툰 사람이라는 것을 알게 됐다. 구로에와 마찬가지다.

"왜 못 해요?"

묻는 자신의 목소리가 어느새 떨려와 미도리는 자기 다리를 세게 두드렸다.

"말하지 않아도 알겠지. 부모, 자식 사이니까. 당연하잖아."

"당연하지 않아요." 미도리는 최선을 다해 침착함을 유지하려고 애썼다.

"부모가 자식을 사랑하는 것은 당연한 게 아니에요. 설령 당연하다고 해도 몰라요. 자식 입장에서는."

말하지 않아도 알 것으로 생각하는 것은 오만이다. 부모와 자식은 엄연히 타인이기 때문이다. 납득이 가지 않는다는 표정의 마코 씨에게 대체 어떻게 말하면 제대로 전해질까?

"하지만 틀림없이 이번 사람하고는 잘될 것 같아."

'이번 사람'이라는 것은 아마도 재혼하려는 상대를 의미하는 것이리라.

"도모카랑 나 두 사람 꼭 행복해지기로 약속했어, 구로에에게."

꼭 그 약속만은 지켜달라고 구로에는 몇 번이나 당부했다고 한다.

"……정말로 바보 같은 사람이네요, 구로에 씨는."

'구로에 씨는' 다음 말은 입 밖으로 나오지 않았다. 마음속 깊이, 바보라고 생각한다. 서투른 것과는 조금 다르다.

"게다가 도모카는 언젠가 사실을 알게 될 거야." 마코 씨가 말했다.

"아니요, 분명히 이미 눈치채지 않았을까요?"

"그래서 도모카는 나를 떠나려고 하는 거야?"

딸의 이름을 부를 때만은 마코 씨의 표정이 고통을 참는 듯이 일그러졌다.

"그건 아니라고 생각해요."

잠시 생각한 후에 미도리는 도모카가 이전에 했던 말들을 하나하나 곱씹어 보려 했다.

"빨리 어른이 되고 싶다고 하더라고요. 조금만 더 믿어주면 어떨까요? 도모카는 현명한 아이예요. 하나부터 열까지 부모가 다 정해줘야 할 정도로 어린 애가 아니에요."

"당신은 그 아이 마음을 전부 안다는 의미야?" 마코 씨의 눈빛이 도전적으로 빛난다. 아마 불쾌한 모양이다.

"외부에서 보니까 보일 뿐이에요."

"난 그 애가 행복해지길 바라는 거야."

행복하든 아니든 그게 그렇게 중요한 것일까? 현재의 미도리에게는 행복도 불행도 단지 인생의 선택이다.

"도대체 행복이 뭔가요? 왜 행복의 조건을 부모가 강요하는 건가요?"

감정에 치우치지 않도록 노력하며 마코 씨에게 호소했다.

"도모카가 '어떻게 하고 싶은지'가 중요한 거 아닌가요? 무엇을 하고 싶은지, 어디에 가고 싶은지, 그리고 어떻게 살고 싶은지가 무엇보다 중요한 거 아닐까요?"

마코 씨는 한동안 잠자코 생각에 잠겼다.

'이대로 입을 열지 않으려는 건가?' 슬슬 조바심이 날 때쯤 마코 씨가 '아사노 벌꿀' 병을 손에 들고 크게 숨을 내뱉었다.

"……좀 아까 당신이 말한 거, 틀린 데가 있어. 아사노 시의 벌꿀이라서 '아사노 벌꿀'이 아니야. 마코의 '마麻'의 한자, 도모카의 '도모朝'의 한자 둘 다 '아사'라고 읽을 수도 있잖아. 그래서 구로에가 붙인 이름이야('마코와 도모카의 벌꿀'이라는 의미). 그리고 곧바로 이혼하는 바람에 실제로 써보지도 못한 상품명이지만."

작은 병을 조명에 비춰 보듯이 바라보다가 불쑥, "실망했겠네?"라고 말했다.

"오랫동안 찾아온 사람이 나 같은 여자라서."

"아니에요."라고 미도리는 대답했다. 자기 목소리가 생각보다 작았기 때문에 목을 가다듬고 "실망하지 않았어요."라고 큰 소리로 말했다.

"마코 씨가 그때 무슨 생각으로 제게 말을 걸었는지는 알 수 없어요. 그때 마코 씨가 했던 말이 전부 그 순간의 즉흥적인 기분에서 한 말이었거나 설사 거짓말이었더라도 저를 여기까지 이끌어왔다는 사실에는 변함이 없거든요. 저를 이끌어준 사람이 성인군자 같은 사람이 아니더라도 제게 해준 말의 가치는 달라지지 않아요. 그때 받았던 벌꿀의 가치 역시 변함없고요."

"저, 양봉이, 좋아요." 미도리는 한마디 한마디 꼭꼭 다짐하듯이 말했다.

"이제 막 시작한 단계지만, 굉장히, 즐거워요. 사방에 꽃이 피어 있는 이곳도 좋아요. 이곳에 계속 있을지 어떨지는 모르겠어요. 결혼하기로 했던 상대와도 헤어져 버렸고요. 구로에 씨, 벌통 습격을 받아 무척 의기소침해요. 양봉을 계속할지 어떨지도 의심스러워요. 하지만 저는."

미도리는 잠시 말을 끊고 호흡을 가다듬었다. 목구멍 속에서 울컥 치밀어오르는 정체 모를 뜨거운 덩어리를 삼켰다.

"저는 여기에 있고 싶어요."

 내일 세상이 끝난다고 해도 오늘 벌통을 청소하고 꿀을 따고 꽃씨를 심을 것이다. 그러고 나서, '오늘 밥은 뭘 먹을까?' 생각할 것이다. 비록 그것이 아무 의미도 없다고 하더라도. 내일이 없더라도 오늘은 오늘이다.

"그렇구나." 하며 마코 씨는 고개를 떨구더니 갑자기 양손으로 얼굴을 가렸다. "인제 그만 가 봐." 손가락 사이로 비명 같은 소리가 새어 나왔다. 무언가 아주 오래전 일이 떠올랐는지도 모르겠다.

"실례했습니다." 고개 숙여 인사하고 미도리는 하시마 씨 집을 뒤로했다. 방에 도착할 때까지 한 번도 뒤돌아보지 않았다.

 방에서 쓰레기봉투와 목장갑을 찾아들고 엉망이 된 봉장을 향했다. 쓰레기봉투를 펴고 허리를 굽히고 앉아 벌통의 파편을 주워 모으기 시작했다. 다른 벌보다 몸집이 큰 여왕벌을 감싼 채 꿀벌이 차곡차곡 포개어지듯이 주위에 한데 뭉쳐 죽어있었다.

살충제를 맞고 죽으면 고통스러울까? 고통스럽지 않으면 죽여도 된다는 것은 물론 아니지만.

미안해. 지켜주지 못해서 정말로 미안해. 한 마리 한 마리에게 용서를 구하며 사체를 주워 담았다.

곁에 누군가가 섰다. 더러운 운동화가 눈에 들어왔다. 고개를 들고 이름을 불렀다.

"미요시 씨."

미요시 씨는 미간을 찌푸리며 벌통 조각을 주워들었다.

"아, 이거 너무하는구먼."

미도리에게 쓰레기 집게를 내민다.

"이거, 써."

미요시 씨는 자기가 들고 있던 또 다른 쓰레기 집게로 벌집틀을 집어 올려 쓰레기봉투에 밀어 넣으며 "다른 두 곳에는 히로시랑 다른 애들 정리하러 보냈으니까."라고 했다.

"저기, 히로시가 누군데요?"

"아자미 씨 가게에서 봤잖아. 그 갈색 머리에 키 크고 마르고."

'아아, 그 노란색 티셔츠 입었던 애구나.' 머릿속에 떠오른다.

귀여운 여자친구를 데리고 왔었다고 말하자, 미요

시 씨는 "그 녀석 여자친구도 있어? 건방지게."라며 눈꼬리를 축 늘어뜨리고 웃었다. 히로시는 농협 직원이라고 한다. 미요시 씨로부터 구로에의 봉장이 습격당했다는 이야기를 듣고 "그럼, 저 도우러 갈게요. 다른 사람들한테도 물어볼게요."라며 돕기를 자청했다고 한다.

"벌, 무섭다고 하더니."

무리라고까지 했는데 와주다니.

"죽은 거니까 괜찮겠지."

"아마도."라는 미요시 씨에게 미도리는 "종잡을 수가 없네요."라며 살짝 웃었다. 오늘 처음 웃은 것 같다.

"하지만, 고맙습니다. 다행이에요."

"하루 동안 치우려면 혼자는 아마 무리였을 거예요." 미도리의 말에, 미요시 씨는 고개를 저었다.

"네 명이 될 것 같군."

"봐봐." 하며 가리키는 방향을 보니 경트럭이 달려온다. 구로에 양봉원 이름이 붙은 경트럭 조수석 문이 힘차게 열리더니 튀어나오듯이 도모카가 내렸다.

"미도리 언니."

어느새 호칭이 '미도리 씨'에서 '미도리 언니'로 바뀌었는지 생각했지만, 지금 그런 건 아무래도 상관

없었다.

 구로에는 미도리를 보고 나서 미요시 씨에게 시선을 옮기더니 조금 난처한 표정을 지었다. "미안하게 됐네." 말을 거는 구로에를 향해 미요시 씨는 쓱 손을 들어 올렸다.

"뭐, 딱히 자네를 위해 돕는 건 아냐."

"나는 미도리에게 빚진 게 있어서." 미도리를 보며 말한다. 그러더니 그대로, 다시 일을 시작했다.

 어질러진 살충제 깡통을 주워 모은다. 이미 해가 저물기 시작했다. 조금 떨어진 곳에서 일하는 도모카의 뱃속에서 꼬르륵하는 소리가 들렸다. 그 소리를 듣자 덩달아 식욕이 맹렬하게 솟아났다.

"배고프네."

"배고파요."

 오늘 밥은 뭐 먹을까?

 도모카가 미도리를 보며 "햄버그스테이크요." 하고 신청한다. "데미글라스 소스 뿌린 거요."라는 말이 뒤따라온다. "무즙하고 폰즈(감귤류를 넣은 간장 소스)를 곁들인 일본풍도 괜찮아." 미도리의 대답에 "아니요. 저는 결단코 데미글라스 소스파예요." 도모카는 물러서지 않는다.

"관두지 말게."

미도리와 도모카의 등 뒤에서 미요시 씨가 구로에에게 말하는 소리가 들렸다.

"그러니까 말이야. 자네 양봉원 벌꿀로 만든 과자, 맛있었어. 뭐라더라. 그 조가비같이 생긴 거."

"이봐, 그거 뭐였지?" 미요시 씨가 이쪽을 보며 큰 소리로 물었다.

"마들렌이요."

미도리와 도모카가 동시에 대답했다. "그래, 그거, 그거." 미요시 씨가 고개를 끄덕였다.

"그거 또 먹고 싶어. 그러니까 관두지 말게, 구로에."

"저 커다란 거 차에 실어버릴까?" 비교적 형태가 망가지지 않은 벌통 하나를 가리키며 미요시 씨와 구로에가 멀어져 간다. 구로에가 작지만 확고한 어조로 "알았네."라고 대답하는 것이 들렸다.

16

 벌꿀 병을 자전거 앞바구니에 싣고 납품서는 등에 멘 배낭에 제대로 넣었는지 확인하고 나서 "다녀오겠습니다." 하고 구로에에게 외친다. 봉장이 습격당한 그 날 이후 정확히 두 달이 지났다.

 범인은 너무나 싱겁게 밝혀졌다. 수십 명의 중학생 패거리였다. 몇 명인가, 고등학교를 중퇴하고 빈둥빈둥하는 애들도 섞여 있었다고 한다. 한밤중에 떼 지어 모여서 일을 저질렀다고 한다. 학교에서 잘난척하며 떠벌리는 것을 다른 학생이 교사에게 보고함에 따라 전모가 밝혀졌다. 보호자와 함께 우르르 사죄하러 몰려왔다.

 부모가 "용서 빌어." 하며 머리를 찍어 누르자 그중 한 명이, "에이씨, 항상 이 사람 욕했잖아, 당신이."라고 말하자, 아버지 되는 사람은 몹시 난처한 표정을 지었다. 그 아버지라는 사람은 언젠가 설명회에서 만났던, 벌의 분변 때문에 옥신각신한 적이 있다고 했던 남자였다.

 구로에가 입꼬리를 올리며 웃는 것을 미도리는 보

왔다. "어른이 깔보는 사람은 애들도 얕봐도 된다고 생각하는 거예요."라고 쓴소리를 해 주고 싶었으나, 입을 연 순간 구로에가 미도리 쪽을 향해 고개를 저었기 때문에 꾹 말을 삼켰다. 아무 말도 하지 말라는 의미라고 생각했기 때문이다.

구로에는 농협으로부터 얼마간의 자금을 차입하여 벌통과 서양 꿀벌을 새로 매입했다. 도모카는 학교로 돌아갔다. 간혹 도모카에게서 사진이 첨부된 메시지가 온다. 교실에서 촬영했다는 사진은 친구와 눈을 부라리고 있는 듯한 표정과 우스꽝스러운 포즈를 하고 있을 때도 있고, 때로는 입을 크게 벌리고 웃고 있는 사진도 있다. 어쨌든 건강하게 잘 지내고 있다는 것은 알겠다. 도모카가 보내온 것을 구로에에게 보여줄 때마다 "바보 같긴, 녀석."이라며 쓴웃음을 짓는다.

마코 씨가 쇼핑몰 건설 예정지 매매계약을 이미 마쳤다는 소문이 들렸다. 재혼할지 말지는 아직 아무도 모른다. 도모카가 성인이 될 때까지 기다린다는 소문도 있고, 이미 연인과 헤어졌다는 소문도 있었다.

가장 충격적이었던 것은 나카가와 리나가 안자이의 회사를 느닷없이 그만두고 다른 곳으로 떠났다는 이야기를 들었을 때였다. "남자랑 같이 살 거라던데, 실은 이미 예전부터 사귀고 있었던 상대라지 뭐야." 하는 말을 들었을 때 미도리는 박장대소했다. 나카가와 리나를 '순종적'이라고 평했던 안자이 아버지의 말을 떠올리며 몇 번이나 웃었다. 안자이 아버지가 어리석은 남자라는 생각은 희한하게도 들지 않았다. 다만, 나카가와 리나의 강인함 혹은 다부짐에 탄복할 뿐이었다. 그녀와 마음을 교감할 수는 없었을 것이고 그러고 싶지도 않지만.

남아있는 벌꿀로 어떻게든 겨울을 나야 하는 구로에 양봉원이었지만, 좋은 일도 있었다. 신년 초, 시내에 새로 오픈하기로 되어 있는 케이크 전문점에서 구로에의 벌꿀을 사용하기로 했다. 역 앞의 다케우치 베이커리에서도 계산대 옆에 벌꿀을 진열해 주기로 약속했다. 오늘 배달 갈 예정이다.

미도리는 대단하네. 안자이의 말이 불쑥 떠올랐다.

지난주, 안자이 아버지에게 빌려 쓰고 있는 토지를 경작하고 있는 도중에 갑자기 안자이가 나타났다.

"오랜만이야."

차에서 내린 안자이는 미도리를 보고는 "흙투성이네."라며 겸연쩍게 웃었다. 미도리는, "응." 모호하게 웃으며 괭이를 내려놓았다. 안자이는 마지막에 봤을 때보다 조금 야위어서 밥은 제대로 먹고 다니는 걸까 걱정이 되었지만, 곧바로 그건 더는 내가 걱정할 일이 아니라는 생각이 들었다.

"......찔레꽃 씨앗을 뿌리는 거야."

"찔레꽃 벌꿀을 만들고 싶다는 생각이 들어서."라고 설명하자 안자이는 웅크리고 앉아 막 갈아놓은 흙을 바라봤다.

"미도리는 대단하네."

"대단할 거 없어."

"이제부터 못된 말을 할 거야." 안자이는 운을 떼더니, 후, 하고 숨을 들이쉬더니 크게 뱉었다.

"미도리가 구로에 씨 양봉원에 다니기 시작할 때 조금이지만, 실패하면 좋겠다고 생각했어."

잘 풀리지 않아 침울해하며 울면 좋겠다고 생각했노라고 안자이는 말했다. "이상하게 들리겠지만 그러면 미도리가 나를 좀 더 의지해주지 않을까 싶어서."

게다가 태어나 자란 곳에서 온갖 고생을 하고 있는 자기에 비해, 미도리는 생판 알지도 못하는 곳에서 자기 있을 곳을 점점 넓혀가는 모습을 보고 비참함도 느꼈다고 한다.

"미안." 하며 고개를 숙이는 안자이에게 미도리는

입을 다문 채 고개를 저었다. 미안하다는 말은 그만두라고 하고 싶었다. 그런 말을 들으면 여태까지 있었던 수많은 일이 전부 틀린 것처럼 느껴지니까.

"미안하다는 말을 하려고 일부러 온 거야?"

미도리가 묻자 안자이는 고개를 저으며 가방에서 큰 봉투를 꺼냈다.

"이거. 미도리에게 줄게. 필요 없으면 버려도 돼."

"나중에 봐."라는 말을 남기고 안자이는 차에 올라탔다. '뭘까?' 봉투를 든 손이 떨렸다. 빨리 보고 싶기도 했지만, 보는 게 두렵기도 했다. '어째서? 이제 와서 뭘 가져온 거야?' 풀을 떼려고 했지만 잘 떼어지지 않았다. 안자이의 차가 천천히 멀어져간다.

자동차가 가버리고 나서 몇 번이나 심호흡하고 목장갑을 벗고 서둘러 봉투를 열었다. 안자이의 그림이었다. 스케치북에서 찢어낸 종이가 십여 장 들어 있다. "왜……." 중얼거리는 목소리가 갈라졌다.

종이에 그려져 있는 것은 전부 미도리였다. 연필로 데생한 것들 중에 수채화도 섞여 있었다. 선잠 자고 있는 듯한 얼굴, 부엌칼을 들고 채소를 써는 모습, 무언가를 응시하는 옆얼굴, 카페에서 일할 때의 유니폼을 입은 모습도 있었다. 종이를 넘길 때마다 그림 우측 하단에 새겨진 날짜가 과거로 향했다. 가장 오래된 그림은 둘이 사귀기 이전의 그림이었다. 지금보다 훨씬 앳된 얼굴의 미도리가 치아를 드러내고 웃고 있다.

언제 이렇게 많이 그렸을까? "언젠가는 내 그림도 그려줘."라고 말했을 때 모호하게 말을 흐리던 안자이의 얼굴이 떠오른다. 전혀 몰랐다.

안자이가 그림을 가지고 온 의도는 모르겠다. 그것을 확인하기 위해서는 시간이 좀 더 필요했다. 어떤 답이 돌아오더라도 동요하지 않을 만큼의 시간이 필요하다.

봉투에 조심조심 그림을 넣었다. 안자이와의 관계가 끝나버렸다고 해도 안자이와 보냈던 시간은 분명히 존재한다. 그리고 그것은 지금 이곳에 있는 시간으로 분명히 이어졌다는 생각이 들었다.

"무겁지 않아?"

구로에가 말을 걸어서 퍼뜩 정신을 차렸다.

방한을 위해 벌통에 폴리에틸렌으로 된 울타리를 설치하던 구로에가 자전거 앞바구니를 들여다본다. "경트럭으로 내가 다녀와도 되는데."라는 구로에를 손으로 저지했다.

"괜찮아요. 다케우치 베이커리 주인분께 우리 벌꿀을 사용한 신제품 개발을 제안하려고요."

"맡겨주세요." 자신 있게 말했다.

구로에가 하늘을 올려다보기에 미도리도 덩달아 하늘을 쳐다봤다. 겨울 하늘은 엷은 회색 베일을 몇 겹이나 포갠 듯한 구름으로 덮여 있다. 오늘 밤은 쌀쌀해지겠다.

"저기." 미도리가 입을 열자, 거의 동시에 "이봐." 하고 구로에가 말을 시작했다. "먼저 말씀하세요", "아니, 아니." 하며 실랑이를 벌였다.

"그럼, 제가 먼저. 그 공사 언제 시작할까요?"

"공사? 아아, 쇼핑몰 공사." 하며 구로에는 고개를 끄덕였다. 잊고 있었나 보다.

"반대했으면서 잊으셨어요?"

"뭐 딱히 결사반대했던 것도 아니었고." 벌통 방한 작업을 다시 시작하며 대답한다.

"알고 있어? 도쿄의 건물 옥상에서도 양봉할 수 있다는 거."

구로에의 눈이 살짝 가늘어졌다.

"그렇게 자연이 희박한 곳에서 가능하다니 처음에는 깜짝 놀랐는데 역시 꿀벌은 대단해. 그런 곳에서 야무지게 살아가다니. ……인간도 마찬가지야. 우리도 살아가지 않으면 안 돼. 그리고 살아있는 한, 환경은 수시로 변화하고."

"그러니까 순응하는 수밖에 없다고 생각했어." 구로에는 부드러워진 눈매로 말했다.

"자네처럼 말이야."

"그런가요?"

"아, 그래서 구로에 씨가 하려던 말씀은 뭐였어요?" 미도리가 묻는다.

"별거 아니야. 시간 안 늦겠냐고 물어보려고 했어."

미도리는 손목시계를 보며 "지금 바로 나갈게요." 라고 답했다.

"다녀오겠습니다."

자전거를 올라타고 페달에 한쪽 발을 걸치면서 고개를 숙였다. 구로에는 돌아보며 "응." 하며 한 손을 들어 올렸다.

자전거 페달을 힘차게 밟는다. 언덕길을 내려가기 전에 자전거를 세우고 거리 풍경을 내려다본다. 남쪽 편에 무겁게 펼쳐져 있던 구름이 갈라지는 것이 보였다. 희고 밝은 빛이 거리를 비춘다. 크게 숨을 들이마신다. 찬 공기를, 폐 가득 집어넣고 천천히 내쉰다. 다시 페달에 발을 올리고 눈부시게 빛나는 방향을 향해 천천히 자전거를 몰기 시작했다.

〈끝〉

옮긴이의 말

"인생이 네게 레몬을 준다면 레모네이드를 만들라 (When life gives you lemons, make lemonade)."라는 서양 속담이 있습니다. 한입 깨어 물면 오만상을 하게 되는 시디신 레몬은 인생의 역경, 뜻하지 않는 난관을 의미합니다. 그 레몬으로 새콤달콤하고 청량한 레모네이드를 만들라는 것은 역경과 난관에 굴하지 말고 자기만의 멋진 인생으로 탈바꿈하고 승화시키라는 의미일 것입니다. 레몬에 탄산수, 그리고 설탕 혹은 꿀을 넣으면 순식간에 한여름을 가장 시원한 계절로 만들어주는 청량한 레모네이드가 됩니다.

여기 인생이 던져준 레몬으로 레모네이드를 만든 서른 살 여성이 있습니다. 미도리는 학창시절에 급우들의 괴롭힘과 무관심한 부모 때문에 거식증을 앓으며 죽음을 진지하게 생각했습니다. 그 즈음, "벌꿀을 한 숟가락 더 넣으면 너의 내일은 오늘보다 행복해질 거야."라는 말과 함께 작은 견본품 벌꿀 병을 주고 홀연히 사라진 한 여성을 만났고 그 후, 미도리는 바뀌었습니다. 십수 년 후, 미도리는 무사히 어른이 되었지만, 누구나 그렇듯이 크고 작은 스트레스를 안고 삽니다. 유약하고 못 미더운 남자친구 안자이는 자신의 고향으로 같이 가자고 제안합니다. 미도리는 '자신의 의지로' 직장을 그만두고 살던 방도 내놓고 따라나섭니다. 그때부터 미도리는 인생이 주는 레몬 세례를 받습니다. 돌아갈 곳도 머물 곳도 없습니다. 그러나 그녀는 번호를 매기며 할 일을 적어 보고 무엇보다 "우선 밥을 잘 챙겨 먹자."라고 자신을 다독입니다.

미도리는 낯선 곳, 낯선 사람들 속에서 곧은 심지와 배려심, 근성으로 자기가 할 일을 찾고 자기가 있을 곳을 만들어갑니다. 이곳에서 만난 사람들 역시 자기만의 레몬이 다 있습니다. 부인과 사별하고 치매에 걸려 걸핏하면 거리를 배회하는 아버지를 돌보는 미요시 씨, 자기를 나쁜 사람으로 만듦으로써 소중한 사람을 지키려 하는, 사랑에 서투른 구로에 양봉원의 구로에 씨, 그리고 외로움을 달래려 늘 새로운 사랑을 찾는, 구로에의 전 부인 마코, 양봉을 좋아하고 아빠와 친하게 지내고 싶지만 역시 표현에 서투른 10대 소녀 도모카. 여장부 같지만, 왠지 쓰린 과거가 있을 것 같은 스낵바 주인 아자미 씨, 그리고 자기가 나고 자란 고향에서도 '거처'를 찾지 못하는 안자이 등. 미도리는 양봉에 매료되어 열심히 꿀벌을 돌보면서 이 사람들과 부대끼며 자신의 레몬과 이들의 레몬을 함께 레모네이드로 바꿔 갑니다. 실제로 극 중에서 미도리는 아자미 씨, 도모카와 함께 벌꿀을 넣은 레모네이드를 만들어 팝니다.

초반부에서는 고지식하고 처세술도 없으며 남자 친구에게 끌려다니는 듯한 주인공 미도리의 모습에 혀를 끌끌 찼지만, 스스로 성장하며 주위 사람들을 변화시키는 모습, 양봉이라는 정말 사랑하는 일을 발견하고 자기가 있을 곳을 마침내 만들어낸 그녀의 모습에 콧날이 시큰해졌습니다. 미도리의 절친한 친구 마유리는 이렇게 말합니다.

"운이 좋았던 게 아니야. 그 사람들과 만났던 것은 우연일지 모르지만 만난 것으로 그치지 않았던 것은, 그건 미도리가 행동했기 때문이야. 미도리의 장점이 그 사람들에게 전해졌기 때문이라고. 전부, 네가 네 손으로 얻어낸 거지. 애썼어."

미각을 자극하는 음식들, 모두 구로에 양봉원의 꿀벌들이 만든 벌꿀을 넣은 그 음식들은 이야기를 읽는 즐거움을 배로 만들어줍니다. 벌꿀 레모네이드는 물론이고 벌꿀을 풍부히 넣어서 만든 폭신하고 쫀득한 마들렌, 벌꿀로 풍미를 더한 치킨 데리야키, 벌꿀과 홀그레인 머스타드 소스를 바른 치킨 샌드위치 등 이야기 속에 등장하는 음식들은 침이 고이게 하고 코끝에 특유의 벌꿀 향이 맴돌게 합니다.

자기 인생의 레몬으로 레모네이드를 만들어가는 한 사람의 여정은 자신이 의도하지 않았지만, 자연스럽게 많은 사람의 인생도 레모네이드로 만들어갔습니다. 누군가에게 영향을 주려고 하거나 감동을 강요하지 않아도 벌꿀 향이 퍼지듯 사람들의 마음에 전해지는 것 같습니다.

미도리처럼 벌꿀을 담뿍 사용한 요리를 만들어 벌꿀 레모네이드와 함께 좋은 사람들과 나누고 싶습니다.

2022년 초겨울,
최현영

오늘의 벌꿀, 내일의 나

1판 1쇄 발행 2022년 11월 30일

지은이 데라치 하루나
옮긴이 최현영

디자인 남서우
제작 금비피앤피 곽민주
경영지원 김미애

펴낸이 이동훈
펴낸곳 도서출판 직선과곡선
출판등록 2016년 9월 28일 제2016-000280호
주소 [06153] 서울특별시 강남구 봉은사로 418, 5층
전화 02) 555-8105   **팩스** 02) 564-0757
홈페이지 snc-p.com **이메일** snc-p@naver.com

ISBN 979-11-90187-25-1 03830

※ 책 값은 뒤표지에 있습니다.
※ 잘못 만들어진 책은 구입하신 곳에서 교환해 드립니다.